Klarant Verlag

Bärbel Muschiol wurde 1986 in Weilheim, Oberbayern, geboren. Glücklich verheiratet lebt und arbeitet sie mit ihrem Mann und ihren zwei Kindern, heute noch immer im tiefsten Bayern. Im Genre Erotik und in der Belletristik hat sich die Autorin mittlerweile einen festen Platz in den Bestsellerlisten geschaffen.

Bärbel Muschiol

Dark Desire

You are mine

Klarant Verlag

Klarant Verlag, www.klarant.de
ISBN: 978-3-95573-389-6
1. Auflage, 2016
Umschlagabbildung: Klarant Verlag unter Verwendung des Bildes 282933182 von shutterstock.

Druck: Verlag Lindemann, 63075 Offenbach-Bürgel
Printed in Germany

Besuchen Sie uns im Internet: www.klarant.de

Sein Besitz

Chloe

Schneller und immer schneller sehe ich, wie die Start- und Landebahn vor meinem kleinen Fenster auftaucht und zugleich wieder verschwindet.

Die angespannte Stimmung, die in Flugzeugen immer bei Starts und Landungen auftritt, legt sich auf meine eh schon blank liegenden Nerven.

Die kühle Luft der Klimaanlage bläst mir ins Gesicht und ein unangenehmes Frösteln lässt mich erschauern.

Dieser Flug ist der Anfang vom Rest meines Lebens ...

Der Gurt, der sich um meinen Bauch legt, fühlt sich schlagartig zu eng an, während ich immer ängstlicher werde.

Ich spüre, wie sich das Flugzeug vom Boden loseist und wir in die Luft abheben. Mit jeder Minute wird der Flughafen unter uns kleiner und wir steigen immer weiter in den Himmel.

Mein Handgepäck, das in dem Fach über meinem Kopf verstaut ist, und die zwei Koffer, die sich tief im Inneren der Maschine befinden, sind alles, was ich aus meinem alten Leben mitgenommen habe.

Fest entschlossen, jetzt nicht den Mut zu verlieren, atme ich ein paarmal tief ein und aus und konzentriere mich auf meinen immer schneller werdenden Herzschlag.

Die vielen Stimmen der andern Fluggäste vereinen sich zu einem leisen Murmeln, während ich meine Augen schließe.

Beruhig dich, atme tief durch und denk an die vielen neuen Chancen!

Seit ich denken kann, ist es mein allergrößter Traum, nach Amerika auszuwandern, ins Land der unbegrenzten Möglichkeiten, doch ich hatte einfach immer zu viel Angst vor diesem gewaltigen Schritt. Die Modelagentur ‚Black & More‘, die mich in ihrer Kartei aufgenommen hat, ist international tätig und hat es tatsächlich geschafft, mir einen Job im Big Apple zu besorgen. Die Kampagne heißt ‚Devil Dessous‘, bei diesem Job geht es um heiße, sehr erotische Reizwäsche. Nervös, was wohl alles auf mich zukommen wird, schließe ich meine Augen und versuche ein wenig zu schlafen. Die kühle Luft der Klimaanlage lässt mich frösteln, während ich mich in eine der gelben Lufthansa-Decken kuschle.

Dieser Flug ist wie ein Neustart für mein Leben. Und um ehrlich zu sein, kann für mich gar nicht genug Abstand zwischen mich und meinen Exfreund Ben kommen.

Dieser Kerl war der Fehler meines Lebens, und wenn ich jetzt nicht die Kraft gehabt hätte zu gehen, wäre ich an diesem Mann zerbrochen.

Der einzige Nachteil an meinem neuen Leben in den USA ist die Tatsache, dass ich meine Familie zurücklassen musste.

Meine Mutter und ich haben ein wirklich enges Verhältnis und ich weiß jetzt schon, dass ich sie ganz schrecklich vermissen werde. Mein Dad ist ein sehr gemütlicher, ausgeglichener Mann. Und während meine Mutter und ich immer für Trubel und Chaos gesorgt haben, hat er es immer wieder geschafft, uns zur Ruhe zu bringen ...

Aber ich musste jetzt einfach gehen, tief in meinem Inneren habe ich gespürt, dass dieses Abenteuer der richtige Weg für mich ist. Und so verrückt es auch klingen mag, das ist das erste Mal in meinem einundzwanzigjährigen Leben, dass ich wirklich weiß, was ich will ...

***

Das Apartment, das für die nächste Zeit mein Zuhause sein wird, ist zwar klein und alles andere als luxuriös, aber ich kann mir die Miete leisten, und das ist alles, was zählt. Und um ganz ehrlich zu sein, wohne ich lieber alleine in einem kleinen Apartment als in einer der für New York so üblichen Wohngemeinschaften. Wahrscheinlich bin ich da einfach etwas kompliziert, aber ich brauche einen Ort, an dem ich die Türe hinter mir abschließen kann. Ein kleines, aber persönliches Reich, das mir ganz alleine gehört. Alleine die Vorstellung, nie alleine zu sein und nie wirklich meine Ruhe zu haben, beschert mir Bauchschmerzen. Die meisten, die mich kennen, würden mich wahrscheinlich als eine Art Außenseiterin beschreiben, aber das bin ich wirklich nicht.

Aber ich bin eben auch kein Mensch, der jeden Abend auf einer anderen Party tanzen muss. Ich liebe Bücher und ich schaue mir unheimlich gerne Filme an, und ganz typisch Mädchen, schmelze ich regelrecht dahin, wenn im Fernsehen Pretty Woman läuft.

Nachdem mein Flieger gestern erst mitten in der Nacht gelandet ist, habe ich noch keine Zeit gehabt, mir New York richtig anzusehen. Bis jetzt ist es mir nur gelungen, meine Koffer auszupacken und mir bei dem kleinen Asiaten, der sich nicht weit von meinem Zuhause befindet, etwas zum Essen zu holen. Nichts gegen Fluggesellschaften, aber das Essen, das sie in der Economy Class servieren, ist eine absolute Unverschämtheit und ich konnte mich einfach nicht überwinden, auch nur zwei Gabeln davon zu essen.

Die Modelagentur, bei der ich mich heute um vierzehn Uhr melden soll, befindet sich in der West End Ave, und da ich den Orientierungssinn eines Kreisels habe und mich die öffentlichen Verkehrsmittel in dieser gigantischen, vor Leben nur so pulsierenden Stadt noch mehr als alles andere verwirren, habe ich mich dafür entschieden, ein Taxi zu nehmen.

Zwar ist das ein finanzieller Luxus, den ich mir nicht oft leisten kann, aber ich kann es mir bei diesem Termin heute wirklich nicht erlauben, zu spät zu kommen.

Mittlerweile ist es elf Uhr und ich spüre, wie ich immer nervöser werde. Zwar kennt mich die Agentur ja schon von Fotos und Telefongesprächen, aber jetzt, wo ich Marlen, die New Yorker Agenturchefin, das erste Mal persönlich kennenlernen werde, habe ich das Gefühl, vor Nervosität beinahe durchzudrehen. Mein Puls rast wie verrückt und meine Handflächen sind schwitzig. Da ich weiß, dass es bei Agenturen nicht besonders gut ankommt, wenn man als Model zu stark geschminkt ist, beschließe ich sehr natürlich zu gehen. Tief durchatmend mache ich mich Schritt für Schritt fertig ...

Meine langen blonden Haare habe ich frisch gewaschen und glatt geföhnt, sodass sie in sanften Wellen über meine Schultern fallen. Mein Make-up ist so dezent wie möglich. Die schwarze Hose sitzt perfekt und die weiße Bluse, für die ich mich entschieden habe, betont meinen blassen Teint.

Zum Abschluss trage ich noch einen durchsichtigen Lipgloss auf und zwinkere meinem Spiegelbild aufmunternd zu.

Ich habe mein Zuhause und meine Familie in Deutschland zurückgelassen, um hier im Big Apple erfolgreich zu sein. Und ich werde jetzt, wo ich kurz davor bin, endlich durchzustarten, nicht scheitern!

Fest entschlossen ziehe ich mir meinen schwarzen Blaser über, schnappe meine Handtasche und ziehe die leicht schief hängende Türe meines Apartments hinter mir zu, ehe ich sie sicherheitshalber abschließe. Ich habe zwar nicht das Gefühl, dass das Schloss besonders viel taugt, aber sicher ist nun mal sicher.

Um meine Nervosität etwas zu lindern, habe ich beschlossen die Treppe zu nehmen. Mein Apartment liegt im dritten Stock und die Bewegung hat mir wirklich gutgetan. Kaum habe ich das Haus verlassen, befinde ich mich auch schon am faszinierendsten Ort der Welt. Egal ob in Queens, Brooklyn, Manhattan oder in der Bronx, überall wimmelt es nur so von den verschiedensten Menschen. Die Geräusche der Stadt und die Autos, die sich schnell und in meinen Augen zum Teil völlig waghalsig durch die Straßen schlängeln, sind für mich ja schon eine Attraktion an sich. Die gelben Taxis dominieren das Stadtbild, und jetzt muss es mir nur noch gelingen, eines davon für mich zu beanspruchen. Der Boden unter meinen Füßen beginnt zu vibrieren und ich weiß, dass diese Stadt auch im Untergrund nur so vor Leben pulsiert. Die Leuchtreklamen an den Hochhäusern und die Werbung an den Bussen, all das hier ist für mich so neu und aufregend, dass ich gar nicht weiß, wo ich zuerst hinsehen soll.

Wenn ich den Termin heute einigermaßen gut überstanden habe, wird es endlich Zeit, die Stadt zu erkunden. Alleine die Tatsache, dass ich ab jetzt hier lebe, ist so unfassbar verrückt, dass ich nichts gegen das glückliche Grinsen tun kann, das sich auf meine Lippen legt.

Ich fühle mich wie der berühmte Tellerwäscher, der mit nichts als einer Tasche voller Gepäck und großen Träumen nach Amerika gekommen ist, um hier sein großes Glück zu finden.

Und völlig egal, was ich dafür tun muss oder wie schwierig es auch werden mag, ich werde einfach alles tun und mein Bestes geben, um mich hier durchzusetzen.

Ich will diese Kampagne, ich will diese unfassbare Chance und es kommt einfach nicht infrage, dass ich scheitere!

Das mit dem Taxi war um einiges leichter als gedacht. Nachdem ich dem Fahrer die Adresse der Modelagentur gegeben habe, lehne ich mich in den Rücksitz zurück und sauge die Eindrücke in mich auf. Dank des Staus und der roten Ampeln ist alleine schon die Taxifahrt eine kleine Sightseeingtour.

Knapp dreißig Minuten und vierzig Dollar später komme ich endlich an meinem Ziel an.

Das gigantische Stanton Building ist der wahr gewordene Traum eines jeden Architekten. Unmengen von Glas und kaltem, unbiegsamem Stahl haben einen Wolkenkratzer erschaffen, der mir das Gefühl gibt, eine kleine Ameise zu sein.

Jetzt wird es ernst ...

Nervös sehe ich auf die kleine Armbanduhr an meinem rechten Handgelenk, die das Abschieds-Glückbringer-Geschenk meiner Eltern ist. Die beiden wollten, dass ich immer etwas bei mir trage, das mich daran erinnert, dass ich nicht alleine bin und dass ich ein Zuhause habe, das immer auf mich wartet. Und ich schätze, es sollte auch eine Anspielung darauf sein, dass ich etwas pünktlicher werden soll. Leider bin ich einer von den Menschen, die immer ein paar Minuten zu spät sind.

Doch was soll ich sagen? Es ist wirklich keine Absicht!

Aber zum Glück ist es mir ja heute gelungen, pünktlich zu sein – mehr als das sogar, denn ich bin knapp zwanzig Minuten zu früh.

Nicht sicher, was ich jetzt tun soll, hier warten oder schon mal in die sechzehnte Etage fahren, in der sich die Agentur befindet, bleibe ich kurz stehen und ringe mit mir selbst.

Lieber Gott, steh mir bei ...

Und noch während ich mir überlege, was ich denn jetzt tun soll, sehe ich, wie eine schwarze Limousine neben mir am Straßenrand anhält.

Ohne es eigentlich zu wollen, beobachte ich, wie der Fahrer aussteigt und die Türe hinter sich öffnet. Ich weiß nicht, womit oder mit wem ich gerechnet habe, aber während ich den fremden Mann beim Aussteigen beobachte, kann ich meinen Blick einfach nicht mehr abwenden.

Meine Augen gleiten über den graphitschwarzen Anzug, das schneeweiße Hemd und bleiben an dem Gesicht des attraktivsten Mannes hängen, den ich jemals gesehen habe. Die natürliche Arroganz, die ihn umgibt, harmoniert perfekt mit seiner unnahbaren Ausstrahlung. Diesen Mann umgibt eine dunkle und geheimnisvolle Aura. Als sich unsere Blicke treffen, spielen meine Sinne verrückt. Das dunkle Grau seiner Augen fixiert meinen Blick bestimmend.

Ich bin verloren ...

Sein markanter Kiefer ist von einem sexy Dreitagebart bedeckt. Seine vollen Lippen zeigen nicht den Hauch eines Lächelns, ganz im Gegenteil, sie wirken streng und kontrolliert. Erst in dem Augenblick, in dem er unseren Blickkontakt unterbricht und seine Augen über meinen Körper gleiten lässt, stelle ich überrascht fest, dass ich automatisch die Luft angehalten habe.

Der Ausdruck in den Tiefen seiner faszinierenden Augen wirkt hungrig und verlangend. Zitternd atme ich ein paarmal tief ein, ehe ich endlich in der Lage bin, mich von ihm abzuwenden. Völlig verwirrt drehe ich mich um und betrete die Aula des Stanton Buildings.

Was war das gerade eben? Und vor allem wer war das?

Die ziemlich streng aussehende Empfangsdame fragt mich nach meinem Namen und ob ich einen Termin habe. Erst nachdem sie sich bei der Agentur erkundigt hat, ob meine Angaben korrekt sind, stellt sie mir einen Besucherausweis aus und lässt mich durch das Drehkreuz.

Was für ein Theater! Sind diese Sicherheitsmaßnahmen Standard oder sehe ich vielleicht aus wie eine Verrückte?

Ungeduldig drücke ich auf den kleinen goldenen Knopf, um den Lift zu rufen, als ich eine Bewegung hinter mir wahrnehme. Und noch bevor ich einen neugierigen Blick über meine Schulter werfe, weiß ich ganz genau, wer direkt hinter mir steht.

Mister Dunkel und Gefährlich …

Ich weiß nicht, ob es an seinem unverschämt heißen Äußeren oder an seiner geheimnisvollen Ausstrahlung liegt, aber dieser Mann bringt mich einfach völlig durcheinander!

Das leise *Ping* des Aufzugs lässt mich erleichtert ausatmen. Nervös steige ich in die Kabine des Lifts und beobachte, wie er ebenfalls zu mir in den Aufzug steigt.

Mist! Ich stehe vor dem wichtigsten Meeting meines Lebens und bin gerade so durcheinander, dass ich in dieser Sekunde wahrscheinlich nicht mal meinen Namen buchstabieren könnte.

Erneut treffen sich unsere Blicke, die Luft um mich herum beginnt vor sexueller Energie regelrecht zu flimmern. Eigentlich bin ich mir mit meinen 1,78 Metern immer recht groß für eine Frau vorgekommen, aber neben diesem Kerl komme ich mir winzig vor. Seine enorme Körpergröße und seine breiten Schultern nehmen den meisten Platz im Aufzug ein. Hinzu kommt noch die Tatsache, dass er definitiv trainiert. Es gibt Männer, die werden von ihrem Anzug verschluckt. Doch bei diesem Prachtexemplar von einem Mann habe ich eher das Gefühl, dass er versucht seine raue und gefährliche Ausstrahlung unter dem glatten Stoff seines teuren Anzugs zu verstecken.

Doch das klappt nicht wirklich. Jeder Zentimeter seines mindestens zwei Meter großen Körpers wirkt wild, heroisch und kraftvoll.

„Welche Etage?“

Verwirrt sehe ich ihn an und stelle peinlich berührt fest, dass ich dank ihm so durcheinander bin, dass ich sogar vergessen habe, das Stockwerk, in dem der Aufzug für mich anhalten soll, zu wählen. Das dunkle Timbre seiner Stimme legt sich auf meine Nerven und lässt mich erschaudern.

Verflixt noch mal!

Unsicher atme ich tief ein und stelle entsetzt fest, dass mein verräterischer Körper ganz intuitiv auf die Nähe dieses Mannes reagiert. Mein Herzschlag wird langsam, aber sicher immer schneller. Meine Brustwarzen ziehen sich erregt zusammen und stellen sich auf. Tief in meinem Bauch spüre ich ein sanftes

Prickeln, während meine Lippen in der irrtümlichen Erwartung eines Kusses immer trockener werden.

„Ähm, die sechzehnte bitte!“

Selbstsicher steckt er einen Schlüssel in das Schloss unter dem Bedienfeld des Lifts und tippt einen Code ein.

Warum macht er das?

Nachdem er für mich auf den Knopf mit der Sechzehn gedrückt hat, tippt er mit einem sehr gepflegten Zeigefinger auf die Dreißig.

Natürlich habe ich mich im Vorfeld über das Stanton Building und die Agentur ‚Black & More‘ erkundigt. Und daher weiß ich auch, dass dieses Gebäude aus sage und schreibe dreißig Stockwerken besteht. Und ich weiß auch, dass das dreißigste Stockwerk privat ist und Jason Stanton persönlich gehört. Angeblich befindet sich da sein Loft.

Nachdem sich die Schiebetüren leise surrend geschlossen haben, setzt sich der Lift endlich in Bewegung.

Ich spüre seinen intensiven Blick auf meinem Gesicht und sehe ihm direkt in die Augen. Was bringt es mir, wenn ich mich benehme, als hätte ich noch nie in meinem Leben einen attraktiven Mann gesehen?

Auch wenn ich ehrlicherweise zugeben muss, dass mir noch nie *so* ein verflucht heißer Kerl über den Weg gelaufen ist.

Am liebsten würde ich meinen Blick sofort wieder abwenden, doch ich schaffe es einfach nicht.

Die intensive Präsenz dieses Mannes erfüllt die komplette Aufzugkabine, verwirrt meine Sinne und lässt meinen Herzschlag völlig durchdrehen.

Jason

Die unverhohlene Gier, die sich wie ein Flächenbrand in mir ausbreitet, lässt mich beinahe meine ansonsten so eiserne Selbstbeherrschung vergessen. Ein Blick in ihre wunderschönen veilchenblauen Augen, ihre helle Haut und ihre vollen Lippen lassen mein Verlangen mit voller Wucht zuschlagen. Trotz ihrer schmalen Taille hat sie einen wundervollen kurvenreichen Körper. Einen Körper, der einen Mann alles vergessen lassen kann.

Die Art und Weise, wie sie mich ansieht, wie sich ihre Atmung verändert, und der Glanz in ihren Augen verraten mir mehr, als ihr recht sein sollte. Ich weiß, dass sie das Knistern um uns herum ebenso spüren kann wie die sexuelle Anziehungskraft, die uns verbindet. Und dank meiner jahrelangen Erfahrung als Dom spüre ich instinktiv, dass sie devot ist.

Der Besucherausweis, den sie rechts an ihrem Blaser befestigt hat, verrät mir, dass sie zu der Modelagentur ‚Black & More' will.

Es wäre so leicht, der Versuchung nachzugeben und sie mit in mein Loft zu nehmen, um sie dort hart und lange zu ficken.

Doch ich bezweifle, dass sie damit einverstanden wäre.

Fuck!

Sie sieht so verflucht jung und unschuldig aus ...

Eine fatale Kombination für einen Mann mit meinen Vorlieben. Zu wem auch immer sie gehören mag, ich an seiner Stelle würde eine Frau wie sie niemals alleine durch die Stadt laufen lassen.

Und so sehr ich sie auch will, ich habe nicht das Recht, sie mit in meine Welt zu ziehen.

Innerlich laut fluchend breche ich unseren Blickkontakt ab und beobachte sie dabei, wie sie erleichtert durchatmet. Die Schiebetüren des Lifts gleiten langsam auf und ich sehe, wie sie auf wackeligen Beinen die Aufzugkabine verlässt.

Wenn sie wüsste, wie kurz davor ich gerade bin, all meine Bedenken in den Wind zu schlagen, sie zu packen und zu verschleppen, würde sie wahrscheinlich noch viel schneller laufen.

Meine dunklen Sehnsüchte werden immer stärker, meine Sehnsucht nach dem gefährlichen Spiel der Dominanz und Unterwerfung beginnt mich zu überwältigen. Fluchend schlage ich mit der flachen Hand gegen die verschlossenen Aufzugtüren, während mich der Lift immer höher bringt.

Angespannt balle ich meine Hände zu Fäusten und konzentriere mich auf meine Atmung. Ich kann nur hoffen, dass ich ihr nicht noch öfters über den Weg laufen werde. Denn selbst meine Beherrschung kommt irgendwann mal an ihre Grenzen ...

***

Chloe

Eigentlich hatte ich geplant, bei der Agenturchefin einen möglichst souveränen ersten Eindruck zu hinterlassen. Doch nach der ziemlich heftigen Begegnung im Fahrstuhl bin ich einfach nur völlig durch den Wind.

Der Mann, der am Empfang sitzt, begrüßt mich überschwänglich und teilt mir freundlich mit, dass ich nur kurz warten soll, bis Marlen, die Agenturchefin, Zeit für mich hat.

Dankbar, dass ich so noch ein paar Minuten Zeit habe, um mich wieder etwas zu sammeln, setze ich mich auf einen der komplett durchsichtigen Plastik-Designerstühle und sehe mich genauer um.

Alle noch so kleinen Details der Einrichtung sind perfekt aufeinander abgestimmt.

Mehrere Fotos von berühmten Models zieren die Wände, wahrscheinlich sollen sie die Mädchen, die wie ich noch ganz unten an der Karriereleiter stehen, beeindrucken.

Und was soll ich sagen? Es funktioniert definitiv!

Aber so beeindruckend das alles auch sein mag, ich finde es auch irgendwie beruhigend. Denn es zeigt, dass alle mal ganz unten angefangen haben.

Verdammt noch mal ...

Ich bin mehr als bereit, einfach alles zu tun, um eines Tages ebenfalls mein Bild an dieser Wand hängen zu sehen.

Nachdem sich mein Puls und mein Adrenalinspiegel endlich wieder etwas normalisiert haben, schalte ich mein Handy auf lautlos und konzentriere mich auf mein Ziel.

So verflucht sexy dieser Mann gerade eben auch gewesen sein mag, ich werde mich von keinem Kerl auf dieser Welt von meinem Plan ablenken lassen.

Auch nicht vom absolut heißen, verflixt attraktiven und irgendwie sehr mysteriösen Jason Stanton.

„Chloe? Du kannst jetzt zu ihr."

Ich wusste ja schon immer, dass die Amis, wenn es um Umgangsformen geht, etwas lockerer sind. Aber ich bin dennoch überrascht, dass sich in dieser Agentur alle beim Vornamen anreden. Das wäre bei uns in Deutschland nie vorstellbar gewesen.

„Danke.“ Ich folge dem netten, sehr eindeutig schwulen Kerl den langen Flur entlang, bis er nach kurzem Anklopfen die Milchglastüre von Marlens Büro öffnet.

Die Chefin der ‚Black & More’-Modelagentur erhebt sich aus ihrem breiten, weißen Ledersessel und kommt mit ausgestreckten Armen auf mich zu.

„Chloe, es ist so schön, dich zu sehen.“ Anstatt mir die Hand zu reichen, so wie ich es eigentlich erwartet habe, zieht sie mich an sich und haucht mir ganz nach französischer Manier links und rechts ein Küsschen auf die Wange. Von der herzlichen Begrüßung etwas überrumpelt erwidere ich ihre Begrüßungsgeste.

„Lass dich ansehen, Süße.“

Schlagartig wieder schrecklich nervös, erdulde ich ihren eindringlichen Blick, der mehrmals über mein Erscheinungsbild gleitet.

Natürlich kennt sie schon meine Sed-Karte, meine Maße und mein genaues Gewicht, wie hätte sie sonst mich für die Kampagne auswählen sollen. Aber es fühlt sich dennoch völlig anders an, jetzt direkt vor ihr zu stehen.

„Perfekt! In natura siehst du noch viel schöner aus als auf diesen ganzen Fotos!“

Der Stein, der mir bei ihren Worten urplötzlich vom Herzen fällt, ist größer als der Mount Everest. Bis jetzt hatte ich immer noch etwas Angst davor, dass sie mich sieht und sich dann doch für ein anderes Model entscheidet ...

„Absolut perfekt!“

Ihre Finger streichen über meine Schulterblätter, ehe sie mir zuzwinkert und sich wieder hinter ihren gigantischen gläsernen Schreibtisch setzt.

„Glaube mir, Chloe, du hast keine Ahnung, wie lange wir auf der Suche nach dem passenden Gesicht für diese Kampagne waren. Unser Auftraggeber ‚Devil Dessous’ wollte ein noch ganz unbekanntes Gesicht für den Start seiner neuen Werbekampagne. Die Ansprüche der Geschäftsführung waren in meinen Augen ungewöhnlich hoch. Aber glaube mir, wenn ich dir versichere, dass deine Fotos sie sofort überzeugt haben. Hach ... das ist ja alles so aufregend. Die Kampagne wird gigantisch. Deine Fotos werden auf allen Leinwänden dieser Stadt zu sehen sein. Wenn alles gut läuft, wirst du innerhalb weniger Tage zur Berühmtheit."

Zufrieden zwinkert sie mir zu.

„Und das Beste daran, du bist ein Mädchen aus meiner Agentur! Glaube mir, Sugar, zusammen werden wir sehr erfolgreich sein!"

Ich weiß nicht, was ich mir von diesem Gespräch erhofft habe. Aber das, was sie da sagt, klingt nach meinem ganz persönlichen Lottogewinn!

„Wie immer in diesem Geschäft ist Zeit Geld, da du erst anreisen musstest, ist wertvolle Zeit verloren gegangen, was bedeutet, dass wir gleich morgen mit dem ersten Shooting anfangen werden." Schnell wirft sie einen Blick auf ihre Uhr, ehe sie ihre Aufmerksamkeit wieder mir widmet.

„In knapp zehn Minuten treffen die zuständigen Ansprechpartner von ‚Devil Dessous' ein, sie werden dir die Dessous zeigen, mit denen du morgen fotografiert werden sollst. Am besten ziehst du sie zu Hause schon mal an – mach dich mit ihnen vertraut."

Marlen spricht so schnell, dass ich leichte Probleme damit habe mitzukommen. Mein Englisch ist zwar gut, aber noch lange nicht perfekt ...

Ich wusste, dass die Kampagne auf meine Ankunft gewartet hat, doch dass jetzt alles so wahnsinnig schnell gehen soll, überrascht mich schon irgendwie.

„Heute Abend findet ein wahnsinnig wichtiger Empfang im 13-Oaks Club statt. Sei bitte um zweiundzwanzig Uhr da. Wir müssen jetzt damit anfangen, dich der Öffentlichkeit zu zeigen, und dich als das neue Gesicht der Devils präsentieren."

Marlen sieht mich erwartungsvoll an, anscheinend ist jetzt der Zeitpunkt gekommen, an dem ich mich an unserem Gespräch beteiligen soll.

„Ich freue mich sehr und kann es kaum erwarten!"

„So soll es ja auch sein. Glaube mir, Kleines, hier in New York dreht sich die Uhr um einiges schneller als in der restlichen Welt. Dein Gesicht und dein Körper passen perfekt zu den Dessous, die Männer werden durchdrehen, wenn sie deine Plakate sehen werden."

Der nette Kerl vom Empfang kommt mit einem kleinen Tablett, auf dem sich eine Flasche Wasser, Gläser und zwei Tassen Kaffee befinden, in den Raum, stellt es auf dem Schreibtisch von Marlen ab und verschwindet wieder.

Marlens Blick gleitet erneut über meinen Körper und ich weiß, dass ich mich schon mal an diese Art von Musterung gewöhnen muss. Ab dem Zeitpunkt, an dem ich den Vertrag unterschreibe, ist mein Körper ein Produkt, das ich möglichst gut verkaufen muss. Mein Aussehen ist mein Kapital, und ab jetzt geht es darum, mich so gut zu vermarkten, dass meine Karriere nur so brummt.

„Wegen heute Abend ..."

Marlen sieht mir direkt in die Augen.

„Mach dir keine Sorgen, bevor du gehst, gebe ich dir dein heißes Outfit mit und um einundzwanzig Uhr dreißig holt dich ein Fahrer ab."

Ein Fahrer? Ich weiß nicht, womit ich genau gerechnet habe, als ich hierher gekommen bin. Aber ganz bestimmt nicht damit, dass ich so unfassbar viel Unterstützung bekomme.

„Nimm dir einen Kaffee, der ist gut für die Nerven!"

Meine Chefin zwinkert mir verschwörerisch zu, während es erneut an ihrer Bürotüre klopft.

„Aha – jetzt wird es ernst!"

Verwirrt sehe ich sie an, als auch schon zwei Männer das Büro betreten. Das sind bestimmt die angekündigten Ansprechpartner von ‚Devil Dessous'. Mal wieder schrecklich nervös stehe ich auf und reiche ihnen die Hand zur Begrüßung. Der Größere der beiden trägt einen schwarzen Anzug, er hat graue Haare und ich schätze ihn auf Mitte fünfzig. Höflich nickend reicht er mir seine Hand, während sein Blick kurz den meinen streift, ehe seine Augen sehr eindringlich über meinen Körper gleiten. Ich sehe, wie sein Kopf langsam zu nicken beginnt, so als würde er das, was er gerade zu sehen bekommt, nämlich mich, für gut befinden. Der Jüngere der beiden, ich denke, er ist so um die dreißig, trägt eine eng anliegende Röhrenjeans und ein wild kariertes Hemd. Seine Haare sind schulterlang und in seiner Nase steckt ein kleines funkelndes Piercing.

„Also, Chloe. Das sind Mike und Tom. Tom ist dein Fotograf und Mike wird sich um die Vermarktung der Kampagne kümmern."

Der Mann namens Mike lässt meine Hand los und ich werde von Tom, meinem neuen Fotografen, in eine herzliche Umarmung gezogen.

„Komm her, Süße ... Deine Haut und deine Haare sind der absolute Traum. Ich kann es kaum erwarten, dich morgen vor die Linse zu bekommen!"

Mit der ganzen Situation etwas überfordert, setze ich mich, nachdem er mich losgelassen hat, zurück in meinen Stuhl und lausche dem Gespräch zwischen Mike, Tom und Marlen. Tom öffnet die schwarze Lederschultertasche, die er neben seinen Stuhl gestellt hat, und zieht eine kleine blutrote Tasche hervor.

„Das sind die Stücke, mit denen wir morgen beginnen werden. Insgesamt werden wir fünfzehn verschiedene Dessous bewerben. Ich habe hier die ersten fünf dabei."

Tom öffnet die Tasche und zieht einen maracujafarbenen Spitzen-BH hervor. Der dazu passende String besteht aus verdammt wenig Stoff und ich schlucke schwer. Alleine das Wissen, dass mich Millionen von Menschen nur in diesen Dessous sehen werden, macht mir schon ein wenig Angst.

„Eine unserer neuen Seidenkollektionen heißt ‚Miami' und besticht durch ihre intensiven Farben und die feine Verarbeitung. Alle Teile dieser Kollektion bestehen ausnahmslos aus Seide und aus sehr kräftigen Farben. Die transparente Spitze ist unser neues Markenzeichen." Sprachlos streiche ich mit meinen Fingern über die weiche Seide. Das ist die schönste Unterwäsche, die ich jemals gesehen habe, und mit Sicherheit auch die kostspieligste. Als Nächstes legt er eine schwarze Korsage auf die Glasplatte des Schreibtischs. „Unsere nächste Kollektion heißt ‚Dark Storm' und wird ausschließlich in sehr dunklen, dominanten Farben erscheinen."

Die Korsage ist wunderschön und zu meiner Erleichterung besteht sie aus etwas mehr Stoff als das erste Dessousset, das vor mir liegt.

„In der Dark-Storm-Kollektion dreht sich alles um Hingabe und Verführung. Die halterlosen Strümpfe und die Strapse haben eine Nuance Petrol in ihrer Farbgebung und wirken so besonders geheimnisvoll. Wir haben auch ein sehr intensives Rot und dunkles Violett in die Kollektion mit aufgenommen, sodass alles sehr sexy aussieht und an Moulin Rouge erinnert."

Tom schaut mich amüsiert an, und ich weiß intuitiv, dass er ganz genau weiß, welche Gedanken mir gerade durch den Kopf huschen. Mike, der Chef dieser Kampagne, sieht mir in tief die Augen und ich spüre schlagartig, dass dieser Typ Ärger bedeutet. Auch wenn ich in dieser Branche noch recht unerfahren bin, weiß ich ganz genau, wann ein Mann mehr von mir will als nur eine gute Geschäftsbeziehung.

Ein unangenehmer Schauer rieselt über meinen Rücken und ich bemerke, dass mich Marlen beobachtet. Schnell verziehe ich meine Lippen zu einem unechten Lächeln und sehe Tom an.

„Die Dessous sind ein echter Traum. Und ich kann es kaum erwarten, dass wir mit den Fotos beginnen."

Tom schnalzt aufgeregt mit der Zunge. „Glaube mir, Chloe, ich auch nicht. Und ich verspreche dir, dass wir nicht nur Fotos, sondern richtige Kunstwerke erschaffen werden."

Tom ist toll. Er spürt meine Unsicherheit und versucht mich zu beruhigen. Seine lockere, eher flippige Art macht ihn mir symphytisch und ich wünsche mir wirklich sehr, dass wir mit der Zeit Freunde werden.

Mike legt mir seine rechte Hand auf den Oberschenkel und reicht mir die Tasche mit den restlichen Dessous.

„Am besten ziehst du sie bei dir zu Hause an. Wir haben diese Stücke extra mit deinen Maßen anfertigen lassen, sodass sie dir perfekt passen werden."

Am liebsten würde ich seine Hand von meinem Bein schieben, doch ich unterdrücke den Drang, etwas mehr Abstand zu ihm zu bekommen, und nehme die Tasche dankend entgegen.

Die nächsten siebzig Minuten unterhalten wir uns über den Ablauf, die genauen Shooting-Termine und die Vertragsdetails. Und als ich nach dem Gespräch die Agentur verlasse, habe ich eine Kopie des unterschriebenen Vertrags sowie die Tasche mit den teuflisch erotischen Dessous in meiner Hand.

Wahnsinn!

Es ist ambivalent! Die verschiedenen Emotionen tief in meinem Inneren könnten nicht unterschiedlicher sein. Einerseits könnte ich kreischen und vor Freude beinahe durchdrehen. Aber andererseits weiß ich auch ganz genau, was da auf mich zukommt. Das Leben als Model ist kein Zuckerschlecken. Immerhin werde ich fast nackt, schlimmer als fast nackt, nämlich in verflucht erotischer Unterwäsche, fotografiert und mein Kampagnenchef scheint ein sehr eindeutiges Interesse an mir zu haben ...

Tief durchatmend rufe ich den Lift und atme erleichtert aus, als ich feststelle, dass ich dieses Mal nicht mit Mister Dunkel und Gefährlich in der kleinen Aufzugkabine eingesperrt werde. Ich bin eh schon so schrecklich durcheinander, seine Nähe würde mir jetzt wahrscheinlich den Rest geben ...

Jason

Unkonzentriert sehe ich durch das Panoramafenster, das die komplette Westseite meines Lofts einnimmt. Auf dem Schreibtisch vor mir stapelt sich nur so die Arbeit. Verschiedene Verträge warten darauf, unterzeichnet zu werden. Zwei größere Firmenübernahmen und der Kauf einer wirklich interessanten Immobilie wetteifern um meine Aufmerksamkeit. Und was tue ich?

Ich denke an ein Paar veilchenblauer Augen, milchweiße Haut und perfekte weibliche Rundungen.

Fuck!

Die Arbeit ist mein Lebensinhalt.

Ich bin ein geborener Workaholic. In der Welt, in der ich lebe, geht es um Macht und Kontrolle. Wenn es um Vertragsabschlüsse und Investitionen in verschiedene Firmen geht, bin ich ein Spieler. Ich liebe das Risiko, den Nervenkitzel und das Gefühl des Siegs.

Fluchend wende ich meine Konzentration den verschiedenen Unterlagen auf meinem Schreibtisch zu, nur um eine Sekunde später entnervt aufzustehen.

Wütend über die Macht, die diese junge Unbekannte auf mich hat, gehe ich zur Bar und schenke mir einen großzügigen Schluck Whisky ein.

Mein Gewissen sagt mir, dass ich mich richtig entschieden habe, als ich sie gehen ließ. Doch mein Körper ist da ganz anderer Meinung. Frauen wie sie bedeuten Komplikationen und Ärger, und bisher habe ich keiner Frau zugestanden, mir diese Art von kompliziertem Ärger zu machen.

Tief durchatmend nippe ich an der bernsteinfarbenen Flüssigkeit in meinem Glas und genieße das angenehme Brennen, das der Alkohol in meiner Kehle auslöst.

Bis zu einem gewissen Grad bin ich ein gefühlloses Arschloch, das nicht für eine richtige Beziehung gemacht wurde. Alles, was ich brauche, ist regelmäßiger, harter Sex. Und der hat nicht das Geringste mit Gefühlen zu tun, sondern mit guter Organisation.

Auf dieser Welt gibt es genug Frauen, die mehr als bereit sind, meine Sehnsüchte zu befriedigen. Und im Gegenzug für ihr Entgegenkommen sorge ich dafür, dass sie für eine gewisse Zeit ein sorgenfreies Leben führen können.

Das perfekte Arrangement ...

Vielleicht liegt es daran? Vielleicht sollte ich mich nach einer neuen Sub umsehen?

Genervt, dass es eine junge Frau geschafft hat, mich so abzulenken, beschließe ich ins Training zu gehen. Nach einer Stunde Thai-Boxen mit meinem Trainer Kamon habe ich mich noch immer besser gefühlt.

Chloe

Nach dem Meeting in der Agentur bin ich kurz nach Hause in mein Apartment gegangen, hab den Vertrag und die Tasche mit den Dessous auf mein Bett geschmissen und bin sofort wieder losgezogen. Endlich hatte ich ein paar Stunden Zeit, diese fantastische Stadt zu erkunden. Nachdem ich fünf Stationen mit der Metro gefahren bin, habe ich mir an einem kleinen fahrbahren Stand einen Hot Dog gekauft und bin durch den Central Park gelaufen. Marlen hat recht, diese Stadt hat ihren ganz eigenen Rhythmus. Und ich habe das Gefühl, dass hier alles schneller, wilder und auf eine verrückte Art individueller ist. Ich fühle mich, als hätte ich mein bisheriges Leben in Zeitlupe gelebt. Nachdem ich mich, wie sollte es auch anders sein, auf dem Rückweg mit der U-Bahn verfahren habe, bin ich erst gegen achtzehn Uhr wieder in meinem Apartment angekommen. Durch die dünnen Wände meines neuen Zuhauses höre ich das leise Murmeln von verschiedenen Stimmen und ich tippe, dass mein rechter Nachbar gerade fernsehschaut.

Unsicher bleibt mein Blick an der blutroten Tasche hängen, in der sich die Dessous befinden.

Natürlich weiß ich, dass ich unbeobachtet bin und dass mich diese Unterwäsche nicht beißen wird, und dennoch habe ich irgendwie Angst, mich genauer mit ihr zu befassen. Als ich vor ein paar Tagen noch zu Hause in Deutschland war, wusste ich natürlich, was auf mich zukommt. Aber jetzt, wo es richtig ernst wird, spüre ich, dass ich echt Angst bekomme.

Was ist, wenn ich mich blamiere oder zu schüchtern bin oder einfach nicht fotogen genug?

Leise mit mir selbst schimpfend, sortiere ich die passenden Sets zusammen und streiche ehrfürchtig mit meinen Fingerspitzen über die zarten Spitzen und Nähte.

In meinem ganzen Leben habe ich noch nie so edle Unterwäsche besessen ...

Nervös beginne ich damit, mich auszuziehen, in der Sekunde, in der ich in den String steige und die kleinen Häkchen des BHs schließe, stelle ich mich vor den leicht milchigen Wandspiegel neben der Eingangstüre und betrachte kritisch mein Spiegelbild.

Oh wow! Die Dessous sind wunderschön ...

Der maracujafarbene Stoff schmiegt sich um meine Rundungen. Die weißen Nähte und der leicht pinke Farbton an der Unterseite der BH-Körbchen lassen das Ensemble richtig sexy, jedoch auch verspielt und romantisch wirken.

Gespannt, wie das Dunklere mit der Korsage wohl aussieht, ziehe ich die Sachen wieder aus und schlüpfe in die Korsage.

Alleine das Tragegefühl ist der absolute Wahnsinn. Langsam drehe ich mich um meine eigene Achse und betrachte mich genauer. Bis jetzt hat mich nur mein Ex Ben nackt oder gar in solch sexy Dessous gesehen. Und das Wissen, dass mich bald unheimlich viele fremde Männer so sehen können, lässt meinen Puls verrücktspielen.

Es ist nur ein Job!

Während mich mein Unterbewusstsein zu beruhigen versucht, höre ich, wie es an meiner Türe klopft. Wer kann das sein? Ich kenne hier niemanden.

Die Warnungen meiner Mutter über Mörder und Vergewaltiger schießen mir durch den Kopf. *Na klasse ...* Jetzt klopft es das erste Mal an meiner Türe und ich verfalle in Panik!

Leise über meine übervorsichtige Mutter und ihre Horrorgeschichten fluchend ziehe ich mir schnell etwas über, ehe ich durch den kleinen Spion in der Türe schaue.

Im dämmrigen Flur steht ein gut aussehender Mann Mitte zwanzig. Über seinem rechten Arm hängt eine weiße Kleiderhülle und ich weiß schlagartig, dass das der Bote sein muss, der mir das Kleid für heute Abend liefert.

Langsam schiebe ich den Riegel der Sicherheitskette auf und öffne die Türe.

„Hi."

Dieser Mann sieht eigentlich gar nicht wie ein Bote aus.

„Hi."

„Ich bin dein Nachbar." Mit einer lässigen Bewegung deutet er auf das Apartment, das direkt gegenüber von dem meinen liegt. „Vor knapp einer Stunde hat ein Bote bei mir geklopft, weil du nicht da warst. Er hat das hier für dich dagelassen."

„Danke, dass du es angenommen hast. Ohne dieses Kleid wäre ich heute Abend verloren gewesen!"

Das charmante Lächeln meines Nachbarn zaubert ihm zwei Grübchen auf die Wangen.

„Ist doch klar. Einer schönen Frau in Not helfe ich doch immer gerne."

Anscheinend habe ich einen echt heißen, wirklich netten Nachbarn ...

Als er mir die Kleiderhülle überreicht, streifen seine Finger kurz die meinen, unsere Blicke treffen sich und mir wird jetzt erst bewusst, dass ich mit ihm geflirtet habe.

„Wie gesagt, danke noch mal."

„Gern."

Gerade als ich meine Türe schließen will, legt er von außen seine Handfläche gegen das Holz und stoppt so meine Bewegung.

„Was hältst du davon, wenn wir mal ein Bier zusammen trinken gehen?“

Anscheinend zeige ich nicht die erhoffte Reaktion, denn er mildert seinen Anmachversuch ab, indem er „Also so unter Nachbarn“ hinterherschiebt.

Da er ein echt netter Kerl zu sein scheint und ich ja irgendwann mal neue Kontakte knüpfen muss, schlucke ich mir meine Ausrede herunter und nicke zustimmend.

„Ja sicher, gerne. Ich würde mich freuen!“

„Sehr cool. Wir machen einfach mal was aus? Oder?“

„Ja, das klingt super. Aber ich muss mich jetzt echt fertig machen!“

„Alles klar. Bye.“

„Bye und danke noch mal!“

Erleichtert mache ich die Türe zu und öffne aufgeregt den Kleidersack. Ich bin echt gespannt, was mir Marlen für ein Kleid ausgesucht hat.

Jason

Shit!

Das Training heute war echt heftig. Der letzte Side-Kick von Kamon hat mich direkt in die Rippen getroffen. Doch es ist nicht der leichte Schmerz, der mich ärgert, sondern die Tatsache, dass ich so abgelenkt war, dass ich nicht genug auf meine Deckung geachtet habe.

Was zur Hölle hat diese Frau von heute Vormittag nur an sich, dass ich sie einfach nicht mehr aus dem Kopf bekomme!

Genervt und mit ziemlicher mieser Laune stelle ich mich unter die Dusche. Nach diesem beschissenen Tag wäre eine Session mit meiner Sub genau das Richtige, doch anstatt dass ich mich so richtig gehen lassen kann, muss ich ins 13-Oaks zu dieser Promo-Veranstaltung meines Bruders. Das Verhältnis zwischen Kyle und mir ist weiß Gott nicht das Beste. Irgendwie kommt er noch immer nicht damit klar, dass ich es war, der die Firma unserer Mutter vor dem Bankrott gerettet hat.

Nachdem ihr Ehemann Nummer drei an einem Herzinfarkt gestorben ist, hat sich unsere Mutter eingebildet, dass ihr Leben eine neue Richtung braucht.

Mit dem Erbe hat sie sich die Unterwäschefirma ‚Devil Dessous' gekauft, und so geschäftstüchtig sie auch sein mag, hat sie das Unternehmen innerhalb von elf Monaten in den Bankrott getrieben. Der Absatz ist enorm hoch und die Marke an sich ein Spitzenreiter in der Branche. Es grenzt also wirklich an ein Wunder, dass sie es geschafft hat, das Unternehmen beinahe in den Sand zu setzen. Um ihr einen Gefallen zu tun und gleichzeitig meine Nerven zu schonen, habe ich ihre Schulden bezahlt und ihr einen Geschäftsführer besorgt.

Mike ist verdammt engagiert und im Gegensatz zu meiner Mutter hat er eine Ahnung von Finanzen. Und da kommt Kyle ins Spiel. Mein Bruder ist seit Neuestem für das Marketing von Mutters Firma zuständig. Entgegenkommend, wie ich bin, habe ich ihnen angeboten, dass sie diese Veranstaltung in meinem Club 13-Oaks veranstalten dürfen, und irgendwie haben meine Mutter und mein Bruder es geschafft, mich dazu zu überreden, dass ich ebenfalls erscheinen werde. Da ich meistens sehr bemüht bin, unsere Treffen auf ein Minimum zu reduzieren, werde ich das heute Abend einfach durchstehen und mich möglichst früh wieder verabschieden.

Es mag ja sein, dass manche Familien dank des Gefühls von Verbundenheit gut funktionieren. Meine hingegen ist einfach nur ein nerviger Ballast, den ich leider nicht vollständig abstoßen kann.

Chloe

Mich nach links und rechts drehend, versuche ich herauszufinden, wie viel nackte Haut dieses Kleid, falls man das bisschen Stoff wirklich als Kleid bezeichnen darf, frei lässt.

Nervös zupfe ich den Saum etwas weiter nach unten, was allerdings zur Wirkung hat, dass somit immer mehr von meinem Rücken freigelegt wird.

Dieses Kleid ist absolut heiß, es ist wunderschön geschnitten, sehr edel und es passt mir perfekt. Der einzige Nachteil ist, dass es wirklich aus verflixt wenig Stoff besteht.

Wobei mich das ja eigentlich nicht stören sollte, immerhin verbringe ich ja ab morgen sowieso den halben Tag so gut wie nackt.

Die schwarzen Pailletten, aus denen das Kleid hauptsächlich besteht, funkeln im schwachen Licht meines Apartments. Die schwarzen High Heels, die ich von ganz unten aus meinem Koffer gekramt habe, passen perfekt, und jetzt muss ich mich eigentlich nur noch um mein Make-up und meine Haare kümmern.

Fest entschlossen, mich perfekt zu stylen, mache ich mich auf den Weg in mein kleines Badezimmer. Ich beschließe meine Haare heute Nacht offen zu lassen, sodass sie in sanften Wellen über meinen Rücken fallen. So kann ich vielleicht ein ganz kleines bisschen meines Rückens bedecken und fühle mich eventuell nicht mehr ganz so unangezogen. Nachdem ich etwas Make-up und einen rauchgrauen Lidschatten aufgetragen habe, tusche ich mir die Wimpern und betone meine vollen Lippen mit einem kirschroten Lippenstift.

Die Frau, die mich jetzt aus dem Spiegel heraus ansieht, erinnert kein bisschen mehr an das Mädchen, das vor nicht ganz achtundvierzig Stunden in Deutschland in das Flugzeug gestiegen ist.

Was eine neue Stadt, ein neuer Job und ein neues Kleid so alles bewirken können ...

Gerade als ich meinen kohleschwarzen Kajal aufgetragen habe, höre ich, wie das noch ungewohnte Schrillen meiner Wohnungsklingel die Stille durchbricht. Mit einem schnellen Blick auf meine Uhr stelle ich erschrocken fest, dass das tatsächlich schon mein Fahrdienst ist. Erstaunt, wie schnell die Zeit vergangen ist, schnappe ich mir meine Handtasche, schalte das Licht aus und verlasse mein Apartment.

Auch wenn ich mich erst noch in meinem neuen Leben zurechtfinden muss, bin ich mehr als bereit, ganz New York zu zeigen, dass ich die richtige Frau für diese Kampagne bin.

Jason

Mit der Gesamtsituation mehr als nur unzufrieden, gebe ich Stanley, meinem Fahrer, Bescheid, dass er vorfahren soll. Je schneller ich dort auftauche, umso schneller kann ich wieder gehen. Es ist eine unumstrittene Tatsache, dass man alles in seinem Leben kontrollieren und selbst bestimmen kann. Nur seine eigene Familie muss man ein Leben lang erdulden. Fest entschlossen, nicht mehr als ein paar Stunden meiner Zeit zu verschwenden, betrete ich den Aufzug und mache mich auf den Weg. Mit ein bisschen Glück kann ich mich ja auch gleich um ein paar Angelegenheiten des Clubs kümmern, wenn ich schon mal vor Ort bin.

***

Chloe

Um ehrlich zu sein, komme ich mir gerade ein bisschen vor wie die Prinzessin von New York. Es hat schon was an sich, tolle Kleider geschenkt zu bekommen, aber von einer schwarzen Limousine abgeholt zu werden ist einfach die Krönung dieses außergewöhnlichen Tages. Nachdem mir der Fahrer die Türe aufgehalten hat, steige ich mit rasendem Herzen ein und setze mich auf die schwarzen Ledersitze.

Lieber Gott, steh mir bei ...

Schrecklich nervös kralle ich meine Finger in das Leder meiner Handtasche, um zu verhindern, dass ich vor lauter Nervosität meine Fingernägel anknabbere.

Nach knapp dreißig Minuten Fahrt spüre ich, wie wir immer langsamer werden und der Wagen zum Stehen kommt.

Jetzt wird es also wirklich ernst! Das ist mein erster offizieller Auftritt als das neue Gesicht von ‚Devil Dessous'. Hypernervös bleibe ich brav sitzen und warte, dass mir der Fahrer die Türe öffnet. Leise zu Gott betend, dass ich möglichst elegant ohne Slip-Blitzer oder High-Heels-Unfall aus dem Wagen komme, steige ich aus und zaubere ein Lächeln auf mein Gesicht. Jetzt ist wirklich der falsche Moment, um schüchtern zu sein ...

Um ehrlich zu sein, weiß ich nicht, womit genau ich gerechnet habe, aber ganz bestimmt nicht damit, dass mich Blitzlichtgewitter erwartet. Das laute Klicken der Kameras und das grelle Licht der vielen Blitze lassen mich kurz die Augen zusammenkneifen.

Als ich heute Morgen aufgestanden bin, war ich noch ein unbekanntes Model auf der Suche nach einem Job, und jetzt?

Jetzt fahre ich mit einer Limousine vor den In-Club Manhattans und werde von Paparazzi fotografiert – was für eine verrückte Welt!

Nachdem es mir gelungen ist, ins Innere des Clubs zu kommen, atme ich erleichtert aus. Das Innere des 13-Oaks Clubs ist der absolute Wahnsinn. Die Decke glitzert im Schein der bunten Spots. Und erst beim genaueren Hinsehen stelle ich fest, dass die komplette Decke mit Glitzersteinen bedeckt ist. Der DJ, der seinen Pult direkt neben der großen Bar hat, sorgt dafür, dass die Tanzfläche voll ist. Wummernde Beats pulsieren durch meinen Körper. Und ich stelle erleichtert fest, dass mein Kleid alles andere als gewagt ist. Ganz im Gegenteil, es scheint völlig normal zu sein, viel nackte Haut zu zeigen. Die weißen Barhocker leuchten im Schwarzlicht, während bunte Cocktails und kleine durchsichtige Shots die Bar säumen.

Gerade als ich mich auf die Suche nach Marlen machen will, spüre ich, wie sich von hinten eine Hand auf die nackte Haut meiner Schulter legt. Erschrocken zucke ich zusammen und drehe mich schnell einmal um die eigene Achse.

Tom, mein Fotograf, steht hinter mir und sieht mich gut gelaunt an.

„Wenn das nicht die Königin der Nacht ist?!“

Sein Blick gleitet von meinem Gesicht langsam hinab zu meinen Füßen, ehe er einen anerkennenden Pfiff ausstößt. Ich weiß nicht, woran es liegt, aber wenn Tom mich so ansieht, stört es mich nicht im Geringsten. Was vielleicht daran liegen könnte, dass es zwischen uns nicht die geringste sexuelle Anziehung gibt. Tom ist der erste Mann, bei dem ich das Gefühl habe, dass ich nicht aufpassen muss, sondern bei dem ich einfach nur ganz ich selbst sein kann.

„Hi. Es ist schön, ein bekanntes Gesicht zu sehen.“

„Komm, ich bringe dich zu Marlen. Sie kann es kaum erwarten, dich allen möglichen Leuten vorzustellen. Wenn du mich fragst, hat sie noch eine Menge mit dir vor."

Verspielt zwinkernd reicht er mir seinen Arm und ich hake mich bei ihm ein. Die Tatsache, dass ich mich bei Tom so wohlfühle, wird mir die Arbeit bei den anstehenden Shootings sicherlich extrem erleichtern.

Marlen ist, wie sollte es auch anders sein, umringt von Menschen. Jetzt, wo ich nicht mehr ganz so nervös bin wie heute Vormittag, nehme ich mir einen Augenblick Zeit und betrachte sie genauer. Um ehrlich zu sein, fällt es mir immer unheimlich schwer, Frauen altersmäßig einzuschätzen. Marlen hat lange schwarze Haare, ein fein geschnittenes Gesicht, das mit Sicherheit schon ein paarmal mit Botox behandelt wurde, und eine gerade Nase, bei der ich mir auch nicht ganz sicher bin, ob die ganz Natur ist.

Sie hat eine unfassbar fesselnde Ausstrahlung und ein sehr charmantes Lächeln, das jedoch nicht darüber hinwegtäuscht, dass sie eine Frau ist, mit der man sich lieber nicht anlegen sollte. Die Selbstsicherheit, die sie an den Tag legt, ist umwerfend und ich würde mir wünschen, nur einen Teil davon auszustrahlen. Als sie mich und Tom entdeckt, kommt sie sofort auf mich zu und zieht mich wie schon einmal heute in eine leichte Umarmung, während sie mir zwei Küsschen auf die Wangen haucht.

Als ihr Mund ganz nah an meinem Gesicht ist, flüstert sie mir leise ins Ohr, dass ich umwerfend aussehe und nicht so nervös sein soll.

So viel zum Thema Selbstsicherheit ...

Als sie mich wieder freigibt, beginnt sie damit, mich so vielen Leuten vorzustellen, dass ich mir nicht mehr als drei Namen merken kann.

Das bunte Licht der Spots erhellt die verschiedenen Gesichter der Personen, deren Namen mir leider schon wieder entfallen sind. Noch bevor ich überhaupt weiß, woher es kommt, habe ich auch schon ein Glas Champagner in der Hand und wir stoßen auf die neue Kampagne und deren Erfolg an.

Und nicht zum ersten Mal am heutigen Tag frage ich mich still und heimlich, wie sich mein Leben nur so verflixt schnell verändern konnte?!

Wenn das so weitergeht, liege ich heute Abend mit einem Schleudertrauma im Bett ...

Jason

Das Blitzlicht der Fotografen lässt meine eh schon schlechte Laune endgültig in den Keller rauschen. Ich weiß jetzt schon, wie die morgige Schlagzeile in den ganzen Klatschblättern lauten wird:

Begehrtester Junggeselle New Yorks auf der Suche nach der zukünftigen Miss Stanton.

Ich weiß nicht, wie diese Arschlöcher auf die Idee kommen, dass ich auf der Suche nach der Frau fürs Leben bin, aber sie liegen absolut falsch! Weder suche ich nach einer Frau noch bin ich gewillt, jemals eine Familie zu gründen. Meine Kindheit war eine Katastrophe und ich denke nicht, dass ich jemals in der Lage sein werde, einem Kind ein behütetes Zuhause zu bieten. Kinder sind eine tolle Sache, solange sie nicht in meinem Leben vorkommen!

Ich für meinen Teil ziehe die Arbeit dem Privatleben in allen Bereichen meines Lebens vor. Die Türsteher nicken mir kurz zu, ehe sie mich durchlassen. Im Club ist wie immer die Hölle los. Und es dauert auch nicht lange, bis ich meine Mutter entdeckt habe. Sie steht mit Kyle in einem Pulk von Menschen. Und wie immer ist sie ganz damit beschäftigt, im Mittelpunkt zu stehen.

In der Sekunde, in der sie mich entdeckt, kommt sie auf mich zu und zieht mich in eine Umarmung, die ich nur widerwillig über mich ergehen lasse.

Jetzt, wo ich hier bin, weiß ich, dass ich mir diese ganze Scharade auch einfach hätte sparen können. All das, diese Menschen und dieser Abend, ist pure Zeitverschwendung.

Nachdem ich die Begrüßung hinter mich gebracht habe, bestelle ich mir einen Whisky Sour und warte auf einen günstigen Zeitpunkt, um mich zu verabschieden.

Chloe

Die meisten der Leute, die ich heute kennenlerne, scheinen ausnahmslos freundlich zu sein. Auch wenn so manchen anwesenden Frauen der Neid regelrecht auf die Stirn geschrieben steht, wagt es keine, Marlen vor den Kopf zu stoßen, indem sie mich meidet oder gar beleidigt.

Ich komme mir vor, als würde ich am Abgrund einer Schlangengrube stehen, und nur der Hauch eines kleinen Fehlers wäre der tödliche Stoß, der mich in den Abgrund schickt.

Nachdem ich mein zweites Glas Champagner geleert habe, taucht Tom wieder neben mir auf.

„Und? Wie fühlst du dich bis jetzt? Musst du gerettet werden?"

Gerade als ich ihm antworten will, erscheint Marlen direkt vor mir.

„Komm schon, Chloe, es wird Zeit, dass ich dir die Inhaberin von ‚Devil Dessous', Stella Sandery, vorstelle."

Aufgeregt sehe ich kurz Tom an, der meinen Blick ganz genau richtig interpretiert.

„Na wenn das so ist, begleite ich die Ladys."

Erleichtert, dass er bereit ist, mir den Rücken zu stärken, forme ich mit meinen Lippen ein stummes „Danke", während mich Marlen bereits mit sich zieht.

Stella Sandery ist der Inbegriff einer High-Society-Lady. Ihr elegantes Abendkleid umschmeichelt ihre schlanke Figur. Schwerer Schmuck funkelt in dem schnell wechselnden Licht des Clubs, während sie mit ausholenden Gesten ihre nichtssagenden Worte unterstreicht. Und was soll ich sagen, diese Frau ist mir schlagartig unsympathisch. Angestrengt versuche ich so höflich wie möglich zu sein, immerhin befinde ich mich in einer Position, in der ich mir Antipathie einfach nicht leisten kann.

Nachdem sie mich auf eine ziemlich unverschämte Art und Weise gemustert hat, nickt sie bestimmt, ehe sie laut verkündet, dass ich ganz genau das bin, was sie gesucht hatte.

Erleichtert, dass ich zumindest ihren Ansprüchen genüge, schlucke ich schwer, während mir Tom seinen Arm um die Hüfte legt.

Gott, bin ich gerade froh, dass ich nicht alleine bin. Zwar kenne ich ihn ebenfalls erst seit ein paar Stunden, aber die Chemie zwischen uns ist einfach perfekt.

Das unheilvolle Kribbeln in meinem Nacken verrät mir, dass ich beobachtet werde. Vorsichtig lasse ich meinen Blick über die Menschen in meiner unmittelbaren Nähe gleiten. Als mein suchender Blick an einem bekannten Paar sturmgrauer Augen hängen bleiben, rutscht mir mein Herz direkt in den Magen.

Ach du heilige Scheiße!

Der Mann, der mich mit seinem eindringlichen Blick regelrecht verschlingt, ist niemand Geringerer als Jason Stanton. Der Jason Stanton, dessen Nähe mich schon heute Vormittag völlig verwirrt hat ...

Für einen verrückten kurzen Augenblick höre ich weder die laute Musik um mich herum noch nehme ich die anderen Menschen wahr, die sich in unserer Nähe befinden. Alles, was in diesen wenigen Sekunden für mich zählt, ist der Mann, der mich einerseits verängstigt und andererseits wie magisch anzieht. Seine grauen Augen verdunkeln sich zu unheilvollen Gewitterwolken, während sie über mein nicht wirklich vorhandenes Kleid gleiten. Seine vollen Lippen presst er zu einem schmalen Strich zusammen, während er mir fragend in die Augen sieht.

Auch ohne dass er ein Wort sagt, weiß ich, dass er mein Outfit viel zu sexy findet.

Verzweifelt bemühe ich mich, frischen Atem in meine Lungen zu bekommen, während ich versuche unseren Blickkontakt zu unterbrechen.

Mister Dunkel und Gefährlich!

Was hat dieser Mann nur an sich, dass er so eine verheerende Wirkung auf mich hat?

Erst als Tom seinen Griff um meine Taille festigt und mich noch näher an seinen Körper zieht, gelingt es mir, meinen Blick zu senken.

Jasons Blick gleitet zu Toms Arm auf meiner Taille. Und wenn ich dachte, dass sich sein Blick aufgrund meines Kleides schon verfinstert hat, wird er jetzt geradezu tödlich.

Meine Kehle wird schlagartig trocken und ich schlucke schwer, während mein Herz regelrecht zu galoppieren beginnt.

Ich bin verloren ...

Tom bemerkt unseren Blickkontakt, sagt jedoch nichts dazu, seine einzige Reaktion ist der herausfordernde Blick, mit dem er dem von Jason standhält.

Respekt! Ich an Toms Stelle wäre schon längst eingeknickt ...

Jason

In meinem ganzen Leben bin ich schon verdammt vielen Herausforderungen begegnet, doch dieses Mal stehe ich vor einer verflucht attraktiven, viel zu leicht bekleideten Herausforderung, die meine dunkelsten Fantasien zum Leben erweckt.

Knurrend lasse ich meinen Blick über ihr Outfit gleiten ... *verfluchte Scheiße!*

Der wenige Stoff, der ihr Kleid darstellt, verhüllt ihren Körper nur gering, hebt dafür aber ihre Reize mehr als deutlich hervor.

Wenn sie nur mir gehören würde, wäre sie so definitiv keinen Schritt aus meinem Schlafzimmer gekommen!

Dank der Schicksalsfügung, die dafür gesorgt hat, dass mir diese faszinierende Frau heute schon das zweite Mal über den Weg läuft, weiß ich jetzt, dank meines Bruders, zumindest ihren Namen: Chloe.

Und wenn ich das alles richtig verstanden habe, ist sie das neue Gesicht der ‚Devil Dessous'-Kampagne.

Bei allen Heiligen!

Mein innerer Dämon hat den Kampf gegen seine von mir angelegten Ketten längst gewonnen. Und jetzt ist er dabei, das letzte bisschen meiner Selbstbeherrschung zu zerfetzen.

Es fehlt nicht mehr viel und ich ignoriere alle Konsequenzen, werfe sie mir über die Schulter und beanspruche sie für mich.

In diesem Sumpf aus Macht, Kontrolle und Sex ist schon so manche Frau zerbrochen. Chloe wirkt so unschuldig und schutzlos, und es grenzt an Wahnsinn, dass ausgerechnet ich, ein Mann, vor dem sie definitiv beschützt werden sollte, den Drang verspüre, sie zu schützen.

Die Haie haben das frische Blut längst gewittert und ihre Jagd auf sie begonnen, wie der männliche Arm, der so besitzergreifend auf ihrer Hüfte liegt, beweist.

Meine rechte Faust beginnt zu jucken, und der Drang, dem Typen an ihrer Seite den Kiefer zu brechen, wird beinahe übermächtig.

Holy Fuck!

Das gekünstelte Lachen meiner Mutter reizt meine eh schon angespannten Nerven und ich beobachte fluchend, wie sich Chloe kurz entschuldigt. Das Einzige, was meine Selbstbeherrschung jetzt noch aufrechterhält, ist die Tatsache, dass der Wichser, der seinen Arm um sie gelegt hat, stehen geblieben ist, während sich mein Engel ihren Weg durch die tanzende Meute bahnt.

Mein Engel ...

Die Tatsache, dass ich sie gedanklich schon meinen Engel nenne, beweist, wie weit mich diese Frau schon getrieben hat. Und das, obwohl sie eigentlich nichts Besonderes getan hat, um meine Aufmerksamkeit auf sich zu ziehen.

Tief einatmend leere ich das Whiskyglas, das ich durch meine immer weiter aufsteigende Wut beinahe zum Platzen gebracht habe.

Kyles Blick liegt neugierig auf meinem Gesicht, und ich weiß, dass ihm meine Reaktion auf sie nicht entgangen ist.

Es wird Zeit, dass ich diese Katastrophe beende. Wenn ich auch nur eine Sekunde weiter in dieser Scheiße feststecke, verliere ich meinen Verstand!

Vielleicht sollte ich mir eine von den vielen anwesenden Frauen aussuchen, sie in ein dunkles Eck drängen und so lange ficken, bis sich mein Verstand endlich wieder klärt!

Chloe

Luft – ich brauche frische Luft!

Atemlos bahne ich mir einen Weg durch die Menge, während ich mich verzweifelt darum bemühe, nicht meine Contenance zu verlieren.

Was zur Hölle ist hier nur los?

Wie kann es sein, dass mich die reine Anwesenheit dieses Mannes so durcheinanderbringt?

All die Blicke, die auf mir ruhen, die vielen Erwartungen, die alle an mich haben, und das Wissen, dass ich morgen nur in sexy

Dessous vor der Kamera posieren soll, lassen meine Nerven erbeben.

Seit ich in New York angekommen bin, hat sich mein Leben so rasant verändert, dass ich langsam, aber sicher überfordert bin.

Nicht besonders elegant stürze ich auf die Eingangstüre zu, ignoriere die prüfenden Blicke der Securitys und sauge frischen Atem in meine Lungen.

Was für eine verrückte Nacht!

Das liebe Schicksal hat sich dieses Mal wirklich selbst übertroffen. Um den neugierigen Blicken der Türsteher auszuweichen, entferne ich mich ein paar Schritte von der Türe und lehne mich an die Hauswand, die direkt an den Parkplatz grenzt.

Alleine die Erinnerung an Jasons finsteren Blick, als er Toms Hand auf meiner Hüfte entdeckt hat, lässt mich erwartungsvoll erschaudern.

Wie es sich wohl anfühlen muss, von so einem Mann geküsst zu werden?

Die bloße Vorstellung reicht aus, um mich leise seufzen zu lassen.

Angespannt und völlig verwirrt schließe ich für ein paar Sekunden meine Augen, lehne den Kopf an die Hauswand und versuche mich etwas zu beruhigen.

Ein leises Geräusch lässt mich erschrocken zusammenzucken.

Shit!

Keine zwei Meter von mir entfernt sehe ich Mike, den viel zu aufdringlichen Kampagnenchef, auf mich zukommen.

Kann es eigentlich noch schlimmer kommen?

Möglichst selbstsicher stemme ich mich von der Wand ab und tue so, als wollte ich gerade zurück in den Club gehen.

„Ist alles in Ordnung bei dir, Chloe?“

Wenn er denkt, dass ich auf seine angebliche Besorgnis reinfalle, dann hat er sich getäuscht. Von dem ersten Moment an, in dem ich ihn gesehen habe, wusste ich, dass ich mich vor diesem Mann in Acht nehmen muss.

Die Art und Weise, wie er mich ansieht, lässt einen eiskalten Knoten in meinem Bauch entstehen. Ich weiß nicht warum, aber ich bin mir zu einhundert Prozent sicher, dass dieser Typ nur Ärger bedeutet.

Aber wie heißt es so schön?

Alles Positive hat einen Haken!

Diese Kampagne ist die Chance meines Lebens, Marlen ist toll und Tom ein Schatz. Es wäre aber auch viel zu schön gewesen, wenn nicht irgendwo noch ein widerliches Arschloch aus der Ecke gekrochen käme.

„Ja, es geht mir gut, ich wollte nur etwas frische Luft schnappen!“

Mein eigentlicher Plan, einfach an ihm vorbeizugehen, löst sich in der Sekunde in Luft auf, in der er sich mir mitten in den Weg stellt.

Arschloch!

„Ich verstehe das, Chloe. Ich weiß, wie schwer es für eine junge Frau sein kann, alleine in einem fremden Land zu sein!“

Das geheuchelte Mitgefühl, das in seiner Stimme mitschwingt, passt so gar nicht zu dem widerlich gierigen Blick, mit dem er mein Dekolleté regelrecht verschlingt.

„Aber weißt du was? Du hast Glück, denn ich bin mehr als bereit, dir zu helfen ...“

Wie paralysiert beobachte ich ihn dabei, wie er seinen Arm ausstreckt und mit seinen Fingern anzüglich über meinen nackten Arm streicht.

Am liebsten würde ich ihm jegliche Schimpfwörter, die ich kenne, an den Kopf werfen, doch das kann ich nicht, immerhin ist er mein Chef.

Was soll ich denn jetzt nur machen?

„Wenn du dir Mühe gibst und ganz besonders nett zu mir bist, dann werde ich alles tun, um dir zu helfen.“

Wie bitte?

Hat er mir gerade echt vorgeschlagen, dass ich mit ihm ins Bett steigen soll, damit er meine Karriere fördert?

Das ist echt so was von widerlich!

Angeekelt weiche ich seiner Berührung aus. So sehr ich auch von einer richtigen Modelkarriere träume, ich werde mich dafür ganz bestimmt nicht aufs Kreuz legen!

Sprachlos, weil er mich einfach völlig überrumpelt hat, stehe ich ihm viel zu nah gegenüber. Um uns herum liegt die Dunkelheit auf dem verlassenen Parkplatz, und zum ersten Mal seit Langem verspüre ich diese instinktive Angst, die einen immer dann überkommt, wenn einem der sechste Sinn leise ins Ohr flüstert, dass man knietief in der Scheiße steckt.

In Anbetracht dessen, dass er der Chef ist und ich noch ganz, ganz unten auf meiner Karriereleiter stehe, versuche ich es mit Diplomatie, anstatt ihm einfach den Mittelfinger zu zeigen.

Gerade als ich Luft hole, um ihm freundlich für sein Engagement zu danken, sehe ich, wie sich eine große, langsam aber sicher vertraute Gestalt aus dem dunklen Schatten direkt hinter Mike löst. Trotz Jasons verheerender Wirkung auf meine Sinne bin ich gerade verflucht froh, dass er hier ist.

Ich weiß zwar nicht, woher ich die Gewissheit habe, aber ich spüre einfach tief in meinem Inneren, dass mir Jason Stanton niemals schaden würde.

Mike scheint an meiner Mimik erkannt zu haben, dass ich etwas hinter ihm gesehen habe, denn er dreht sich um und zuckt merklich zusammen, als er direkt Jason gegenübersteht.

Ohne ein Wort zu sagen, kommt der direkt auf mich zu, umfasst meinen Oberarm und wirft Mike einen vernichtenden Blick zu.

Der zieht sofort den Schwanz ein, stammelt irgendetwas Unverständliches und dreht sich auf dem Absatz um.

Feiges Arschloch!

„Ich weiß ja nicht, wie das in Deutschland ist. Aber hier in New York kann es für ein Mädchen verflucht gefährlich sein, wenn es sich in so einem Kleid alleine auf dunklen Parkplätzen herumtreibt!"

Die unverkennbare Wut in seiner Stimme und der eisige Blick, mit dem er mich maßregelt, lassen mir das Blut in den Adern gefrieren.

Dieser Mann ist so verflucht heroisch, dass ich es erschreckenderweise schon wieder verdammt sexy finde!

Jason

Chloes Reaktion auf meine Anwesenheit war der Todesschuss für meine Beherrschung. Alleine die Vorstellung, sie endlich für mich zu beanspruchen, reicht aus, um mir einen verdammten Harten zu bescheren. Ihr erregter Blick in Kombination mit ihrem verführerischen Körper lässt alle Männer im Umkreis von Meilen regelrecht durchdrehen. Diese Frau bedeutet puren Ärger, und dennoch kann ich es kaum erwarten, diesen Ärger endlich zu erleben. Nachdem sie sich kurz entschuldigt, beschließe ich, dass es auch für mich Zeit wird, dieses Theater zu beenden.

„Entschuldigt mich kurz."

Meine innere Unruhe quält mich, denn ich bin es nicht gewohnt, eine Frau so sehr zu begehren. Ohne auf den Partytrubel um mich herum zu achten, mache ich mich auf den Weg in den Kontrollraum. In dem Raum befinden sich der Safe, die Schlüssel für die verschiedenen Getränkelager und die Sicherheitszentrale des Clubs. Nachdem ich den Sicherheitscode eingetippt habe, schnappt das Türschloss mit einem leisen Surren auf und gewährt mir Eintritt.

Fluchend lasse ich mich auf einen der Stühle sinken und suche automatisch die vielen Bildschirme, auf denen der Livestream der Überwachungskameras läuft, nach meinem Engel ab.

Holy Fuck! Was zur Hölle soll das?

In dem Augenblick, in dem ich sie auf der Rückseite des Gebäudes entdecke, schießt pures Adrenalin durch meine Adern.

Was zur Hölle denkt sie sich nur dabei?

Wie kommt sie nur auf die Idee, sich ausgerechnet auf dem rückseitigen Parkplatz aufzuhalten? Das ist so ziemlich der einzige Ort, den mein Securityteam nicht überwacht. Wütend beobachte ich sie dabei, wie sie völlig erledigt die Augen schließt und sich an die Mauer anlehnt.

Ich weiß, dass ich sie eigentlich nicht beobachten sollte, doch ich kann meinen Blick einfach nicht von ihr abwenden. Jetzt, in ganz genau diesem Augenblick, in dem sie sich fälschlicherweise für unbeobachtet hält, sieht sie so unfassbar unschuldig und schutzlos aus, dass es mich innerlich beinahe vor Besitzgier zerreißt.

Den Kampf, den ich mit meinem Gewissen ausfechte, habe ich in ganz genau dem Augenblick verloren, in dem ich sehe, wie Mike auf Chloe zugeht.

Man muss kein Genie sein, um an ihrer Mimik zu erkennen, dass sie sich vor ihm fürchtet. Da die Kamera keine Tonaufnahme macht, verstehe ich leider nicht, was sie sagen, doch als sich dieser Wichser erdreistet, sie am Schlüsselbein zu berühren, sehe ich rot. Ihr verängstigter Gesichtsausdruck und die Art, wie sie sich anspannt, sind mein Zeichen, um einzuschreiten.

Was denkt sich dieser Hurensohn nur dabei?

Er ist der Chef dieser Kampagne und hat nichts Besseres zu tun, als sie, seine Untergebene, zu belästigen?

Ich beschließe durch den Notausgang zu gehen, denn dieser Weg ist um einiges kürzer. Die Eifersucht, die in mir wütet, macht mich rasend. Wo zur Hölle kommen nur diese ganzen unpassenden Emotionen her?

In dem Augenblick, in dem ich aus dem Schatten der Hausrückseite trete, verwandelt sich Chloes ängstlicher Gesichtsausdruck in einen erleichterten.

Als Mike endlich realisiert, dass er nicht mehr mit ihr alleine ist, und feststellt, dass ich ihn bei dieser Scheiße erwischt habe, zuckt er kurz zusammen, ehe er sich schnellstens verpisst. Doch wenn er denkt, dass er mir und den Konsequenzen für sein Handeln ausweichen kann, hat er sich getäuscht. Dieser Abend wird nicht spurlos an ihm vorbeigehen. Im Gegensatz zu den meisten Menschen habe ich nicht das geringste Problem damit, meine Macht einzusetzen, um seine Existenz zu zerstören.

Ich sehe die Erleichterung in ihren Augen und weiß, dass sie denkt, dass sie sich jetzt in Sicherheit befindet. Und bis zu einem gewissen Grad mag sie damit auch recht haben. Doch auf den zweiten Blick, nämlich den, mit dem sie ihre Zukunft betrachten sollte, wird sie feststellen, dass sie sich ab ganz genau diesem Augenblick in viel größerer Gefahr befindet als jemals zuvor in ihrem Leben.

Denn in der Sekunde, in der ich aus dem Schatten getreten bin, um sie zu retten, habe ich den Kampf gegen meine inneren Dämonen endgültig verloren!

Knurrend atme ich tief durch, fülle meine Lungen mit frischem Sauerstoff und nehme mir einen Moment Zeit, um ihren Anblick in mich aufzusaugen.

Für mich steht mittlerweile fest, dass diese Frau mein Untergang sein wird.

Doch was soll ich sagen?

Es gibt Situationen im Leben eines Mannes, in denen es nicht mehr um richtig oder falsch geht, sondern in denen er einfach handeln muss.

Und für mich ist heute Nacht ganz genau diese Situation gekommen – diese Frau wird mein Leben für immer verändern!

Doch als Erstes muss diese Frau lernen, dass ich es absolut nicht dulde, wenn sie sich so sträflich in Gefahr begibt.

„Ich weiß ja nicht, wie das in Deutschland ist. Aber hier in New York kann es für ein Mädchen verflucht gefährlich sein, wenn es sich in so einem Kleid alleine auf dunklen Parkplätzen herumtreibt!“

Ihre Unsicherheit weicht einer gewissen Aufmüpfigkeit, die ich jedoch im Keim ersticke.

„Mike ist ein Idiot und nicht wirklich gefährlich! Aber was glaubst du, wie viele Vergewaltiger und Psychopathen nur auf so einen kleinen, völlig schutzlosen Leckerbissen wie dich warten!“

Verdammt wütend auf sie positioniere ich mich direkt vor ihr und verschränke meine Arme vor der Brust.

„Also erstens bin ich kein Leckerbissen! Und zweitens bin ich alles andere als schutzlos!“

Jetzt wird es interessant ... Das Kätzchen hat also Krallen!

Ich mache mir gar nicht erst die Mühe, ihre Worte zu kommentieren – diesen Atem kann ich mir wirklich sparen.

„Verflucht noch mal, ich hatte einen wirklich anstrengenden, langen Tag. Und das Letzte, was ich jetzt brauche, ist einen größenwahnsinnigen CEO, der meint, mich herumkommandieren zu können!“

Scheiße! Sie ist so verflucht süß, wenn sie wütend wird.

„Halt mal, Kleines. Ich kommandiere dich nicht herum, ich rette dir nur deinen Arsch. Also wie wäre es, wenn du deine kleinen Krallen einfährst und dich bedankst?“

Schnaufend presst sie die Lippen aufeinander, die verlockenden Rundungen ihrer Brüste heben und senken sich verführerisch unter ihren tiefen Atemzügen.

„Danke. Aber glaube mir, ich musste gar nicht gerettet werden!“

Skeptisch ziehe ich eine Augenbraue in die Höhe und sehe ihr tief in die Augen.

„Ach nein?“

„Nein!“

So wie ich sie einschätze, könnten wir diese Sache noch ewig diskutieren. Doch um ehrlich zu sein, habe ich, wenn es um ihre Sicherheit geht, nicht das geringste Interesse an Diskussionen.

Wenn ich ihr sage, dass ich nicht will, dass sie sich in Gefahr begibt, dann ist das eine Ansage, die nicht verhandelbar ist!

Ohne unseren Blickkontakt zu unterbrechen, beschließe ich, ihr ihre absolute Schutzlosigkeit zu demonstrieren.

Blitzschnell packe ich sie an den Oberarmen, hebe sie hoch und nagle sie mit dem Rücken gegen die Hauswand. Im Schutz der Dunkelheit presse ich meinen harten Körper an den ihren, demonstriere ihr, wie leicht es für mich ist, mir all das zu nehmen, was dieses verfluchte Kleid so köstlich präsentiert.

Chloes erschrockenes Aufkeuchen, das ängstliche Funkeln in ihren Augen und die Stelle an ihrem Hals, an der ihr Puls wie wild pocht ...

Knurrend sauge ich ihre süße Angst in mich auf, inhaliere ihren köstlichen Geruch und genieße die verlockende Wärme ihres Körpers. Sie so nah bei mir zu haben, löst bestimmte körperliche Reaktionen in mir aus, die ihr ganz bestimmt nicht entgehen werden. Hart und dick presst sich mein Schwanz gegen den Stoff meiner störenden Kleidung. Gnadenlos grabe ich meine Finger in ihr weiches Fleisch, beuge mich zu ihr herab und sehe ihr tief in die Augen.

„Fuck, Baby! Wenn ich wollte, könnte ich dich jetzt ganz genau hier nehmen, und du hättest mir nichts entgegenzusetzen!"

Um ihr zu demonstrieren, wie sehr mich diese Situation anmacht, schiebe ich mein Knie zwischen ihre Schenkel und reibe mit meinem harten Glied über ihren Schoß. Zu der unverkennbaren Angst, die in den blauen Tiefen ihrer Augen schwimmt, mischt sich der Glanz einer erregten, devoten Frau, die zum ersten Mal in ihrem Leben kontrolliert wird ...

Chloe

Eine bittersüße Mischung aus Angst und Lust lässt meinem Verstand die Lichter ausgehen.

Jason Stanton ist der faszinierendste Mann, der mir jemals begegnet ist, und seinen harten Körper so nah an dem meinen zu spüren, raubt mir den Atem. Beinahe mühelos unterwirft er mich, während er mir zeitgleich demonstriert, wie sehr er sich nach mir verzehrt.

Schwer atmend erwidere ich seinen Blick und ich erkenne in den sturmgrauen Abgründen seiner Augen, dass er mich nicht nur will, sondern dass seine Besitzgier um einiges stärker ist. Jetzt und hier geht es nicht um Sex oder Angst, sondern darum, dass mich dieser Mann so dringend besitzen will, dass ich kaum mehr Luft bekomme. Unser Atem vermischt sich, seine rechte Hand lockert ihren Griff und ich schließe meine Augen, als er mit seinen Fingerspitzen über meine Wange streicht. Sein Daumen legt sich auf meine Lippen, während sich seine Handfläche an mein Gesicht legt.

Ich weiß, dass ich mich eigentlich wehren, ihn anschreien und ihm die Augen auskratzen sollte. Doch alles, was ich in diesem Augenblick tun kann, ist, meine Augen zu schließen und mein Gesicht in seine große Handfläche zu schmiegen.

Seufzend genieße ich diesen unfassbar intimen Augenblick.

So etwas wie das gerade ist mir noch nie passiert.

Was geschieht hier gerade?

Dieser Mann kontrolliert meinen Körper und anstatt mich zur Wehr zu setzen, schmiege ich mich an ihn, überlasse ihm die Kontrolle und sauge seine Nähe in mich auf ...

Jason

Dieser kostbare Augenblick berührt etwas tief in meinem Inneren, von dem ich gar nicht wusste, dass es da ist. Eigentlich wollte ich meinem Engel nur demonstrieren, wie verflucht schutzlos er ist. Doch anstatt mich zu fürchten, schmiegt sie sich an mich, sie überlässt mir die Kontrolle und lässt sich völlig fallen.

Ihre Hingabe ist wie ein harter Schlag tief in die Magengrube.

Die Welt, in der ich lebe, ist dunkel und gefährlich – in meinem Leben gibt es keinen Platz für Gefühle.

Überwältigt von der Bedeutungsschwere dieses Augenblicks, sauge ich ihren Anblick in mich auf. Ihre milchweiße Haut und der dunkle Kranz ihrer langen schwarzen Wimpern, in Kombination mit ihren vollen roten Lippen, lassen mich schwach werden.

Meine innere Bestie knurrt laut, fletscht die Zähne und sehnt sich nach ihren Tränen. Das Monster in mir will ihre Haut zeichnen, sie beißen, sichtbar markieren und so lange ficken, bis sie keinen Schritt mehr laufen kann. Doch ein anderer Teil meines Ichs, ein Teil, von dem ich bis zu diesem Augenblick nicht einmal wusste, dass er existiert, will sie halten, beschützen und liebevoll küssen. Verwirrt und schachmatt gesetzt von all diesen intensiven Emotionen, atme ich tief ein, ehe ich meinen Kopf senke und sie sanft auf die Stirn küsse.

Was passiert hier gerade?

Das Veilchenblau ihrer Augen schimmert sanft im fahlen Licht des Parkplatzes. Wenn ich sie nicht bald küsse, wenn ich sie nicht sofort kosten kann, verliere ich meinen Verstand.

Ich suche die Zustimmung in den sanften Tiefen ihrer Augen, senke meinen Kopf und zeichne mit meiner Zungenspitze die weichen Konturen ihrer Lippen nach. Mein dunkles Knurren vermischt sich mit ihrem süßen Seufzen, während sich unsere Münder treffen und unsere Zungen finden. Leidenschaftlich erkunde ich ihren Mund, spüre das Erbeben ihres Körpers und presse sie noch fester an meinen Brustkorb.

Ich weiß nicht, wie viele Frauen ich schon geküsst habe, aber ich weiß, dass es sich noch nie so angefühlt hat wie jetzt. Meine Eier ziehen sich schmerzhaft zusammen, meine Eichel pocht gierig und mein Herz beginnt wie wild zu rasen.

Shit! Diese Frau schenkt mir einen Kuss und ich verliere vollends die Kontrolle über meine Gefühle.

Immer gieriger dringe ich mit meiner Zunge in ihren Mund ein, presse meine Lippen auf die ihren und ziehe sie noch näher an mich.

Unsere Zähne schlagen aufeinander, während ich mein Bein noch fester zwischen ihre Schenkel presse. Der Augenblick zieht sich in die Länge und ich ficke sie mit meiner Zunge, sauge ihren Atem in mich ein, mache sie das erste Mal zu der meinen.

Das Wissen, dass wir uns noch immer auf dem Parkplatz meines Clubs befinden, kann meine Besitzgier nicht im Mindesten abbremsen. Meine Hände gehen auf Reisen, gleiten über ihre schmale Taille, legen sich auf ihren runden Po und pressen ihren Unterleib gegen meinen harten Schwanz. Knurrend schiebe ich meine Finger unter den eh schon knappen Rand ihres Kleides und ich spüre die zarte Spitze ihrer Dessous.

Wenn ich mich nicht bald zusammenreiße und meine Selbstbeherrschung zusammenkratze, ficke ich sie hier und jetzt, mit der Wand im Rücken und dem Mond über unseren Köpfen. Das Einzige, was mich davon abhält, jetzt sofort tief in sie einzudringen, ist die Tatsache, dass jemand vorbeikommen könnte. Bei jeder anderen Frau wäre mir das völlig gleichgültig.

Doch nicht bei dieser – nicht bei meinem Engel.

Sie will ich für mich, ich will mir Zeit lassen, wenn ich sie das erste Mal mit weit gespreizten Schenkeln unter mir liegen habe.

Alleine die Vorstellung, dass ein anderer Mann sehen könnte, was ich nur für mich haben will, lässt mich rotsehen.

Ich weiß nicht, wie es so weit kommen konnte, doch jetzt, wo ich sie mir genommen habe, werde ich sie weder teilen noch jemals wieder freigeben.

Wenn diese Frau wirklich mein Untergang ist, dann soll es so sein ...

Ich habe weder die Kraft noch den Willen, mich von ihr fernzuhalten!

Langsam beende ich unseren Kuss, ziehe meine Hände unter ihrem Kleid hervor und öffne meine Augen.

Ehrfürchtig erwidere ich ihren Blick, gebe sie langsam frei und stütze sie, als sie leicht schwankt.

Der Augenblick zieht sich in die Länge, doch er bedarf keiner Worte.

Keiner von uns kann das, was da gerade zwischen uns passiert ist, in Worte fassen. Denn die Bedeutung dieses Kusses geht tiefer, als man es mit Wörtern beschreiben kann.

Chloe

Bis in die Zehenspitzen erregt und völlig verwirrt erwidere ich Jasons eindringlichen Blick. Sein Geschmack liegt auf meiner Zunge, während sein warmer Atem meine Wange streift. Ich weiß nicht, was da gerade zwischen uns passiert ist, aber ich weiß, dass es einfach alles verändert hat.

Am liebsten würde ich mich jetzt umdrehen und so schnell wie möglich davonlaufen, doch ich bezweifle, dass Jason Stanton ein Mann ist, vor dem man einfach davonlaufen kann. So wie ich ihn einschätze, würde er mich überall finden.

„Ich muss wieder zurück. Marlen und Tom suchen mich bestimmt schon."

Als ich Toms Namen ausspreche, spannen sich seine Wangenmuskeln an und sein Gesicht bekommt einen harten, unnahbaren Ausdruck. Für eine Sekunde habe ich den Eindruck, dass er etwas sagen will, doch dann nickt er nur kurz, legt mir seinen Arm um die Taille und führt mich zu einer eisernen Türe, die als Notausgang deklariert ist. Als er ganz selbstverständlich den Code in das Zahlenfeld eintippt, ist mir sofort klar, dass wir uns mal wieder in einem Haus befinden, das ihm gehört.

Sobald ich mal wieder zu Hause bin und fünf Minuten Ruhe habe, wird es Zeit, dass ich Google mal gründlich nach diesem Kerl ausfrage. Mit jedem Schritt, den ich tiefer in den Club gehe, wird mir Jasons Arm, der mehr als besitzergreifend auf meiner Taille liegt, deutlicher bewusst. Die lauten Beats des DJs wummern durch meinen eh schon angespannten Körper. Es dauert keine Sekunde, da kommt auch schon Marlen auf mich zu.

Die zwei Falten, die sich auf ihrer Stirn ausbreiten, zeigen mir, dass sie alles andere als begeistert davon ist, dass ich verschwunden gewesen bin. Doch als sie niemand Geringeren als Jason Stanton neben mir entdeckt, glättet sich ihre Stirn sofort wieder und ein sehr zufriedener Gesichtsausdruck ersetzt die Verärgerung.

„Chloe, meine Liebe, wie ich sehe, hast du Mr. Stanton schon kennengelernt."

Jason zieht mich noch etwas näher an seinen großen Körper, was Marlen natürlich nicht entgeht. „Ja, wir kennen uns bereits. Ich war mir sicher, dass Sie bestimmt nichts dagegen haben, wenn ich sie mir für ein paar Minuten ausleihe."

In Marlens Augen sehe ich, dass es ihr irgendwie schon etwas ausmacht, aber anstatt ihm zu widersprechen, nickt sie ihm nur kurz zu, während sie sich nervös über die Lippen leckt. „Solange Sie sie mir möglichst schnell zurückbringen! Es gibt noch unfassbar viele Leute, die es kaum erwarten können, das neue Gesicht der ‚Devil Dessous'-Kampagne kennenzulernen."

„Keine Sorge, ich passe gut auf sie auf und bringe sie Ihnen gleich wieder zurück."

Die Tatsache, dass ich direkt neben den beiden stehe und sie dennoch über mich reden, als wäre ich nicht in der Lage, selber zu entscheiden, was ich will, ärgert mich.

Jason scheint zu bemerken, dass ich wütend werde, er wirft mir einen warnenden Blick zu und führt mich immer tiefer in den Club.

An der Bar angekommen, bestellt er sich einen doppelten Whisky und für mich ein Glas Orangensaft.

Ich weiß, was er vorhat, doch das werde ich ihm nicht durchgehen lassen.

Langsam drehe ich mich zu ihm um, sehe ihm tief in die Augen und schiebe das Glas Saft beiseite.

„Hör mir zu, Jason. Das, was da gerade eben auf dem Parkplatz passiert ist, war ein Fehler. Ich bin nicht nach New York gekommen, um mir einen Mann zu suchen. Sondern ich bin hier, weil diese Kampagne die Chance meines Lebens ist. Seit ich denken kann, ist es mein Traum, Model zu werden, und jetzt habe ich endlich das Glück, dass mein Traum wahr wird. Ich habe keine Zeit für das, was da auch immer gerade zwischen uns entsteht."

Bei jedem meiner Worte haben sich seine Augen mehr verdunkelt und sein Körper hat sich immer mehr angespannt.

„Versteh mich nicht falsch, aber es geht einfach nicht!"

Ich muss kein Hellseher sein, um zu wissen, dass er jetzt so richtig wütend wird. Jason ist kein Mann, der sich so einfach abwimmeln lässt, vor allem nicht nach diesem weltverändernden Kuss. Das, was ich gerade zu ihm gesagt habe, ist die Wahrheit, doch es war auch eine Ausrede. Denn dieser Mann löst Sehnsüchte in mir aus, die mir Angst machen. Der Kuss mit ihm war nicht einfach nur ein Kuss, und ganz genau das macht mir Angst. Bisher hat mich noch nie ein Mann das fühlen lassen, was Jason mich spüren lässt. Dieser Mann ist einfach eine Nummer zu groß für mich!

Die Ader an seinem Hals beginnt heftig zu pochen. „Sorry!"

Mit dieser letzten Entschuldigung drehe ich mich um und lasse den Mann und sein Glas Orangensaft einfach stehen.

Scheiß auf den blöden Saft. Ich brauche jetzt dringend etwas Stärkeres!

Ich komme keine fünf Schritte weit, da taucht auch schon Tom neben mir auf. In seiner Hand hält er einen ziemlich bunten Cocktail. Und meiner Erfahrung nach sind die buntesten auch die alkoholhaltigsten. Grinsend sieht er meinen sehnsüchtigen Blick und reicht mir sein Glas.

„Nach dem, was ich da gerade beobachtet habe, brauchst du ihn viel dringender als ich!"

Dankbar schenke ich ihm ein ehrlich gemeintes Lächeln, nehme den schwarzen Strohhalm in den Mund und genehmige mir einen großen Schluck des flüssigen Glücks.

Wie auch schon etwas früher an diesem Abend hake ich mich bei Tom unter, während er mich zu Marlen führt. Den eindringlichen Blick, den ich dabei allerdings in meinem Nacken spüre, ignoriere ich einfach, so gut es geht.

Ich weiß, dass ich gerade einen Tornado heraufbeschworen habe, und ich kann nur hoffen, dass mir noch etwas Zeit bleibt, ehe er über mir hereinbricht.

***

Jason

Amüsiert und zugleich unfassbar wütend beobachte ich meinen Engel dabei, wie sie sich gegen das Unvermeidliche wehrt. Ich kann verstehen, dass ihr unser Kuss Angst gemacht hat, doch das ändert nichts an der Tatsache, dass sie mir gehört. Und wie so oft an diesem Abend beobachte ich, dass, kaum dass ich sie freigebe, ein anderer Mann an ihrer Seite auftaucht.

Diese Frau zieht die Männer an wie das Blut die Haie. Doch es ist nicht so, als würde sie es provozieren, ganz im Gegenteil, ich glaube, sie ist sich dieser unfassbar sexuellen Anziehung, die sie ausstrahlt, gar nicht wirklich bewusst.

Fassungslos, dass Chloe wirklich versucht hat mich abzuweisen, genehmige ich mir einen großen Schluck meines Whiskys.

Ihr Versuch, sich von mir loszulösen, hat eine fatale Wirkung auf mich. Denn mein Verlangen nach ihr hat gerade eine drastische Steigerung erfahren. Chloe ist noch jung und unerfahren, und darum werde ich ihr ein wenig Freiraum geben, um sich etwas zu sammeln. Doch spätestens wenn dieser Abend vorbei ist, werde ich der Mann sein, der sie sicher nach Hause fährt.

Chloe

Die nächsten Stunden vergehen wie im Flug. Marlen scheint zu meinem Glück nicht böse auf mich zu sein. Ihr einziger Kommentar lautete:

„An der Seite von einem Mann wie Jason Stanton bekommst du mehr positive Publicity, als wir mit dem besten Marketingteam planen könnten.“

Tom ist eigentlich immer an meiner Seite und von Mike ist zum Glück nichts mehr zu sehen. Und auch wenn ich versuche, mich einigermaßen zu entspannen, gelingt es mir nicht richtig. Jasons undurchdringliche Blicke und die bittersüße Erinnerung daran, wie ich in seinen Armen gelegen bin, verfolgen mich auf Schritt und Tritt.

Gegen drei Uhr in der Früh beschließe ich, dass es mir langsam, aber sicher reicht. Meine Füße brennen dank meiner High Heels wie Feuer und in meinem Kopf herrscht dank der vielen Namen und Gesichter, die ich heute kennengelernt habe, ein heilloses Durcheinander.

In ganz genau dem Augenblick, in dem ich mich von Marlen und den anderen verabschieden will, spüre ich erneut dieses intensive Prickeln in meinem Nacken und ich weiß sofort, dass Jason in meiner Nähe ist.

Natürlich bietet mir Marlen an, mich von dem Fahrer wieder nach Hause bringen zu lassen, doch Jason ist schneller.

„Das wird nicht nötig sein, ich werde dafür sorgen, dass Chloe sicher nach Hause kommt.“

Tom zieht bedeutungsvoll eine Augenbraue nach oben, während er mich zum Abschied in den Arm zieht und mir einen leichten Kuss auf die Stirn haucht.

„Und denk daran, das erste Shooting ist morgen um fünfzehn Uhr. Also schlaf dich aus.“ Bei diesen Worten wirft er Jason einen vielsagenden Blick zu, ehe er mir erneut zuzwinkert und mich loslässt.

Nervös verabschiede ich mich von allen, während ich fieberhaft nach einer Ausrede suche, um nicht mit Jason mitfahren zu müssen.

Mister Dunkel und Gefährlich hatte ja schon immer eine unfassbare Anziehungskraft auf mich, aber jetzt, wo ich weiß, wie verflixt gut er küssen kann, wie gut er schmeckt und wie fantastisch es sich angefühlt hat, in seinen Armen zu liegen, ist die Verlockung noch um einiges stärker, als sie es vor unserem Intermezzo auf dem Parkplatz war.

Nervös und unsicher, wie ich jetzt mit ihm umgehen soll, werfe ich ihm einen prüfenden Seitenblick zu.

„Vergiss es, Baby."

Arrogantes Arschloch ...

„Was soll ich vergessen?"

„Dass du mir entkommen kannst!"

Riesiges arrogantes Arschloch!

Nachdem wir den Club verlassen haben, bleibe ich kurz stehen und beobachte ihn dabei, wie er ein kurzes Wort mit einem seiner Securitys wechselt. Jasons schwarze Limousine wartet bereits am Straßenrand direkt vor dem Eingang, und ich bin heilfroh, dass er anscheinend mit seinem Fahrer gekommen ist, so bin ich zumindest nicht ganz alleine mit ihm.

Nachdem ich Jason meine Adresse genannt habe, setzt sich das Auto auch schon in Bewegung. Nervös presse ich meine Schenkel zusammen und sehe aus dem Fenster.

Dieser Tag war so unfassbar ereignisreich, ich habe so viele neue Leute kennengelernt, dass mir der Kopf schwirrt, obwohl das natürlich auch ein bisschen an dem vielen Alkohol liegen könnte, den ich in den vergangenen Stunden getrunken habe.

Jason sitzt groß und beeindruckend neben mir, sein undefinierbarer Blick liegt auf meinem Gesicht, während seine restliche Mimik eine undurchschaubare Maske ist.

Wenn ich mich nicht völlig irre, versucht er mich einzuschätzen und zu domestizieren, doch das werde ich nicht zulassen. Etwas durcheinander schließe ich für einen kurzen Moment meine Augen und lasse meinen Kopf in die weiche Nackenstütze sinken.

Was für ein verrückter Tag ...

Jason

Nachdenklich versuche ich aus der Frau neben mir schlau zu werden. Laut der Presse bin ich der meistbegehrte Junggeselle New Yorks, eine Tatsache, die ich bis jetzt immer als ziemlich lästig empfunden habe. Doch jetzt, ausgerechnet jetzt, wo ich eine Frau getroffen habe, der ich einfach nicht widerstehen kann, scheint sie eine der wenigen Frauen zu sein, die bei einem vollen Konto und einer Limousine nicht gleich laut ‚hier' schreien. Eine Tatsache, die diese ganze Sache etwas verkompliziert. Denn wäre sie eine von den oberflächlichen Tussis, die es kaum erwarten können, sich einen reichen Mann zu angeln, wäre die Sache klar. Ich würde ihr den Vorschlag machen, dass ich sie so oft ficken kann, wie ich will, und zum Ausgleich sorge ich dafür, dass sie ein angenehmes Leben hat.

Doch bei Cloe muss ich mit so einem Vorschlag gar nicht erst kommen. Sie ist eine der wenigen Frauen, denen mein Reichtum völlig egal zu sein scheint. Und das wiederum macht sie in meinen Augen nur noch begehrenswerter!

Amüsiert beobachte ich meine Süße dabei, wie sie versucht möglichst viel Abstand zwischen uns zu bekommen.

Die Luft um uns herum knistert nur so vor sexueller Anspannung und es fällt mir verdammt schwer, sie nicht einfach auf meinen Schoß zu ziehen.

Ich sehe die dunklen Schatten unter ihren Augen und weiß, dass sie völlig erschöpft ist. Ihr Tag war lang und die Ereignisse scheinen sie völlig zu überfordern. Nach wenigen Minuten legt sie den Kopf in den Nacken und schließt ihre Augen ...

Und so verrückt das auch klingen mag, aber alleine die Tatsache, dass sie sich bei mir sicher genug fühlt, um ihre Augen zu schließen und der Erschöpfung nachzugeben, ist definitiv ein kleiner Sieg für mich.

Selbst meiner inneren Bestie scheint die Tatsache, dass sich Chloe bei uns sicher fühlt, zu gefallen, denn es ist das erste Mal, seit ich Chloe in diesem Kleid gesehen habe, dass ich nicht das Gefühl habe, vor Erregung durchzudrehen.

Von ihrem Anblick wie gefesselt, kann ich der Versuchung, sie in meine Arme zu ziehen, einfach nicht länger widerstehen. Vorsichtig schnalle ich sie ab und ziehe sie auf meinen Schoß.

Erst als ich sie quer in meinen Armen liegen habe, erlischt die unerträgliche Sehnsucht nach ihrer Nähe und ich kann endlich frei durchatmen.

Die weichen Strähnen ihrer Haare umschmeicheln ihr zartes Gesicht. Mit meiner Fingerspitze streiche ich sachte über ihre vollen Lippen und frage mich zum tausendsten Mal, was diese Frau nur an sich hat, dass sie mich so magisch anzieht!

Fuck!

Bis jetzt war ich immer sehr zufrieden mit meinen Arrangements. Ausnahmslos alle Frauen, mit denen ich mich auf diese unkomplizierte Art geeinigt habe, waren durchweg devot und wussten das auch. Jede von ihnen kannte ihre Neigungen und hat genossen, was ich ihr angetan habe. Aber bei Chloe bezweifle ich, dass sie weiß, dass sie devot ist, geschweige denn, dass sie eine Ahnung davon hat, was BDSM bedeutet.

Leise fluchend betrachte ich ihr Gesicht.

Ich werde diese Frau nicht mehr gehen lassen, was bedeutet, dass ich sie langsam, aber sicher dazu bringen muss, meine Vorlieben zu akzeptieren und zu genießen.

Shit! Alleine bei der Vorstellung, sie das erste Mal über meinen Knien liegen zu haben, ihr Gesicht von Tränen nass und ihr Po feuerrot und heiß, lässt mich verdammt hart werden.

Ich werde versuchen geduldig mit ihr zu sein, aber ich weiß jetzt schon, dass ich nicht mehr allzu lange darauf warten kann!

Kurz entschlossen gebe ich meinem Fahrer Bescheid, dass er direkt zu mir fahren soll.

Jetzt, wo ich mich endlich dafür entschieden habe, alle Konsequenzen zu ignorieren und sie für mich zu beanspruchen, bin ich noch nicht bereit, sie einfach bei sich zu Hause abzuliefern.

Chloe

Kribbelnd spüre ich, wie meine Lippen zum Leben erwachen. Warm und schwer legt sich ein sanfter Kuss auf meinen Mund.

Starke Arme halten mich beschützend fest, während eine große Hand meinen Po umfasst.

Noch immer leicht im Schlaf gefangen, öffne ich meine Lippen und heiße die warme Zunge leidenschaftlich willkommen. Langsam, sinnlich und dennoch unerbittlich dringt sie in meinen Mund ein, duelliert sich mit der meinen und entlockt mir ein leises Seufzen.

Süchtig nach mehr presse ich mich gegen den warmen Körper, verliere mich in dem immer fordernder werdenden Kuss.

Langsam verlasse ich die Traumwelt und erwache in Jasons beschützender Umarmung.

Verwirrt, weil ich nicht weiß, wie ich hierher gekommen bin, sehe ich mich um.

„Wir sind alleine."

Jason hat recht, sein Fahrer ist nicht mehr da. Erleichtert, dass uns zumindest niemand beobachtet, sehe ich ihn wieder an.

„Wo sind wir?"

„In der Tiefgarage."

„Welche Tiefgarage?"

„In der bei mir zu Hause."

Es dauert einen Augenblick, bis mein müder Verstand die Information verarbeitet hat.

„Warum?"

Die bedeutungsvolle Stille, die sich zwischen uns legt, lässt mich erschaudern. Ich liege noch immer in seinen Armen, sein kräftiger Herzschlag schlägt unter meiner Handfläche und ich weiß, dass ich nirgendwo lieber sein möchte.

Du machst gerade einen riesen Fehler!

Mein Unterbewusstsein schnauzt mich wütend an, doch ich ignoriere es einfach. Vielleicht hat es recht und ich sollte lieber nicht hier sein, doch ich bin es schon ...

Jason hat mich hierher gebracht, er hat mich, während ich geschlafen habe, auf seinen Schoß gezogen und mich zärtlich geküsst.

„Bleib bei mir heute Nacht!"

Seine Worte zaubern eine Gänsehaut auf meine Arme, mein Herzschlag beginnt zu rasen und meine Lippen beginnen sehnsüchtig und erwartungsvoll zu prickeln.

Unsicher, wie es jetzt weitergeht, sehe ich ihn an. Bis auf meinen einen Exfreund hatte ich nie einen Freund.

Ganz davon abgesehen ist Jason bestimmt zehn Jahre älter und viel erfahrener als ich. Was ist, wenn ich etwas falsch mache?

Oder wenn er mehr will, als ich ihm zu geben bereit bin?

Oh verflixt, was soll ich denn jetzt machen?

„Ich habe morgen ein Shooting."

Seine Mundwinkel zucken leicht, anscheinend ahnt er, dass ich nicht Nein sagen werde.

„Ich verspreche dir, dass du pünktlich sein wirst."

Nervös sauge ich meine Unterlippe zwischen meine Zähne und beginne darauf herumzuknabbern.

Jason ist ein unfassbar attraktiver, sehr aufmerksamer und unheimlich dominanter Mann. Tief in meinem Inneren weiß ich, dass es nicht die beste Idee ist, bei ihm zu bleiben, und dennoch will ich es unbedingt.

„Mein Plan, alle Männer zu ignorieren und mich nur auf meine Karriere zu konzentrieren, wäre dann quasi schon am zweiten Tag gescheitert!"

Lachend streicht er mit seinen Fingern durch meine Haare.

„Glaube mir, Baby. Ich werde dir helfen, alle anderen Männer zu ignorieren! Ich bin ein verflucht besitzergreifender Mann und ich werde keine anderen Kerle in deiner Nähe dulden!"

Bei seinen heroischen Worten beginnt mein Herz zu schmelzen – Gott, ist dieser Kerl heiß!

Langsam richte ich mich auf, setze mich rittlings auf seinen Schoß und umfasse mit meinen beiden Händen sein Gesicht. In dieser Position rutscht mein Kleid unanständig weit nach oben und entblößt meine Oberschenkel. Sein Blick wandert an meinem Gesicht hinab und legt sich auf den dünnen, spitzenbesetzten Stoff meines Strings, der meine Schamlippen aufreizend zur Geltung bringt.

Das dunkle Knurren, das sich aus seiner Kehle löst, lässt mich feucht werden.

Seufzend beginne ich damit, ihn leidenschaftlich zu küssen. Neckend knabbere ich an seiner Unterlippe, sauge sie leicht in meinen Mund und umschmeichle sie mit meiner Zunge. Stürmisch beginnt er die Kontrolle über den Kuss zu übernehmen, seine Hände legen sich auf meine Beine und seine Daumen streichen sanft über die empfindlichen Innenseiten meiner Schenkel. Seufzend gebe ich mich ihm hin, die Empfindungen, die er in mir auslöst, sind so intensiv, dass ich völlig vergesse zu atmen, erst als mir schwindelig wird, unterbreche ich unseren Kuss und schnappe nach Luft.

„Okay. Ich bleibe!"

Gierig hebt er sein Becken an, presst seinen harten Schwanz gegen meinen Po und demonstriert mir eindrucksvoll, wie sehr er mich will.

Erneut treffen sich unsere Münder zu einem wilden Kuss, unser Atem vermischt sich keuchend und meinem Verstand gehen die Lichter aus.

Jason

Diese Frau und diese Nacht sind eine völlig neue Situation für mich. Mit meinen bisherigen Sexpartnerinnen habe ich mich immer in einer eigens dafür hergerichteten Suite in meinem Hotel in Queens getroffen. Keine von diesen Frauen war jemals bei mir zu Hause, geschweige denn in meinem Bett.

Doch bei Chloe ist alles anders. Alleine der Gedanke, sie in diese Suite zu schleppen und sie in demselben Bett zu ficken, in dem ich all die anderen Frauen liegen hatte, fühlt sich falsch an. Das zwischen ihr und mir ist etwas Besonderes, etwas Außergewöhnliches, was nicht in mein bisheriges Leben passt. Für sie muss ich Ausnahmen machen, neue Regeln aufstellen und mich der Situation anpassen.

Verzweifelt versuche ich, meine mir völlig entglittene Selbstbeherrschung zurückzubekommen, doch bei Gott, wie soll das funktionieren? Ich meine, ich muss nur meinen Blick senken und sehe ihre wunderschönen Schamlippen, die nur von einem transparenten Hauch von einem String bedeckt werden. Der süße Geruch ihrer Erregung erfüllt das Auto und lässt mein primitives Ich die Kontrolle übernehmen.

Ihr zarter Körper presst sich willig an den meinen, während ihr runder Po gegen mein Glied drückt. Ihre Zunge windet sich sehnsüchtig um die meine, während sie mir die Seele aus dem Leib küsst. Diese junge, mit Sicherheit noch ziemlich unerfahrene Frau schafft es, mich um ihren kleinen Finger zu wickeln ...

Bei allen Dämonen, ich weiß nicht, wann ich das letzte Mal so verflucht geil gewesen bin!

Knurrend schlinge ich meine Arme um ihren Körper und beanspruche sie auf primitivste Art und Weise für mich, während ich unseren Kuss langsam enden lasse.

„Hör mir zu, Engel. Wenn du jetzt nicht aufhörst, werde ich dich ganz genau hier über die Motorhaube gebeugt ficken!"

Ihre Pupillen weiten sich erregt, ihr Atem kommt flach und ihre Nippel pressen sich gegen den dünnen Stoff ihres Kleids – diese Frau ist die fleischgewordene Verführung.

Und so wie sie auf meine Androhung reagiert, scheint sie die Vorstellung von Sex in der Öffentlichkeit zu erregen.

Diese Frau ist mein Untergang ...

Tief durchatmend öffne ich die Autotüre und helfe ihr beim Aussteigen. Zufrieden beobachte ich, wie sie auf wackeligen Beinen aussteigt und ihr Kleid wieder zurechtrückt.

Fuck! Alleine bei ihrem Anblick geht mir fast einer ab!

Innerlich über meine nicht vorhandene Selbstbeherrschung fluchend steige ich ebenfalls aus, werfe die Türe zu und schnappe mir ihre Hand. Mit schnellen Schritten ziehe ich sie hinter mir her, ich kann es kaum erwarten, sie endlich nackt unter mir liegen zu haben.

„Jason, warte."

Ich bleibe stehen und drehe mich zu ihr um.

Der Anblick, den sie mir bietet, ist mit das Heißeste, was ich jemals gesehen habe.

Mit völlig verstrubbelten Haaren, leicht verschmiertem Kajal und wund geküssten Lippen steht sie mitten in der Nacht vor mir in der Tiefgarage und beugt sich in dem knappsten Kleid aller Zeiten nach unten, um ihre Heels auszuziehen.

Holy Fuck ... ich bin gestorben und in den Himmel gekommen!

Barfuß, mit ihren Heels in der Hand, schnappt sie sich wieder meine Hand und lacht mich an.

„Was ist? Hast du noch nie eine Frau gesehen, der die Füße wehtun?"

Um ehrlich zu sein, habe ich das wirklich noch nie gesehen. Denn den Frauen, mit denen ich meistens meine Zeit verbringe, gebe ich nicht das Gefühl, dass sie entspannt und locker sein sollen. Davon abgesehen wollen mich diese Frauen beeindrucken, doch das Überraschendste an der Sache ist, dass mich Chloe mit ihrer spontanen Verrücktheit viel mehr beeindruckt als diese langweiligen, austauschbaren Vorzeigefrauchen aus der Oberklasse.

Anstatt ihr zu antworten, beuge ich mich zu ihr herunter, umfasse ihre Taille mit meinen Händen und hebe sie hoch.

Automatisch schlingt sie ihre Beine um meine Hüfte und klammert sich an mir fest.

In einem erneuten wilden Kuss gefangen gehe ich weiter und drücke den Schalter, um den Lift zu rufen.

Als er sich mit einem leisen *Ping* ankündigt, beenden wir unseren Kuss und ich trage sie in die Aufzugkabine.

Nachdem ich den Schlüssel in das Schloss gesteckt und die dreißigste Etage ausgewählt habe, stecke ich den Schlüssel zurück in die Hosentasche und vergrabe meine Finger in ihrem weichen Fleisch.

Chloe

Schwer atmend sehe ich Jason tief in die Augen.

In meinem ganzen Leben habe ich mich noch nie so glücklich und zugleich so erregt gefühlt. Was auch immer diese Nacht mit sich bringt, ich werde sie ganz bestimmt nicht bereuen! Nachdem er mich langsam wieder abgestellt hat, beginne ich damit, die kleinen Knöpfe seines Jacketts zu öffnen. Nachdem dieses auf den Boden gefallen ist, widme ich mich seinem petrolblauen Hemd. Die komplette Zeit über, in der ich damit beschäftigt bin, ihn auszuziehen, reden wir kein Wort miteinander. Sein intensiver Blick ruht auf meinem Gesicht, während die Muskeln in seinen Armen ungeduldig zucken.

Ich weiß, dass er mich am liebsten packen und gegen die Wand des Aufzugs pressen würde, doch er tut es nicht, ganz im Gegenteil, er lässt mir die Zeit, die ich brauche, um mich langsam mit seinem Körper vertraut zu machen.

Nervös knabbere ich auf meiner Unterlippe, während ich ihm das Hemd über die Schultern schiebe.

Der Anblick dieses Mannes raubt mir den Atem. Jeder Zentimeter seines Oberkörpers ist klar definiert und perfekt trainiert. Sein Bauch ist ein hartes Sixpack, das meine Finger wie magisch anzieht. Auf seiner Brust befinden sich ein paar dunkle Haare, die sich zu seinem Unterleib hin zu einem dünnen Strich verjüngen. Erregt lecke ich mir über die Lippen, während ich meine Finger über die heißen Konturen seines Körpers gleiten lasse.

Dieser Mann ist Sex auf zwei Beinen!

Verspielt folge ich der Spur seiner Haare, bis ich an seinem Hosenbund ankomme. Unsicher, wie weit ich gehen soll, sehe ich ihm fragend in die Augen.

Das amüsierte, verflucht erregte Funkeln, das mir aus den Tiefen seiner grauen Augen entgegenleuchtet, ist mir Antwort genug.

Jetzt gibt es kein Zurück mehr ...

Nervös öffne ich die silberne Schnalle seines Gürtels, als uns das mittlerweile vertraute *Ping* des Aufzugs unterbricht.

Ohne auf meine Heels und seine Kleidung, die auf dem Boden des Lifts verstreut liegt, zu achten, kommt er knurrend auf mich zu, schiebt seine Hand unter meinen Haaren hindurch, sodass sie sich direkt in meinen Nacken legt, und zieht mich mit einem schnellen Ruck an seine breite Brust. Dunkel knurrend erobert er meinen Mund, schiebt seine Zunge zwischen meine Lippen und führt mich rückwärts in sein Loft.

„Bei allen Dämonen, mein Engel. Seit ich dich gestern gesehen habe, will ich dich ganz genau hier haben!“

Seine Worte geben mir das Selbstbewusstsein, das ich jetzt so dringend brauche.

Jason scheint meine Unsicherheit zu spüren, denn er sieht mir tief in die Augen, presst mir einen schnellen Kuss auf die Lippen und zwinkert mir frech zu.

„Wo wurden wir gerade unterbrochen?“

Sein dunkles Haar ist von meinen Fingern ganz verstrubbelt, auf seinem Hals entdecke ich einen leichten Lippenstiftfleck, während die Muskeln seines entblößten Oberkörpers bei jeder seiner Bewegungen meinen Blick auf sich ziehen. Sein geöffneter Gürtel baumelt lose an seiner Hose herum, während mir sprichwörtlich das Wasser im Mund zusammenläuft.

Der Anblick dieses Kerls ist purer Augensex ...

Das Kribbeln in meinem Bauch erreicht einen neuen Höhepunkt, als ich mich langsam von ihm wegdrehe, immer tiefer in sein Zuhause gehe und die Träger meines Kleids über meine Schultern streiche. Der alabasterfarbene Marmor, der den kompletten Boden seines gigantischen Wohnzimmers einnimmt, kühlt meine geschundenen Füße. Viele kleine dezente Lichtquellen erhellen den sehr elegant eingerichteten Raum.

Verspielt werfe ich einen kecken Blick über meine Schulter und fixiere seine Augen, während ich das Kleid über meine Hüften streife, sodass es leise raschelnd auf den kalten Marmor fällt. Nur noch in einem Set der heißen Dessous, die ich heute Vormittag mitbekommen habe, bekleidet, drehe ich mich langsam zu ihm um.

Der schwarze Spitzen-BH, der mit leichten weißen Akzenten versehen ist, puscht meine Brüste zu einem ansehnlichen Dekolleté, der beinahe nicht vorhandene String besteht so gut wie nur aus transparenter Spitze.

Jason legt seinen Kopf schief, ballt seine Hände zu Fäusten und verschlingt mich regelrecht mit seinen Blicken.

Die Nervosität, die sich nach und nach in mir ausbreitet, beschleunigt meinen Atem.

Langsam wie ein Raubtier, das seine Beute umkreist, kommt er auf mich zu, entledigt sich seiner Hose.

Sein dicker Penis presst sich gegen seine schwarze Boxershorts, und ich weiß jetzt schon, dass er verdammt gut gebaut ist. Als er den Abstand zwischen uns überwunden hat, beugt er sich blitzschnell hinab, fährt mit seinem Arm hinter meinen Knien durch und hebt mich schwungvoll hoch. Mit großen Schritten trägt er mich durch den Raum, steigt mit mir die Treppe hoch und öffnet mit einem Tritt eine der vielen Türen. Als er den Raum betritt, gehen wie von Zauberhand zwei kleine Leuchten an, die das Zimmer in ein gemütliches Licht tauchen.

Ich befinde mich in Jason Stantons Schlafzimmer ...

Jason

Bämmmmm!

Der Augenblick, in dem sie nur noch mit diesen Dessous vor mir gestanden hat, hat ausgereicht, um tausend Jahre Zivilisation einfach ungeschehen zu machen.

Von mir aus könnte jetzt die Welt untergehen, es wäre mir völlig gleichgültig. Das Einzige, was in dieser Sekunde für mich zählt, ist die Frau, die so vertrauensvoll in meinen Armen liegt.

Bei allen Dämonen!

Ich werde alles in meiner Macht Stehende tun, um zu verhindern, dass sie jemals wieder ein anderer Mann so sehen kann.

Auch die Tatsache, dass ich sie erst seit knapp vierundzwanzig Stunden kenne, ändert nichts an meiner Entscheidung, diese Frau für immer zu behalten.

Schwer atmend und mit meiner Beherrschung ringend, lege ich sie auf die mitternachtsblaue Tagesdecke, die mein Bett bedeckt.

Ihre blonden langen Haare verteilen sich wie ein Fächer auf meinem Bett, ihre vollen Rundungen locken, lassen mich noch härter werden, während sich meine Eier erwartungsvoll zusammenziehen.

Diese süße Frau ist ab jetzt die meine, und ich bin mehr als bereit, einen Pakt mit dem Teufel abzuschließen, wenn ich sie dadurch für immer für mich beanspruchen kann!

Doch als Erstes muss es mir gelingen, heute Nacht zärtlich zu ihr zu sein. Ich bin kein Fan von Kuschelsex. Ich mag es grob, hart und dreckig.

Ich liebe das Spiel der Unterwerfung. Was kann es auch Schöneres geben als eine weinende Sub, deren Pussy vor Erregung nur so tropft?

Tief einatmend erinnere ich mich daran, dass mein Engel noch verdammt jung und wahrscheinlich auch alles andere als erfahren ist. Wenn ich sie jetzt zu hart rannehme, kann es sein, dass ich sie verschrecke, und das ist nun wirklich das Letzte, was ich will!

Chloe

Knurrend kommt er zu mir ins Bett, das sexy Spiel seines Bizeps unter seiner braunen Haut lässt mich verzückt aufseufzen.

Verlockend lässt er seine Finger über meinen Bauch tanzen, umschmeichelt die empfindliche Haut am Rand meines Strings und züngelt leicht über mein Schlüsselbein. Die Kombination dieser sinnlichen Berührungen löst ein Feuerwerk der Gefühle in meinem Inneren aus.

Neckend saugt er meine Brustwarze zwischen seine Zähne, liebkost sie mit seiner Zungenspitze, ehe er leicht an ihr knabbert.

„Jason, bitte ...“

Liebevoll zeichnen seine Fingerspitzen unsichtbare Unendlichkeitsschleifen auf meine Haut, was meine Atmung in ein leises Stöhnen verwandelt.

Groß und kraftvoll spüre ich seinen muskulösen Körper, jeder seiner Muskeln ist vor Erregung angespannt. Sehnsüchtig schließe ich meine Augen, lasse mich fallen und gebe mich ihm hin. Hungrig berühren sich unsere Lippen, seine Zunge streicht verführerisch über meine Unterlippe.

Hinter meinen geschlossenen Augenlidern explodieren bunte Punkte, während sich unser Atem keuchend vermischt. Feucht, gierig und wild umschlingen sich unsere Zungen, saugen und fordern immer mehr des anderen.

Besitzergreifend zwirbelt er meine harten Brustwarzen. Sein Daumen streicht über den dünnen Stoff meines Strings, während unsere Münder immer leidenschaftlicher miteinander verschmelzen. Jasons Küsse bringen mich um den Verstand, sie lassen mich alles um uns herum vergessen und sorgen dafür, dass ich süchtig nach ihm werde.

Gierig streicht seine raue Zungenspitze über meine Unterlippe, ehe er unseren tabulosen Kuss zart schmelzend beendet. Schwer atmend und maßlos erregt liegt er neben mir. Seine angespannte Mimik und das deutliche Zucken seiner Kiefermuskeln verraten mir, dass sich seine letzte Selbstbeherrschung gerade in Luft auflöst. Seine Finger streichen über meinen Bauch, ehe sie unter meinen String gleiten und zärtlich über meine Schamlippen streichen.

Süchtig nach seinem Geschmack züngle ich über die empfindliche Haut an seiner Kehle, knabbere an seinem Ohrläppchen und lasse meine Zungenspitze über die leicht kratzigen Bartstoppeln an seiner Wange gleiten.

„Fuck, Chloe! Du hast keine Ahnung, wie sehr ich dich will!“

Jeder Zentimeter meines Körpers ist angespannt und glüht vor Lust, mein Puls rast durch meine Adern und mein Verstand hat sich schon vor Minuten verabschiedet.

„Wegen dir werde ich noch alle meine Regeln brechen …“

Seine mehr geknurrten als gesprochenen Wörter lassen mich erschauern, während er seine Finger durch meine Schamlippen gleiten lässt, umkreist er langsam meinen Kitzler und zupft leicht an ihm.

Animalisch, roh und besitzergreifend erobert er erneut meine Lippen, während er mit seinem Finger tief in mich eindringt.

Wimmernd presse ich mich seiner Hand entgegen. Mein Unterleib beginnt zu glühen und meine Scheide wird immer feuchter. Keuchend kralle ich mich an seinen Schultern fest, kratze mit meinen Fingernägeln über seine Haut und versuche verzweifelt, nicht den Verstand zu verlieren. Der weiche Stoff seiner Tagesdecke streicht sanft wie eine Feder über meine Haut. Seine Zähne beißen erneut in meine angeschwollene Brustwarze ... „Du bist absolut perfekt."

Mit jedem seiner eindringlichen Blicke, mit jedem bittersüßen Kuss und jeder sanften Berührung zeigt er mir, wie sehr er mich begehrt.

Ungeduldig kralle ich meine Finger in sein volles Haar und ziehe ihn zu mir herunter, endlich treffen sich unsere Lippen, doch dieser Kuss hat nicht wirklich viel mit einem normalen Kuss gemein ... *Oh nein!*

Jason überfällt meine Zunge wie ein Tsunami und mit jedem weiteren Zungenschlag raubt er mir mehr und mehr den Atem.

Mit jeder Sekunde, die vergeht, wird aus meinem zärtlichen Liebhaber ein dominanter Bad Boy, der es auf nichts anderes abgesehen hat, als mich in den Wahnsinn zu treiben.

Als er das sinnliche Duell unserer Zungen beendet, brauche ich einen Augenblick, um wieder zu Atem zu kommen.

Wie in Trance beobachte ich ihn dabei, wie er sich zwischen meine gespreizten Schenkel kniet und, ohne zu zögern, meinen String zerreißt. Achtlos wirft er den edlen Fetzen Stoff durch den Raum, während er seinen Blick über meine Scheide gleiten lässt. Bestimmend spreizt er meine Schenkel weiter, öffnet mich so für ihn.

Wimmernd genieße ich seinen gierigen Blick und seine geschickten Finger.

Im bebenden Zentrum meines Unterleibs findet eine Kernschmelze statt, winzige Schweißtropfen bilden sich in meinem Nacken, während er mit zwei seiner Finger langsam, jedoch tief in mich eindringt.

Laut stöhnend gebe ich mich ihm rückhaltlos hin, nehme alles, was er mir schenkt, und ertrinke in meiner Lust.

Jason beugt sich knurrend über mich, seine Zunge umkreist meine Nippel, ehe er sie langsam zwischen seine Zähne saugt. Züngelnd und knabbernd foltert er mein sensibles Fleisch.

„Bitte, Jason! Ich will dich endlich tief in mir spüren! Ich brauche dich!“

Verzweifelt kralle ich meine Finger in die Decke, als er mit einem weiteren Finger in mich eindringt. Stöhnend presse ich meinen Kopf in die Matratze, während ich ihm meinen Unterleib entgegenpresse.

„Sieh mich an! Ich will, dass du siehst, zu wem du gehörst!“

Blinzelnd befolge ich seinen Befehl und ertrinke in den grauen Tiefen seiner Iris. Rhythmisch dringt er in mich ein, massiert meinen angeschwollenen Kitzler und treibt mich in ungeahnte Höhen der Lust. Immer lauter stöhnend spüre ich, wie sich mein Inneres bebend zusammenzieht.

Der immer stärker werdende Druck in meinem Inneren lässt mich die Zehenspitzen krümmen.

Verloren und ihm völlig ausgeliefert erwidere ich seinen Blick, ehe ich von meinem Höhepunkt fortgerissen werde.

Ahhhh ...

Eine heiße Welle der Lust überrollt mein Nervensystem, lässt meine Synapsen durchbrennen und das Blut in meinen Adern kochen.

Ich bin verloren!

Laut knurrend spreizt er meine zitternden Schenkel und lässt seinen hungrigen Blick über meine Haut wandern. Seine Zunge neckt meinen Bauchnabel, kleine Bisse und süße Küsse lassen mich erneut erbeben ...

Sein Daumen legt sich auf meine viel zu sensible Perle, liebkost sie sanft und zupft sie leicht.

„Fuck, Chloe ... ich muss dich einfach kosten!“

Mit seiner rauen Zungenspitze leckt er über meinen Eingang, umkreist sanft meine Klitoris, während ich verloren die Augen zusammenkneife.

„Du bist mein Untergang!“ Das dunkle Timbre seiner Stimme streicht über meine zitternden Nerven. Verzaubert langsam leckt er meine Pussy, verspielt saugt er sich an meinem Kitzler fest, bevor er mit seiner Zunge tief in mich eindringt.

„Ich muss endlich in dir sein!“ Fluchend verlässt Jason das Bett, verschwindet im angrenzenden Raum, ich tippe, dass das sein Badezimmer ist, und kommt nackt, mit einer Kondomverpackung zurück. Sein Schwanz ist ganz genauso groß, wie ich ihn mir vorgestellt habe. Bittere Angst breitet sich in mir aus und ich weiß nicht, ob ich das wirklich kann.

Lieber Himmel, jetzt wird es ernst! Wenn ich jetzt mit ihm schlafe, wird sich einfach alles verändern!

Durch meinen zitternden Körper rasen noch immer glühende Sternschnuppen.

Sein eindringlicher Blick gleitet langsam über meinen Körper, während er die Verpackung aufreißt und das Kondom über seine dicke Eichel rollt.

Seine vor Lust dunklen Augen fixieren meinen Blick, als er sich langsam auf mich legt. Als ich seine dicke Eichel an meinem Eingang spüre, weiß ich nicht, ob ich mich ihm entgegendrücken oder einfach schnellstmöglich das Weite suchen soll.

„Schhhhh.“

Dieser Mann ist so auf mich fixiert, dass er sofort bemerkt, dass ich Angst bekomme.

„Entspann dich, mein Engel, wir sind füreinander geschaffen.“

Sanft streifen seine Lippen über meine Schläfe, während er sich in Position bringt.

Dieser Mann ist ein Mann mit verdammt vielen Facetten. Einerseits ist er zärtlich und aufmerksam, aber andererseits ist er bestimmend und dominant.

Die Spitze seiner dicken Eichel dringt langsam in mich ein, dehnt meine Pussy und nimmt mich endlich in Besitz.

Unsere Zungen treffen sich, keuchend vermischt sich unser Atem, während er immer tiefer in mich eindringt.

„Jetzt bist du mein! Ich werde dich nie wieder gehen lassen!“

Meine Lust und die verwirrenden Emotionen, die durch meine Venen rauschen, sind zu intensiv, das köstliche Ziehen in meinen Schenkeln kündigt meinen erneuten Orgasmus an und ich bin kurz davor, in meiner Lust zu ertrinken.

Seine rauen Worte schleichen sich in mein Herz, verzaubern meinen Verstand und lassen meine Seele leise seufzen.

„Oh Gott, Baby …“ Seine sehr tiefen Stöße werden immer härter und sein Schwanz dringt so hart in mich ein, dass ein leichter, jedoch auch angenehmer Schmerz entsteht.

Er verändert den Winkel, in dem er ich mich eindringt, und touchiert bei jedem neuen Vorstoß meinen G-Punkt.

Das Zucken in seinen Armen und seinen Oberschenkeln verrät mir, dass er sich sehr zurückhält. Die Gewissheit, dass er sonst viel härteren Sex gewöhnt ist, breitet sich in mir aus, und ich bin ihm wirklich dankbar, dass er heute Nacht Rücksicht auf mich nimmt.

Vorstoß – Rückzug – Vorstoß – Rückzug

Rhythmisch und kraftvoll nimmt er mich mit jedem erneuten Eindringen mehr in Besitz.

Zitternd spannen sich meine Muskeln an, meine Beine beginnen zu zucken und meine Atmung stoppt.

Der über mich hereinbrechende Orgasmus ist wie ein Wirbelsturm aus Gefühlen und Empfindungen. Die Kontraktionen zwischen meinen Beinen sind so stark, dass ich ihn mitreiße und er sich laut stöhnend in mir ergießt. Selbstvergessen fällt sein Kopf in den Nacken, seine Bauchmuskulatur zuckt wild, während seine Eichel tief in mir hart pulsiert.

Völlig kraftlos schlinge ich meine Beine um seine Taille und ziehe ihn noch tiefer in mein zitterndes Inneres.

Es klingt verrückt, aber jetzt, wo ich ihn so tief in mir habe, fühlt es sich so an, als wären wir nur zusammen vollständig. So wie Yin & Yang ...

Meine verrückten postkoitalen Gedanken lassen mich lächeln.

Zufrieden seufzend, lecke ich über meine trockenen Lippen, schmecke seinen herben Geschmack und atme die mit unseren Gerüchen geschwängerte Luft ein.

Stillschweigend treffen sich unsere Blicke, sein Atem liebkost meine Haut, während unsere Herzen im gleichen Takt schlagen …

Glücklich sehe ich ihm tief in die Augen. „Was muss ich tun, um dasselbe gleich noch mal zu bekommen?“

Stöhnend verdreht er die Augen, während sich ein sanftes Lächeln auf seine Lippen legt. „Shit, Süße, du bist ja unersättlich!“

Mit meinen Fingernägeln kratze ich leichte Spuren auf seinen Rücken.

Trotz meiner verzweifelten Bemühungen, ihn in mir zu behalten, gleitet er aus mir heraus und entfernt den Gummi von seinem Glied.

Zufrieden brummend rollt er sich von mir herunter, legt sich neben mich und zieht mich in seine Arme. Die besitzergreifende Geste, mit der er seine Hand auf meinen Po legt und mir einen leichten Klaps verpasst, sorgt für ein wohliges Gefühl in meinem Bauch.

Jeder Zentimeter meines Körpers fühlt sich an wie aus Gummi, mein Kopf scheint nur noch mit Zuckerwatte gefüllt zu sein, denn anders kann ich mir das glückliche Dauergrinsen, das sich auf mein Gesicht gelegt hat, wirklich nicht erklären ...

Jason

Mit jedem Atemzug beruhigt sich mein viel zu schnell schlagendes Herz etwas. In meinem Kopf herrscht ein heilloses Durcheinander, während ich mich so zufrieden wie noch nie fühle. Selbst nach den Sessions mit meiner Sub fühle ich mich nicht annähernd so ausgeglichen wie nach diesem Vanillasex mit meinem Engel.

Diese Frau hat eine Vodoomuschi ...

Knurrend ziehe ich sie noch fester an mich, presse meine Nase in ihr Haar und inhaliere den köstlichen Geruch von meiner Frau.

Weich, warm und verführerisch liegt sie in meinen Armen. Chloes Lippen hauchen sanfte Küsse auf meine Schulter, ihre Zähne knabbern leicht an meinem Schlüsselbein, während sie ihre Hände in meinen Haaren vergraben hat.

Diese Frau, meine Frau, ist so unglaublich anschmiegsam und hingebungsvoll, dass sich mein dunkles, einsames Herz viel zu schnell an ihre Nähe gewöhnt hat.

Wenn ich nicht gut aufpasse, ist diese Frau mein Untergang.

Die letzten vierundzwanzig Stunden meines Lebens passen so gar nicht zu mir. Für gewöhnlich bin ich ein sehr kontrollierter Mann, der all seine Entscheidungen gründlich überdenkt. Doch die Entscheidung, Chloe für mich zu beanspruchen, war alles andere als durchdacht. Sie war impulsiv und unabdingbar.

Die bedeutungsvolle Schwere dieses Augenblicks entgeht mir nicht. In den letzten Stunden hat sich mein Leben drastisch verändert. Ab jetzt bin ich für Chloe verantwortlich, für ihre Gesundheit, für ihre Sicherheit und für ihr Leben.

Leise bewegen sich ihre Lippen, als sie sich Schutz suchend an mich schmiegt.

Sie wird es nicht immer leicht haben, denn das, was ich vorhin zu ihr gesagt habe, war mehr als nur ernst gemeint. Ich werde keine anderen Männer in ihrer Nähe dulden. Dieser Tom sollte sich lieber angewöhnen, die Finger von ihr zu lassen, und die Situation mit Mike wird ebenfalls noch fatale Folgen haben. Niemand und ich wiederhole mich gerne noch mal: Niemand legt seine Hand an meine Frau!

Chloe

Müde recke ich meine Arme über den Kopf, gähne herzhaft und strecke meine Beine aus.

Das leichte Brennen zwischen meinen Beinen lässt mich sofort meine Augen aufschlagen. Die leidenschaftlichen Erinnerungen an die vergangenen Stunden lassen mich rot werden.

Ich habe es echt getan, ich habe tatsächlich mit Jason Stanton geschlafen.

Die vielen intensiven Emotionen, die sich in mir ausbreiten, lassen mein Herz wie wild schlagen. Jason ist ein unheimlich faszinierender Mann. In der einen Sekunde ist er streng und angsteinflößend und ein paar Augenblicke später kümmert er sich unfassbar fürsorglich um mich.

Seufzend schließe ich meine Augen und lasse die vergangene Nacht noch mal vor meinen geschlossenen Lidern Revue passieren. Nachdem wir diesen unglaublichen Sex gehabt haben, hat er mich liebevoll ins Badezimmer getragen und sich mit mir unter die Dusche gestellt. Zärtlich und liebevoll hat er jeden Zentimeter meines Körpers eingeseift, seine Finger sind so verlockend über meine Haut gestrichen, dass ich mich an ihn lehnen musste, um nicht einfach umzukippen. Nachdem er mich fürsorglich abgetrocknet und zurück ins Bett getragen hat, bin ich in seiner besitzergreifenden Umarmung eingeschlafen.

Langsam drehe ich mich auf die Seite und betrachte sein markantes Profil.

Selbst wenn er schläft, sieht er gefährlich aus.

Vorsichtig strecke ich meine Hand aus und berühre mit meinen Fingern die warme Haut an seiner Schulter.

Wie sich das zwischen uns wohl entwickelt?

Ich mache mir gar nicht erst die Illusion, dass ich einen Mann wie ihn auf Dauer halten kann. Davon abgesehen habe ich jetzt auch eigentlich gar keine Zeit für eine wirkliche Beziehung. Verwirrt schüttle ich meinen Kopf, der Gedanke, dass ein Mann wie Jason Stanton eine feste Beziehung führt, ist ja schon abwegig genug. Soweit ich weiß, wird er niemals zweimal mit ein und derselben Frau gesehen. Er gilt als Einzelgänger und knallharter Geschäftsmann.

„Wenn du so weitermachst, packe ich dich, setze dich auf meinen harten Schwanz und ficke dich so gründlich, dass du heute nicht mehr aus diesem Bett kommst, zumindest nicht ohne meine Hilfe!“

Wow!

Seine Worte lassen mich hart schlucken.

„Du bist ja ein richtiger Romantiker.“

Alleine die Vorstellung, dass er seine Worte wahr werden lässt, sorgt dafür, dass ich feucht werde.

Langsam öffnet er seine Augen, dreht sich zu mir um und zieht mich wie selbstverständlich näher zu sich heran. Seine Finger legen sich auf meine rechte Brust und liebkosen meine empfindliche Brustwarze.

„Nein, mein Engel, ich bin kein Romantiker. Ich bin der Mann, der nicht genug von dir bekommen kann.“

Seine Finger werden fordernder, kneifen leicht in meinen Nippel, ehe sie hart zuzwicken. Wimmernd presse ich meinen Rücken zu einem Hohlkreuz durch, biete mich ihm an und ertrinke in meiner Lust.

Sein Mund schließt sich um meinen Nippel, seine Zunge umkreist das rosa Fleisch, ehe seine Zähne fest zubeißen. Mein atemloser Schrei erfüllt das Schlafzimmer, während er mit seinen Fingern durch meine Schamlippen streicht.

Heiße Lust und sinnlicher Schmerz erfüllen meine Sinne, sehnsüchtig gebe ich mich ihm hin, süchtig nach jeder seiner Berührungen.

Der bittersüße Lustschmerz zuckt durch meinen Körper, erfüllt ihn mit hemmungsloser Lust und geheimnisvollen Sehnsüchten.

Jason

Chloe ist einfach perfekt. Sie verkörpert alles, was ich an einer Frau brauche.

Ihre exquisite Mischung aus Angst und Erregung beruhigt die Bestie in mir.

Sie leckt sich erregt über ihre Lippen, und meine Augen folgen gierig dem Weg ihrer süßen rosafarbenen Zunge. Ich möchte ihr langes, seidiges Haar um meine Faust wickeln und ihren Kopf in meinen Schoß drücken. Doch bis ich diese Fantasie in die Realität umsetzen kann, werden noch ein paar Nächte vergehen.

In den nächsten Tagen muss mich zurückhalten, ich muss ihr Vertrauen gewinnen, ehe ich sie so nehmen kann, wie ich es brauche. Ich will meine Zeichen auf ihrer Haut hinterlassen, ihre salzigen Tränen schmecken und wissen, dass sie sich mir völlig ergibt.

Weich und anschmiegsam liegt sie neben mir, ihr Körper erzittert unter meinen Berührungen, während ich ihre Brust liebkose.

Selbst der harte Biss in ihre Brustwarze hat sie erregt, eine Tatsache, die mir Hoffnung macht. Wenn sie mit Schmerzen umgehen kann, wird es für sie erheblich leichter.

Nass und glitschig streicht mein Finger über ihren Körper, ehe er tief in sie eindringt.

Ich muss vorsichtig sein, wenn ich sie in meine Welt einführe, denn das Letzte, was ich will, ist, sie zu verlieren.

***

Chloe

Nervös gehe ich zu Jason in die Küche. Im Gegensatz zu letzter Nacht habe ich endlich etwas Zeit, um mich genauer in seinem Zuhause umzusehen. Seine Einrichtung ist minimalistisch und sehr elegant. Die Farbe Weiß dominiert sein großes Loft, in Kombination mit dem ganzen Edelstahl und der Weitläufigkeit ist sein Zuhause das Spiegelbild des Mannes, der hier lebt.

Kalt – unnahbar – faszinierend

Die komplette Westseite seines Lofts wird von Glas dominiert, und der Ausblick, der sich mir bietet, lässt meinen Herzschlag beinahe durchdrehen. Die grüne Oase der Stadt, der Central Park, wird von modernen architektonischen Kunstwerken umschlossen. Hier oben, wo ich den Wolken so nah bin, habe ich das Gefühl, über der Welt zu stehen. All die Sorgen und Probleme erscheinen einem so klein und bedeutungslos im Vergleich zu der riesigen Stadt.

Doch ich bin intelligent genug, um zu wissen, dass dieses Gefühl trügerisch ist, denn sobald ich in den Lift steige, erreiche ich wieder den Boden unter den Füßen und alle Sorgen gewinnen wieder an Bedeutung.

Heute ist das erste Fotoshooting und auch wenn Jason eine grandiose Ablenkung war, werde ich langsam, aber sicher schrecklich nervös. In der E-Mail, die ich von Marlen bekommen habe, steht, dass ich völlig ungeschminkt auftauchen soll, damit die Visagistin vor ihrer eigentlichen Arbeit nicht mein persönliches Make-up entfernen muss. Mein einziger Trost ist, dass Tom, der Fotograf, ein unglaublich netter Kerl ist. Und ich hoffe wirklich, dass ich den hohen Ansprüchen, die an mich gestellt werden, genüge.

Doch die Shootings sind nicht das Einzige, was mir Sorgen bereitet.

Denn das Wissen, wofür diese Fotos gemacht werden, lässt mich beinahe erzittern. Wenn die Aufnahmen abgeschlossen sind, werden meine Bilder zu gigantischen Leinwänden, die im kompletten Land aufgehängt werden. Millionen von Menschen werden mich nur in diesen unfassbar knappen, sehr heißen Dessous sehen.

Vorsichtig riskiere ich einen Blick zu Jason, der in seinem dunklen Anzug gekleidet ganz der CEO ist, der mich vor nicht ganz neunundzwanzig Stunden so beeindruckt und verängstigt hat.

In Anbetracht der Dinge, die da gerade zwischen uns entstehen, und wenn ich bedenke, wie verflucht besitzergreifend er ist, kann ich mir nicht vorstellen, dass es ihm besonders gut gefallen wird, wenn mich jeder Mann in diesem Land halb nackt sehen kann.

Jason bemerkt meinen Blick, stellt seine Kaffeetasse ab und kommt auf mich zu.

„Was ist los, Baby?“

Sein rauer Bart streift über die empfindliche Haut an meinem Hals, während er seinen Arm um meine Taille schlingt und mich mit dem Rücken an seinen breiten Brustkorb presst.

In Ermangelung anderer Klamotten musste ich wieder in dasselbe Kleid wie gestern Abend steigen, und da er meinen String zerrissen hat, komme ich mir neben meinem im Maßanzug bekleideten CEO ziemlich nackt vor.

„Nichts, es ist alles gut.“

Ich spüre, wie sich sein Körper anspannt, ehe er mich blitzschnell in seinen Armen umgedreht hat.

„Lüg mich nicht an, Chloe!“

Dieser Mann und sein Talent, mich völlig zu durchschauen ...

„Es ist nichts, ich denke nur gerade über die Kampagne nach.“

Als ich die Kampagne erwähne, beginnt seine Kiefermuskulatur zu zucken.

Das Sturmgrau seiner Augen bekommt einen dunklen Schatten.

„Was ist damit?“

Nervös hole ich tief Luft. Sein eindringlicher Blick schüchtert mich irgendwie ein.

„Eigentlich nichts, ich hoffe nur, dass ich keine Fehler mache. Ich wünsche mir einfach so sehr, dass die Fotos gut werden.“

Seine vollen Lippen pressen sich zu einem schmalen Strich zusammen.

Anscheinend habe ich mit meiner Befürchtung recht gehabt, Jason gefällt die Tatsache, dass ich in nächster Zeit beruflich nur Dessous trage, ganz und gar nicht.

Ob das zu einem Problem zwischen uns wird?

Gibt es überhaupt ein Uns?

Jason

Als ob das Auftauchen dieser Frau mein Leben nicht schon mehr als genug durcheinandergebracht hätte, oh nein, natürlich muss sie auch noch ausgerechnet das neue Model für die ‚Devil Dessous'-Kampagne sein.

Allein das Wissen, dass ausgerechnet der Kerl, der seine Finger eh schon nicht von meiner Frau lassen kann, auch noch ihr Fotograf ist, lässt mich gefährlich rotsehen.

Die Erinnerung, wie sie heute Nacht nur in diesen Dessous bekleidet vor mir gestanden hat, lässt meinen Schwanz schlagartig steinhart werden.

Innerlich fluchend erwidere ich ihren besorgten Blick. Ich weiß, dass sie diese Kampagne unbedingt machen möchte. Immerhin hat sie für diesen Job ihr Leben in Deutschland aufgegeben und ist nach New York gekommen.

Aber bei Gott ...

Alleine der Gedanke, dass die landesweite Kampagne mit den Fotos meiner halb nackten Frau startet, lässt mich durchdrehen.

Was für eine Scheiße!

Tief in meinem Inneren weiß ich, dass ich das nicht zulassen kann. Während Chloe heute bei diesem Shooting ist, muss ich dringend mit meiner Mutter sprechen. Entweder kündigt sie der Modelagentur und somit auch Chloe den Vertrag auf oder ich werde alles in meiner Macht Stehende tun, um die komplette Kampagne zu verhindern.

Das Wissen, dass ich meiner Süßen damit verdammt viel Kummer bereite, lässt mich schwer schlucken, doch wenn es wirklich ihr Traum ist, Model zu werden, dann werde ich einen Weg finden, ihr diesen Traum zu erfüllen. Zumindest unter der Voraussetzung, dass sie mehr als nur einen Fetzen Stoff am Leib tragen wird.

Ihre wunderschönen veilchenblauen Augen sehen mich vertrauensvoll an und ich komme mir vor wie das größte Arschloch. Doch es geht nicht anders, ich muss das tun, ansonsten verliere ich den Verstand ...

„Mach dir keine Sorgen, Baby, ich bin mir sicher, dass du keinen Fehler machen wirst!"

Süchtig nach ihrer Nähe ziehe ich sie in meine Arme, erobere ihren Mund und trinke ihr süßes weibliches Seufzen.

Völlig egal, was die Zukunft auch bringen mag, ich werde nicht zulassen, dass ein anderer Mann zu sehen bekommt, was mir gehört.

Diese Frau ist das Beste, was mir jemals passieren wird, und ich werde alles tun, um sie zu schützen, auch wenn das bedeutet, dass ich ihr diesen Traum nicht erfüllen kann.

Stürmisch erwidert sie meinen Kuss, schlingt mir ihre Arme um den Nacken und presst ihre verführerischen Rundungen an meinen Körper.

Diese Frau ist mein Untergang ...

„Fuck, Chloe!“

Mein Fluch beinhaltet so viel männliche Gier und unbefriedigte Lust, dass sich ein äußerst zufriedenes Grinsen auf ihren Lippen ausbreitet. Dieses kleine Miststück weiß ganz genau, was sie mit mir anstellt ...

Meine innere Bestie fletscht ungeduldig die Zähne, und ich weiß, dass ich mich nicht mehr lange kontrollieren kann. Die Gnadenfrist meines Engels ist so gut wie abgelaufen. In spätestens einer Woche will ich sie kniend vor mir haben, ich will die wunderschöne Angst in ihren Augen sehen, während sich die köstliche Feuchte ihrer Erregung zwischen ihren Schenkeln sammelt ...

Gefährliche Versprechen

Chloe

Nachdem mich Jasons Fahrer in dessen Limousine sicher nach Hause gefahren hat, habe ich mir etwas Gemütliches angezogen.

Fest entschlossen, die vier Stunden, die mir noch bis zum Shooting bleiben, für einen ausgedehnten Googlemarathon zu nutzen, sitze ich im Schneidersitz auf meinem Bett und stelle mir den Laptop auf den Schoß.

Gespannt, was ich so alles finden werde, gebe ich in die Suchleiste Jason Stanton ein.

Oh wow ...

Meine Suche ergibt 453.000 Ergebnisse (0,43 Sekunden), das ist ja der absolute Wahnsinn!

Neugierig, wie ich bin, klicke ich mich durch die vielen Fotos, und das, was ich sehe, lässt mich schwer schlucken.

Mir ist natürlich bewusst, dass Jason ein verflucht attraktiver und sehr erfolgreicher Mann ist, um den sich die Frauen nur so reißen. Aber jetzt, wo ich den Beweis dafür direkt vor Augen habe, komme ich mir irgendwie unzulänglich vor. All die vielen Frauen, die in der Vergangenheit die Ehre hatten, ihn zu diversen öffentlichen Veranstaltungen zu begleiten, sind ausnahmslos wunderschön und sehr attraktiv.

Mit wie vielen von ihnen er wohl Sex hatte?

Meine sexuelle Vergangenheit beschränkt sich auf gerade mal einen Mann. Jason hingegen scheint sich so richtig ausgetobt zu haben.

Nachdem ich mir die vielen Fotos genauer angesehen habe, klicke ich die einzelnen Presseanzeigen durch.

Wie nicht anders zu erwarten, wird ihm in jeder zweiten eine feste Beziehung oder sogar eine Verlobung angehängt. Enttäuscht, weil mich das alles irgendwie nicht weiterbringt, checke ich meine E-Mails und stelle erschrocken fest, dass bereits vier Mails von meiner Mum auf mich warten.

Nachdem die erste noch recht harmlos war, klingt die vierte schon ziemlich besorgt und wütend. Das schlechte Gewissen, das sich natürlich prompt in mir ausbreitet, ist mehr als berechtigt.

Eigentlich hatte ich ihr vor meiner Abreise versprochen, dass ich ihr jeden Abend eine Mail schreibe. Doch nach dem ziemlich ereignisreichen Tag gestern habe ich sie völlig vergessen.

Auf meiner Unterlippe herumkauend, tippe ich ihr schnell, wie gut mir die Stadt gefällt, dass mein Apartment toll ist und dass mein gestriges Gespräch in der Agentur sehr gut gelaufen ist.

Doch die wichtigsten Ereignisse, nämlich die, dass ich auf einer wilden Party war und die heißeste Nacht meines Lebens hatte, lasse ich natürlich unerwähnt. So wie ich meine Mutter kenne, würde sie in den nächsten Flieger nach New York steigen, nur um sich Jason mal genauer anzusehen.

Alleine die Vorstellung, wie meine Mutter meinem ganz persönlichen Mister Dunkel und Gefährlich auf den Zahn fühlen würde, lässt mich laut lachen. Ich weiß, dass meine Eltern tief in ihrem Inneren hoffen, dass ich nach dieser Kampagne zurück nach Hause komme, einen netten Mann finde, heirate und Kinder bekomme. Doch jetzt, wo ich das erste Mal so richtig frei bin und mein Leben verrückt und spannend ist, kann ich mir nicht vorstellen, dass die Wunschträume meiner Eltern jemals wahr werden.

Natürlich will ich in ferner Zukunft einen tollen Mann kennenlernen, ihn heiraten und süße Babys bekommen. Doch im Moment ist das Wichtigste für mich, dass ich diese Kampagne zu einem vollen Erfolg mache. Ich will ein wildes New Yorker Stadtleben führen und den Mann, den ich gestern Nacht zwischen meinen Schenkeln hatte, noch so einige Male genießen.

Das helle *Ping*, das mir signalisiert, dass meine E-Mail erfolgreich versendet worden ist, wird von einem lauten Klopfen an meiner Wohnungstüre übertönt.

Seufzend stelle ich meinen Laptop auf die Seite, stehe auf und werfe einen prüfenden Blick durch den Spion.

In Anbetracht dessen, dass ich nur eine Handvoll Menschen in diesem Land kenne, ist es keine große Überraschung, dass mal wieder mein Nachbar vor meiner Türe steht.

Nach einem prüfenden Blick in den Spiegel, der neben meiner Türe hängt, ziehe ich die kleine Sicherheitskette aus ihrer Schiene und öffne ihm die Türe.

Seine kurzen dunklen Haare stehen leicht wirr ab, seine Jeans sitzt ziemlich knapp auf seiner Hüfte und lässt mich einen kurzen Blick auf den Streifen brauner Haut, der unter seinem weißen Shirt zu sehen ist, erhaschen.

Nicht schlecht – wirklich nicht schlecht!

„Hallo Frau Nachbarin."

Sein Blick gleitet langsam über meinen Körper, was ein leichtes Prickeln in meinem Bauch auslöst.

„Hallo Herr Nachbar."

Amüsiert sehe ich ihn an, da er an meiner Türe geklopft hat, liegt es auch an ihm, das Gespräch zu beginnen.

„Ich dachte mir, dass du vielleicht Lust hast, mit mir ein Bier trinken zu gehen."

Um ihn etwas zu necken, ziehe ich meine linke Augenbraue nach oben und lehne mich lässig gegen meinen Türrahmen.

Im Vergleich zu meinem heißen Mister Dunkel und Gefährlich zieht mein Nachbar natürlich den Kürzeren. Aber das ist ja auch kein Wunder, ich glaube nicht, dass es irgendwo auf der Welt einen Mann gibt, der Jason Stanton das Wasser reichen könnte.

Aber wenn ich die beiden Männer jetzt mal nicht miteinander vergleiche, ist mein Nachbar ein wirklich knackiges Kerlchen. Seine blauen Augen sehen mich freundlich an und ich weiß, dass ich verdammt viel Spaß mit ihm haben könnte. Da ich nicht weiß, wie lange das anstehende Shooting dauern wird, kann ich meinen heutigen Abend nicht wirklich planen, aber das heißt ja nicht, dass ich nicht nächste Woche mal mit ihm auf ein Bier unter Nachbarn losziehen kann.

„Lust habe ich eigentlich schon, aber ich muss jetzt gleich los und ich weiß nicht, wann ich wieder zurück bin. Aber was hältst du davon, wenn wir das einfach auf nächstes Wochenende verschieben?"

Nachdenklich legt er seinen Kopf schief und sieht mir tief in die Augen.

„Also, Süße, ich sage dir jetzt mal etwas. Wenn das ein Geduldsspiel werden soll, kannst du davon ausgehen, dass ich früher oder später mit einem Sixpack vor deiner Türe stehen werde."

Oh ja, er ist echt heiß!
„Das klingt wirklich verlockend. Aber ich muss jetzt gleich zur Arbeit und darum muss ich dich wirklich auf das nächste Wochenende verschieben."
Lässig mit der Zunge schnalzend nickt er mir kurz zu, ehe er sich geschlagen gibt.
„Alles klar, schöne Frau, dann werde ich warten."
Das sexy Grinsen, das sich auf seine vollen Lippen legt, lässt ihn ganz wie einen der Bad Boys aus der Fernsehwerbung aussehen. Und auch wenn ich eigentlich kein wirkliches Interesse an einem heißen Flirt habe, kann ich nichts dagegen tun, dass mein Herz einen winzigen Takt schneller schlägt.
„Ich freu mich auf dein Sixpack."
Die beabsichtigte Zweideutigkeit meiner Worte lässt ihn kurz innehalten, ehe er sich umdreht und zurück in sein Apartment geht.
Mit schnell schlagendem Herzen schließe ich meine Türe hinter mir und wundere mich darüber, wie ich nur so frech sein konnte.
Wenn ich so weitermache, wird es noch ein regelrechtes Männerchaos in meinem neuen Leben geben. Und das, obwohl ich eigentlich beabsichtigt hatte, mich nur auf meine Karriere zu konzentrieren.
Tief durchatmend gehe ich zu meinem Bett, schalte den Laptop aus und verschwinde unter der Dusche. Es wird Zeit, dass ich mich für das Shooting bereit mache.

Jason

Die Tabelle mit den neuesten Zahlen einer meiner Firmen verlangt meine Aufmerksamkeit, doch um ehrlich zu sein, bin ich nicht wirklich konzentriert.
Vor meinen Augen laufen die Erinnerungen an Chloe und unsere letzte Nacht wie ein heißer Film ab.
Fluchend schließe ich meine Augen und atme tief durch, es wird höchste Zeit, dass ich meine Mutter anrufe und ihr mitteile, dass sie entweder das Model tauschen oder die Kampagne stoppen muss.

Auch wenn ich Chloe mit diesem Telefonat hintergehe, kann ich nicht zulassen, dass die Fotos meiner halb nackten Frau landesweit aufgehängt werden.

Holy Fuck!

Diese Situation gefällt mir ganz und gar nicht!

Denn selbst wenn mein Anruf die gewünschte Wirkung erzielt, kommt er auch einem Statement meinerseits gleich.

Bisher habe ich nie auch nur ansatzweise Interesse an einer Frau gezeigt. Und auch wenn das Verhältnis zwischen meiner Mutter und mir denkbar schlecht ist, bedeutet das noch lange nicht, dass sie nicht sofort durchschaut, was meine Motive für diesen Anruf sind. Der Fokus, der sich dadurch auf Chloe richtet, lässt mich rotsehen, doch ich habe leider keine andere Möglichkeit, um dieses Problem zu lösen.

Wütend über die Situation, in der ich mich gerade befinde, warte ich darauf, dass meine Mutter meinen Anruf entgegennimmt. Doch anstatt der Stimme meiner Mutter höre ich Kyle am anderen Ende der Leitung.

„Hallo Bruder."

„Guten Tag Kyle, ich wollte eigentlich mit unserer Mutter sprechen!"

Die Feindseligkeit, die zwischen uns herrscht, macht ein normales Gespräch undenkbar.

„Die ist für die komplette nächste Woche nach Paris geflogen."

Verfluchte Scheiße!

„Dann werde ich es über ihr Handy versuchen!"

In dem Augenblick, in dem ich das Telefonat beenden will, höre ich das freudlose Lachen meines Bruders.

„Komm schon, Jason, ich weiß ganz genau, dass du wegen der kleinen Schlampe anrufst."

Verwirrt, da ich im ersten Augenblick nicht weiß, wen er meint, schlägt die Gewissheit, dass er Chloe und mich letzte Nacht hinterm Club beobachtet haben muss, ein wie eine Bombe!

„Pass auf, was du sagst, Kyle!"

„Ach, ich soll aufpassen, was ich sage? Ernsthaft, Jason? Ich glaube, du bist nicht in der Situation, in der du mir sagen kannst, was ich zu tun und zu lassen habe! Immerhin bist du derjenige, der die kleine Deutsche beinahe auf dem Parkplatz gebumst hat!"

Fest entschlossen, nicht auf seine Herausforderung einzugehen, übergehe ich seine Worte und komme gleich zur Sache.

„Der Grund meines Anrufs ist ganz einfach! Ich will, dass die Kampagne sofort gestoppt wird. ‚Devil Dessous' muss sich ein neues Model für diese Fotoreihe suchen!"

Die einzige Reaktion meines Bruders ist die, dass er überheblich zu lachen anfängt, was wiederum zur Folge hat, dass ich vollständig ausblende, dass er eigentlich ein Teil meiner verkorksten Familie ist.

„Ich gebe dir vierundzwanzig Stunden Zeit, um das zu bewerkstelligen. Nach Ablauf der Frist erwarte ich, dass Chloe nicht mehr das Gesicht dieser Kampagne ist!"

Wie nicht anders zu erwarten schaltet mein Bruder auf stur.

„Und was, wenn mir deine Frist völlig am Arsch vorbeigeht?"

Auch für diesen Fall habe ich bereits die perfekte Lösung.

„Als damals unsere Mutter die Firma an die Wand gefahren hat, habe ich die Schulden übernommen und bin somit zum stummen Hauptteigner der Firma geworden. Wenn du meine Frist also verstreichen lässt, werde ich ‚Devil Dessous' ganz einfach übernehmen."

Die eisige Stille, die sich jetzt zwischen uns ausbreitet, zeigt mir, dass er damit nicht gerechnet hat.

„Das kannst du Mutter nicht antun. Sie liebt diese Firma!"

„Es liegt an dir, Kyle! Kommst du meiner Forderung nach, bleibt alles beim Alten!"

„Du bist also wirklich bereit, deiner Familie zu schaden, nur um den Arsch deiner kleinen Schlampe exklusiv für dich zu haben?"

„Du weißt, was du zu tun hast!"

Mit diesen Worten beende ich das Telefonat.

In meinen Augen ist alles gesagt worden. Und auch wenn mir seine Formulierung nicht passt, liegt er mit dem Kern seiner Aussage absolut richtig. Ich bin mehr als bereit, meiner Familie zu schaden, wenn ich dadurch Chloes Körper ganz für mich alleine haben kann!

Chloe

Atmen, du musst atmen!

Leise mit mir selbst redend, versuche ich meine völlig verrückt spielenden Nerven etwas zu beruhigen.

Nach all den Wochen des Hoffens und Bangens ist jetzt tatsächlich der Augenblick gekommen, an dem es ernst wird.

Laut der Adresse, die mir Tom per Mail zugeschickt hat, bin ich hier, vor dieser Fabrikhalle, genau richtig.

Verwirrt sehe ich mir die nähere Umgebung genauer an.

Ich weiß nicht, wie ich mir die Location für die Aufnahmen vorgestellt habe, aber das hier ist definitiv überraschend. Tief durchatmend fülle ich meine Lunge mit frischem Sauerstoff, während ich fest entschlossen auf die Halle zugehe.

Was auch immer mich darin erwartet, ich werde mein absolut Bestes geben!

Gerade als ich mich nach einer Klingel oder Ähnlichem umsehe, öffnet mir ein breit grinsender Tom auch schon die Türe.

„Hi Chloe“, ganz genau wie gestern zieht er mich in eine feste Umarmung, während er mich ins Innere der Fabrik führt. Nachdem er mich losgelassen hat, sehe ich mich neugierig um – wow.

In der Mitte der Halle befindet sich in der Decke eine runde Glaskuppel, durch die reines Tageslicht flutet. Unter dieser Kuppel ist eine Art Set aufgebaut worden. Die komplette hintere Hälfte der Halle verschwindet hinter einer schwarzen Leinwand, auf der bunte Farbspritzer verteilt sind. Auf dem Boden, der eigentlich nur aus gebürstetem Beton besteht, liegt ein circa hundert Quadratmeter großer weißer Teppich, auf dem verschieden große, sehr dicke Kissen verstreut liegen. Nach genauerem Hinsehen stelle ich fest, dass die Bezüge der Kissen dieselben Farben haben wie die Farbspritzer auf der ansonsten schwarzen Leinwand.

Die verschieden großen Softboxen, die mich an Ufos erinnern, sorgen für eine gleichmäßige und weiche Ausleuchtung. Verschiedenfarbige Spots werden probehalber angeschaltet, nur um danach neu ausgerichtet zu werden.

„Na, was sagst du zu dieser Wahnsinnslocation?“

Aufgeregt wie ein Kind an Weihnachten sieht er mich an, und ich weiß nicht warum, aber meine ganze Nervosität ist schlagartig verschwunden.

„Es ist toll. Mir gefällt die Idee mit den bunten Kissen und dem schwarzen Hintergrund.“

Aufgeregt klatscht er in die Hände, während er eine junge, sehr hübsche rothaarige Frau zu uns winkt.

„Also, Chloe-Baby. Das ist Piper, deine Visagistin!“

Piper kommt lächelnd auf uns zu. Der steingraue Lidschatten hebt ihre grünen Augen hervor, deren Wow-Effekt durch ihre schwarz getuschten Wimpern noch verstärkt wird. Freundlich streckt sie mir die Hand zur Begrüßung entgegen, und ich staune nicht schlecht, als ich sehe, dass ihr kompletter Arm, inklusive Handrücken, über und über voller fein gestochener Tätowierungen ist.

Jedes noch so kleine Detail dieser Frau macht sie zu einem lebenden Kunstwerk.

Ihr Händedruck ist fest und selbstsicher, und sie ist mir sofort sympathisch.

„Hey Chloe, wenn du so weit bist, können wir gleich loslegen. Zwar habe ich bestimmte Vorgaben von ‚Devil Dessous‘ bekommen“, sie zwinkert mir verschwörerisch zu, „ aber wenn du noch ein paar Extrawünsche hast, sag Bescheid und ich setze sie wenn möglich um.“

Um ehrlich zu sein, habe ich mir über viele Dinge den Kopf zerbrochen, doch mein Make-up hat da nicht mit dazugehört.

„Ich überlasse mich ganz dir und deinen fähigen Händen.“

„Sehr schön. So mag ich es am liebsten!“

Tom schnappt sich meine Hand und zieht mich mit sich. Ich sehe mich noch mal kurz zu Piper um und stelle fest, dass sie uns lachend beobachtet. „Ich dachte mir, wir fangen mit der ‚Miami’-Kollektion als Erstes an. Für die verruchteren Teile habe ich mir eine andere Kulisse vorgestellt. Hinter einem französischen Raumtrenner befindet sich eine Kleiderstange, an der die Dessous hängen. Neben der Stange stehen ein gemütlich aussehender Sessel und ein kleiner Tisch, auf dem sich eine Flasche Wasser und eine kleine Obstschale befinden.

„Hier ist dein kleiner privater Bereich. Ich hoffe, das ist so okay für dich?“

Toms Fürsorge beruhigt meine aufgekratzten Nerven.

„Ja, es ist super.“

Erleichtert atmet er übertrieben laut aus, während er mir zuzwinkert.

„Alles klar, dann zieh dich doch schon mal um und mach dich danach auf den Weg zu Piper. Sobald du fertig bist, können wir auch schon mit den Fotos loslegen.“

Seine Worte und die Tatsache, dass jetzt tatsächlich der Augenblick gekommen ist, an dem es ernst wird, lassen meine Finger leicht zittern.

Scheiße, bin ich nervös!

Nervös atme ich langsam tief ein und aus, spreche mir selber Mut zu und beginne damit, mich auszuziehen. Für einen kurzen Augenblock wünsche ich mir, dass sich die kleine Wasserflasche in Tequila verwandelt, in dem ich meine Unsicherheit ertränken könnte.

Doch diesen Wunsch verwerfe ich gleich wieder.

Ich bin mir sicher, dass Tom nicht so begeistert wäre, wenn ich völlig angetrunken wäre.

Gerade als ich aus meiner Jeans steige, schiebt sich eine braune Männerhand seitlich an dem Paravent vorbei. „Sorry, Süße, aber ich dachte mir, den kannst du vielleicht gebrauchen?“

Auch wenn ich nicht weiß, was er mir da gerade reicht, bedanke ich mich bei ihm. Neugierig falte ich den weichen Stoff auseinander und stelle erfreut fest, dass er mir einen cremefarbenen, weichen Morgenmantel gebracht hat.

Erleichtert darüber, dass ich nicht den ganzen Tag ausschließlich in sexy Dessous herumlaufen muss, hänge ich ihn über die Lehne des Sessels und ziehe mich weiter aus. Mit jedem weiteren meiner Kleidungsstücke, das ich sorgsam zusammengelegt auf den Sessel ablege, spüre ich, wie ich immer ruhiger und konzentrierter werde.

Es fühlt sich fast so an, als würde ich in eine Art Rolle schlüpfen ...

Als ich endlich die maracujafarbenen Dessous anhabe, streiche ich meine Haare glatt und schlüpfe in den Morgenmantel. Da der Boden der Halle ziemlich kalt ist, schlüpfe ich kurzerhand in meine Sneakers und mache mich auf den Weg zu Piper. Für die nächsten Shootings werde ich mir Sandalen oder so etwas mitnehmen müssen.

Piper ist toll, wir verstehen uns auf Anhieb und ehe wir uns versehen, diskutieren wir über mehrere bekannte Models, darüber, wie sie sich zum Teil in der Öffentlichkeit präsentieren und wie unmöglich geschminkt manche auf den Laufstegen dieser Welt auftauchen.

In ihrer Nähe entspanne ich mich endgültig und als sie knapp eine Stunde später endlich fertig ist, freue ich mich schon richtig auf die Fotos, die wir jetzt gleich machen werden. „Soooo, nur noch hier einen kleinen Strich ..."

Konzentriert zieht sie ihre Augenbrauen zusammen, während sie die Konturen meiner Lippen mit einem roséfarbenen Lipliner nachzieht.

„Fertig!"

Langsam rollt sie mit den Füßen ihren Stuhl zurück und betrachtet ihr Kunstwerk, in dem Fall mich, sehr kritisch.

„Fuck, Chloe! Du siehst so fucking geil aus!"

Ihre derbe Ansprache bringt mich zum Lachen.

„Das nenne ich ja mal ein charmantes Kompliment."

„Willst du sehen, was ich gerade sehe?"

„Klar!"

Zufrieden vor sich hin summend, schiebt sie den schmalen Standspiegel zu mir rüber.

„Fuck!"

Anscheinend hat ihre etwas unelegante Ausdrucksform auf mich abgefärbt.

Die Frau, die mich aus ihren großen, wunderschön geschminkten blauen Augen ansieht, sieht einfach nur umwerfend aus.

Und wenn ich es nicht besser wüsste, würde ich alles, was ich habe, darauf verwetten, dass das nicht mein Spiegelbild sein kann.

„Und, gefällst du dir?"

Piper sieht mich nervös an, anscheinend hat sie Angst, dass ich mit ihrer Arbeit unzufrieden bin.

„Wie hast du das nur gemacht?"

„Was?"

Okay, jetzt habe ich wirklich geschafft, sie zu verunsichern.

„Na ja, ich meine ... ich sehe einfach nur wow aus!?"

Piper hat sich an den Farben der Dessous orientiert. Der mangofarbene Lidschatten, der sich leicht geschwungen auf meine Augenlider legt, harmoniert mit dem Erdbeerrosa meiner Lippen. Das dezente Rouge betont meine Wangenknochen, während das Make-up meine Gesichtszüge immer noch natürlich aussehen lässt.

Zu meinem perfekten Make-up hat sie meine Haare leicht eingedreht und aufgeföhnt, sodass sie jetzt in voluminösen Wellen über meine Schulter fallen.

Und das erste Mal in meinem Leben komme ich mir wirklich vor wie ein schönes, selbstsicheres Model.

Mehr als glücklich stehe ich auf und ziehe sie in meine Arme.

„Vielen lieben Dank!"

„Sehr gerne. Und jetzt geh los und sorge dafür, dass ganz New York von diesen Fotos feuchte Träume bekommt!"

Gut gelaunt wackelt sie anzüglich mit ihren Augenbrauen, während sie damit beginnt, ihre Kosmetika aufzuräumen.

„Ich gebe mein Bestes!"

Jason

Schnell und konzentriert arbeite ich mich durch meine Meetings, Aktenberge und E-Mails. Doch völlig egal, was ich gerade vor mir auf dem Schreibtisch liegen habe, ein kleiner Teil meiner Aufmerksamkeit ist immer bei Chloe.

Und diese Tatsache gefällt mir wirklich gar nicht.

Fest entschlossen, das Geheimnis, das diese Frau wie ein Schleier umgibt, zu lüften, schnappe ich mir mein Handy und wähle die Nummer von Raúl. Auf die Informationen, die ich von ihm bekomme, ist einfach immer Verlass.

„Ich brauche Informationen zu einer gewissen Frau. Ihr Name ist Chloe Brenner."

„Wie tief soll ich graben?“
„So tief es geht!“
„Verstanden!“
Die Unruhe, die sich in mir ausgebreitet hat, beruhigt sich etwas.
Raúl ist seit vielen Jahren ein wichtiges Mitglied meines Teams. Er ist mein Sicherheitsbeauftragter und mein Bodyguard. Und dank der vielen Jahre, die er beim FBI verbracht hat, ist es ein Leichtes für ihn, all seine noch aktiven Quellen anzuzapfen, um an die Informationen, die ich so dringend brauche, ranzukommen.
Chloe hat mein komplettes Leben torpediert, und jetzt, da ich fest entschlossen bin, sie nicht wieder gehen zu lassen, ist es wichtig, dass ich alle ihre Geheimnisse kenne. Eine Frau wie sie kommt nicht durchs Leben, ohne sich gewisse Probleme einzuhandeln.
Verdammt noch mal!
Ich muss einfach wissen, ob ein Mann aus ihrer Vergangenheit ein Problem darstellt. Ich brauche Informationen über ihre Familie und über alles, was mit dieser Frau in Zusammenhang steht.
Unruhig werfe ich einen kurzen Blick auf die Uhr und stelle erleichtert fest, dass ich mich auf den Weg zu Kamon machen muss.
Perfekt!
Eine Stunde hartes Training hat mir schon immer dabei geholfen, meinen Kopf frei zu bekommen.

***

Chloe

Tief einatmend versuche ich alle Tipps von Tom umzusetzen. Sein Assistent Mark ist gerade dabei, das Licht etwas zu verstärken, damit die Ausleuchtung etwas intensiver wird. „Okay, Chloe. Leg den Kopf etwas nach hinten und dreh deine Beine leicht nach rechts.“
Tom ist hoch konzentriert, seine Stimme klingt hart und bedingungslos. Sobald er hinter der Kamera steht, vergisst er alles um sich herum, alles, was jetzt für ihn zählt, sind meine

Körperhaltung, die Position meiner Beine und die Verhältnisse des Lichts.

Ich weiß nicht genau, wie lange ich jetzt schon in dieser Position verharre. Aber was ich weiß, ist, dass langsam, aber sicher jeder noch so kleine Zentimeter meines Körpers höllisch schmerzt. Durch die Körperspannung beginnen meine Muskeln leicht zu zucken, mein Rücken schmerzt und mein Bauch knurrt ungeduldig vor Hunger.

„So ist es perfekt!“

Geduldig behalte ich diese Position bei und lausche dem schnellen Klicken des Auslösers.

„Yes, Baby!“

Zufrieden klatscht Tom in die Hände, während er ungeduldig zu seinem Laptop rennt, um sich die Bilder, die er gerade gemacht hat, vergrößert auf seinem Bildschirm anzusehen.

Seufzend strecke ich mich erschöpft und schlüpfe in den Kimono.

„Oh Süße, diese Fotos sind der absolute Hammer!“

Ungeduldig winkt er mich zu sich, während er sich durch die vielen Aufnahmen klickt, die wir in den letzten Stunden gemacht haben.

Ein lautes Scheppern lässt mich erschrocken zusammenzucken, neugierig, was den Lärm verursacht hat, drehe ich mich zu Mark um und beobachte, wie er samt einer der gigantisch großen Softboxen über ein am Boden liegendes Kabel gestolpert ist.

Tom verdreht theatralisch stöhnend seine Augen, während er leise über seinen unfähigen Assistenten schimpft.

„Wie findest du die Bilder, Chloe?“

Tom legt mir seinen Arm um die Schultern und sieht mich erwartungsvoll an.

Ich bin echt sprachlos ...

Zu meinem großen Erstaunen bin ich absolut begeistert!

Irgendwie hatte ich die ganze Zeit Angst davor, dass die Fotos billig oder irgendwie pornografisch aussehen könnten. Doch das tun sie ganz und gar nicht. Sie sind geschmackvoll und edel. Und auch wenn ich nicht weiß, wie Tom es geschafft hat, aber auf diesen Bildern steht nicht mein Körper, sondern die Dessous im Vordergrund. Und das ist eine Tatsache, die mir wirklich gut gefällt.

„Sie sind unglaublich geworden!“

Glücklich zieht er mich in seine Arme, ehe er mich wieder loslässt und seinen Blick auf den Bildschirm richtet.

Piper stellt sich direkt hinter mich, wirft einen Blick auf die Fotos und stößt ein anerkennendes Pfeifen aus.

„Du siehst so fucking geil aus, Chloe!“

Glücklich drehe ich mich zu ihr um und unsere Blicke treffen sich bedeutungsvoll.

Der süße Duft ihres Parfüms steigt mir in die Nase, und ich spüre, wie sich mein Puls heftigst beschleunigt.

Während des ganzen Shootings sind ihre Blicke immer wieder sehr intensiv über meine nackte Haut gestrichen. Die Art und Weise, mit der sie mich ansieht, löst einen nervösen Schauer in meinem Nacken aus ...

Pipers Blick legt sich auf meinen Mund, während sie mit ihrer Hand leicht über meine Schulter streicht. Instinktiv beschleunigt sich mein Atem und ich spüre bis tief in mein Inneres, dass sie mich küssen will.

Wie hypnotisiert erwidere ich ihren Blick, während in meinem Kopf das reinste Chaos herrscht.

„Hey Mädels!“

Toms Stimme reißt mich aus meinem tranceartigen Zustand. Piper unterbricht unseren Blickkontakt und ich drehe mich tief durchatmend zu Tom um.

„Was haltet ihr davon, wenn wir für heute Schluss machen und zusammen etwas essen gehen?“

Alleine bei dem Wort ‚Essen‘ beginnt mein Magen gierig zu knurren.

„Ich bin dabei! Ich sterbe schon fast vor Hunger.“

Pipers und meine Augen treffen sich erneut kurz, nur um schnell wieder den Blickkontakt zu unterbrechen.

Ich sehe, wie sie ihre vollen Lippen öffnet und Tom antwortet. Doch das verwirrende Gedankenchaos in meinem Inneren ist so laut, dass ich nicht höre, was sie sagt.

„Ich ziehe mich nur schnell um!“

Erleichtert darüber, etwas Abstand zwischen sie und mich zu bekommen, lasse ich mich erleichtert stöhnend in den Sessel sinken und schließe für einen kurzen Moment meine Augen. Dank des Sichtschutzes habe ich das erste Mal seit Stunden einen

Moment für mich. Auch wenn ich nicht damit gerechnet habe, aber es ist verflucht anstrengend, über so einen langen Zeitraum im Fokus der Aufmerksamkeit zu stehen!
Während ich mich umgezogen habe, hat Tom ein Taxi für uns bestellt. Sehr glücklich darüber, dass der erste Tag des Shootings so gut geklappt hat, lausche ich der Diskussion zwischen Tom und Piper, in der es darum geht, wie das perfekte Make-up auszusehen hat.

Müde lasse ich meinen Kopf gegen die weiche Nackenstütze sinken und lasse die vergangenen Stunden innerlich Revue passieren.

Trotz meiner schrecklichen Nervosität hat alles ganz wunderbar geklappt. Die Kulisse, die Tom für heute aufgebaut hat, sieht einfach nur toll auf den Bildern aus und ich bin schon sehr gespannt, was er sich für die ‚Dark Storm'-Kollektion ausgedacht hat.

Nach einer knappen halben Stunde Fahrt hält das Taxi an und Tom bezahlt den Fahrer.

Ganz gentlemanlike hält uns Tom die Türe auf, während er uns erklärt, dass er das Restaurant vor wenigen Wochen durch Zufall entdeckt hat und seitdem regelmäßig hier ist.

„Für die Frühlingsrollen würde ich glatt einen Mord begehen!"

Theatralisch legt er seine Hände auf sein Herz und verdreht inbrünstig die Augen.

Über seine nicht vorhandene schauspielerische Begabung lachend betrete ich das Restaurant und hake mich, als sich Tom direkt neben mich stellt, bei ihm unter.

Das Restaurant sieht von innen sehr viel edler aus, als es von außen den Eindruck gemacht hat. Die vielen runden Tische sind mit weißen Tischdecken bedeckt, während von der Decke süße kleine Lampen hängen. Ein großes Aquarium dominiert die komplette linke Restauranthälfte, während moosgrüne Stoffservietten den kleinen Bambusen, die auf den Tischen stehen, Gesellschaft leisten.

Nachdem wir uns gesetzt haben, reicht uns eine schüchterne Frau, die, um uns zu begrüßen, leicht den Kopf senkt, die Speisekarten. Und auch ohne einen Blick auf die Preise zu werfen, weiß ich sofort, dass dieses Restaurant meinem eh schon mageren Konto keinen großen Gefallen tun wird.

Neugierig sehe ich mich im Restaurant um, ehe mein Blick auf Pipers tätowiertem Arm hängen bleibt. Der Sugar Skull, der sich auf ihrem rechten Handgelenk befindet, wird von einer Art Blumenranke abgelöst, die zu einem kleinen orangefarbenen Koi führt. Mehrere verschiedenfarbige Sterne zieren ihren Unterarm, ehe sie sich in filigrane Sonnenstrahlen verwandeln.

Piper bemerkt meinen Blick und sieht mich amüsiert an, ehe sie ihren Blick wieder senkt und sich die angebotenen Gerichte durchliest.

Von der Tatsache, dass mich diese Frau so wahnsinnig fasziniert, verwirrt, tue ich es ihr nach und beschäftige mich mit der Entscheidung, was ich heute Abend essen will.

Spontan entscheide ich mich für Lammkoteletts mit Satay-Soße und Pak Choi.

Im Gegensatz zu der weitverbreiteten Annahme, dass sich Models nur von Salat und Obst ernähren, bin ich ein leidenschaftlicher Carnivore.

Tom stupst mich leicht mit seinem Ellenbogen an, um meine Aufmerksamkeit auf sich zu ziehen.

„Eigentlich wollte ich den heutigen Abend nicht mit dämlichem Gerede von der Arbeit versauen. Aber ich wollte dir noch mal sagen, dass du mich heute echt beeindruckt hast! Die Fotos sind verflucht heiß und sehr ästhetisch geworden und ich kann es kaum erwarten, dich morgen wieder vor der Kamera zu haben!“

„Danke, Tom. Deine Worte bedeuten mir wirklich viel!“

Sein Lob fühlt sich wirklich gut an. Überglücklich, dass sich mein neues New Yorker Leben so gut entwickelt, lehne ich mich zu ihm rüber und drücke ihm einen kurzen freundschaftlichen Kuss auf die Wange.

Tom reagiert sofort, zieht mich in seine Arme und presst seinen Mund auf meine Stirn.

Lachend löse ich mich aus seiner festen Umarmung und zwinkere ihm verspielt zu.

Piper sieht mir tief in die Augen, ehe sie mir mit einer schnellen Kopfbewegung zu verstehen gibt, dass ich mich lieber mal kurz umdrehen sollte.

Gespannt, was sie mir zeigen will, werfe ich einen Blick über meine Schulter und sehe auf einen männlichen Körper. Auch ohne meinen Blick weiter nach oben wandern zu lassen, weiß ich sofort, wer da hinter mir steht.

Nervös lege ich meinen Kopf in den Nacken und sehe niemand Geringerem als Jason Stanton in die Augen.

Oh verflixt!

Sein Gesichtsausdruck ist, gelinde gesagt, mehr als angespannt. Seine eiskalten Augen ruhen wütend auf mir. Anscheinend ist ihm der Kussaustausch zwischen Tom und mir nicht entgangen.

Dieser Mann hat vielleicht ein scheiß Timing!

Was macht er eigentlich hier?

Verflixt, bin ich nervös!

Da das nach der vergangenen Nacht unser erstes Wiedersehen ist, und das auch noch in der Öffentlichkeit, weiß ich nicht wirklich, wie ich mich jetzt ihm gegenüber verhalten soll.

Und nicht zum ersten Mal an diesem Tag stelle ich mir die Frage, was das zwischen ihm und mir eigentlich ist?!

„Guten Abend zusammen!"

Jasons dunkle Stimme legt sich wie Balsam auf meine vor Nervosität zitternden Nerven.

Sein tödlicher Blick legt sich auf Tom, und für einen kurzen Augenblick habe ich wirklich Angst davor, dass Jason Tom von seinem Stuhl hochzieht, um ihm den Kiefer zu brechen. Bestimmend schiebt er mit seinen langen Fingern meine Haare beiseite, ehe er seine Hand besitzergreifend auf meinen Nacken legt und mit seinem Daumen über meine empfindliche Haut streicht.

Ein angenehmer Schauer rieselt über meinen Rücken und wie immer, wenn dieser Kerl in meiner Nähe ist, spielt mein Körper völlig verrückt!

Ich spüre Toms fragenden Blick auf meinem Gesicht und habe dennoch nur Augen für Jason. Wie paralysiert beobachte ich ihn dabei, wie er sich langsam zu mir herunterbeugt, um mir einen besitzergreifenden Kuss auf die Lippen zu drücken. Seine Zunge dringt grob und fordernd in meinen Mund ein. Einen Augenblick später löst er seinen Mund wieder von dem meinen. Und ich weiß, dass dieser Kuss eine eindeutige Botschaft mit dem Inhalt ‚Deine Küsse gehören nur mir!' war.

Zitternd sauge ich frischen Atem in meine Lungen.

Erst jetzt entdecke ich den Mann, der in Jasons Begleitung hier ist. Doch Jason scheint nicht die Absicht zu haben, uns vorzustellen.

Nachdem er Tom einen weiteren finsteren Blick zugeworfen hat, sieht er mir tief in die Augen.

„Komm nach dem Essen zu mir, dann können wir gleich zusammen nach Hause fahren!“

Mit diesen letzten Worten küsst er mich erneut, doch dieses Mal um einiges zärtlicher, ehe er sich mit dem Mann, den er Kamon nennt, an einen Tisch weiter hinten im Restaurant setzt. Sprachlos sehe ich ihm noch einen Augenblick nach, ehe ich mich wieder zu Tom und Piper umdrehe.

„What a Fuck war das denn?“

Piper spricht aus, was ich mir gerade denke ...

„Wie lange bist du jetzt hier? Drei Tage? Wie zur Hölle hast du es da bitte geschafft, dir den gefährlichsten Kerl dieses Planeten zu angeln?“

Herausfordernd sieht sie mich an, während sie mit ihren Fingern ungeduldig auf dem Tisch herumtrommelt.

„Um ehrlich zu sein, habe ich keine Ahnung ... Es ist einfach irgendwie passiert!“

Tom sieht mich kurz an, und auch wenn ich ihn noch nicht allzu lange kenne, sehe ich ihm sofort an, dass ihm etwas auf der Zunge liegt.

„Komm schon, Tom, spuck’s schon aus.“

Seufzend verändert er seine Sitzposition, während er seine Finger ineinander verschränkt.

„Ich mag dich, Chloe. Und darum kann ich dich einfach nur bitten, verflucht gut auf dich aufzupassen!“

Dass Jason nicht unbedingt der nette Kerl von nebenan ist, ist mir auch klar. Und das ist auch gut so. Aber warum haben die beiden das Gefühl, dass sie mich vor Jason warnen müssen? Ich meine, er ist ja schließlich kein Massenmörder oder so etwas in der Art. Oder?

Vorsichtig riskiere ich einen Blick auf den Mann, der gute sechs Tische von mir entfernt sitzt.

Nervös zwinkere ich Tom zu und teile ihm mit, dass er sich wirklich keine Sorgen um mich zu machen braucht. Zu meiner großen Erleichterung kommt endlich die Bedienung an unseren Tisch und nimmt unsere Bestellung auf.

Wenn ich nicht bald etwas zwischen die Zähne bekomme, sterbe ich noch vor Hunger ...

Jason

Wie so oft nach dem Training wollte ich mit Kamon in einem meiner Restaurants essen gehen. Zwar war ich in Gedanken ununterbrochen bei meiner Frau, aber ich habe wirklich nicht damit gerechnet, sie ganz genau hier anzutreffen. Wie es scheint, meint es das Schicksal gut mit mir, denn wenn ich mir die Situation, in der sie sich gerade befindet, genauer ansehe, komme ich keine Sekunde zu früh, um meinen Besitzanspruch auf sie erneut geltend zu machen.

Für gewöhnlich reichen zwei Stunden mit Kamon aus, um meinen Kopf zu klären und meine überschüssige Energie loszuwerden.

Doch was soll ich sagen, diese kleine Frau schafft es, das Ergebnis von zwei Stunden Höllentraining in nur einer Sekunde zunichtezumachen.

Das Erste, das ich gesehen habe, als ich dieses Restaurant betreten habe, war, dass ein anderer Mann seine Lippen auf die Stirn meiner Frau gepresst hat.

Und die Tatsache, dass dieses Arschloch noch immer bei ihr am Tisch sitzt, ist der beste Beweis dafür, dass ich meine komplette Beherrschung aufgebracht habe, um ihm nicht auf der Stelle sein Genick zu brechen.

Fuck!

Kamon wirft mir einen amüsierten Blick zu, ehe er sich entspannt in seinem Stuhl zurücklehnt.

„Und da ist also des Rätsels Lösung!“

Ich sehe ihn wütend an, während ich mir einen doppelten Scotch bestelle.

„Seit du mich gestern um eine Extrastunde gebeten hast, frage ich mich, was dich so rasend gemacht hat. Doch ich scheine jetzt endlich die Antwort auf diese Frage zu kennen. Und wenn mich nicht alles täuscht, ist die Antwort etwa einhundertsiebzig Zentimeter groß und circa fünfzig Kilo schwer.“

Fluchend lege ich meinen Kopf in den Nacken und lasse meine angespannten Wirbel knacken.

„Sieh sie nicht so an!“

Im Gegensatz zu mir scheint Kamon diese Situation zu erheitern.

„Also eines muss ich dir lassen. Sie ist wirklich ein verdammt heißes Ding!“

Knurrend schließe ich meine Augen und versuche nicht auf Kamons Sticheleien einzugehen.

Die Tatsache, dass sich Raúl noch nicht bei mir gemeldet hat, geht mir mindestens so auf den Sack wie das Wissen, dass meine Süße keine zehn Meter von mir entfernt mit einem anderen Mann beim Essen sitzt.

Holy Fuck!

Bis jetzt habe ich immer größten Wert darauf gelegt, der Öffentlichkeit keine Möglichkeit zu geben, über die Frau in meinem Leben zu spekulieren.

Doch bei Chloe ist das anders. Ich will, dass die Öffentlichkeit weiß, dass sie zu mir gehört.

Verflucht!

Ich will, dass alle Männer auf diesem Planeten wissen, dass sie verdammt noch mal meine Frau ist und dass sie sich von ihr fernhalten sollen.

Dieser idiotische Fotograf scheint keinen allzu großen Wert auf seine Gesundheit zu legen, denn anders kann ich mir nicht erklären, warum er, wann immer ich ihn sehe, seine Hände an meiner Frau hat.

Fest entschlossen, ihn ganz oben auf meine Prioritätenliste zu setzen, bestelle ich mein Essen und versuche meine Aggressionen wieder unter Kontrolle zu bekommen.

Das Einzige, das mich davon abhält aufzustehen, zu ihr zu gehen und sie über meine Schulter zu werfen, ist die Tatsache, dass ich der Mann bin, der sie später nackt und nass in seinem Bett liegen haben wird!

Meine innere Bestie reißt sich gewaltsam von ihren Ketten los. Fletscht ihre Zähne und giert nach den süßen Geräuschen meiner Frau, die sie immer dann von sich gibt, wenn ich mich hart und sehr tief in ihren kleinen Körper ramme.

Chloe

Trotz der entspannten Stimmung, die sich während des Essens zwischen Piper, Tom und mir ausgebreitet hat, bin ich mir Jasons Nähe mehr als bewusst. Das leichte Pochen, das sich, dank seines gierigen Kusses, tief in meinem Unterleib eingenistet hat, lässt mich unruhig auf meinem Stuhl hin und her rutschen.

Mit jedem Bissen meines Lammkoteletts spüre ich, wie sich der Curry und die vielen anderen exotischen Gewürze in meinem Mund ausbreiten.

Der fruchtige Geschmack des Ingwers vermischt sich mit der Schwere der Kurkuma.

„Also, Tom.“ Genüsslich stöhnend lehne ich mich in meinen Stuhl zurück und streiche mir über den Bauch. „Das Essen ist der absolute Hammer. Jeder Bissen ist eine richtige Geschmacksexplosion.“

Piper stimmt mir stöhnend zu, während sie schwärmerisch ihre Augen verdreht.

„Es freut mich, dass es euch schmeckt.“

Frech, wie er ist, stibitzt er mir mit seiner Gabel ein Stück Fleisch von meinem Teller.

„Hey.“ Lachend verpasse ich seiner diebischen Hand einen Klaps, was mir einen finsteren Blick von Jason einbringt.

Alleine sein dunkler Blick reicht aus, um meine Brustwarzen hart und empfindlich werden zu lassen. Jasons Freund scheint sich über dessen schlechte Laune lustig zu machen, was ihm einen Boxhieb auf die Schulter einbringt.

So gern ich Tom und Piper auch habe, am liebsten würde ich jetzt aufstehen und mich an Jasons breite Brust kuscheln. Doch ich widerstehe dem Drang und frage Piper, was es mit ihren vielen Tattoos auf sich hat.

„Diese spezielle Form der Körperkunst hat mich schon immer fasziniert. Jeder gute Tätowierer ist in Wirklichkeit ein richtiger Künstler. Die guten haben alle ihren ganz eignen Stil. Schaut euch zum Beispiel Vincent Willem van Gogh an, er war eher für den Post-Impressionismus bekannt, wohingegen Pablo Picasso, der ja eigentlich Pablo Ruiz Picasso hieß, eher für die Klassische Moderne steht.“

Verwirrt sehe ich kurz zu Tom und stelle an dessen etwas ratlosem Gesichtsausdruck fest, dass er gerade genauso wenig Ahnung davon hat, was uns Piper sagen will, wie ich.

„Okay, okay, wie ich sehe, habt ihr keine Ahnung von Kunst, also erkläre ich es euch einfacher."

Lachend nippt sie an ihrem Rotwein, während sie ihren linken Arm mittig auf den Tisch legt.

„Schaut euch zuerst das Gesicht des Mädchens an."

Neugierig lehne ich mich etwas vor und betrachte die Tätowierung. Der Ausdruck der Augen, die perfekte Form der Nase und die klaren, einfachen Linien verleihen dem Tattoo etwas Klassisches.

„Und jetzt werft einen Blick auf die Spielkarten oben an meiner Schulter."

Piper hat recht, beide Tattoos sind wahre Kunstwerke. Während das eine sehr real aussieht, sehen die Spielkarten aus wie fantasievolle Fotos. Die knalligen Farben, die leicht verschwommenen Linien und die irrwitzigen Schatten, die das Tattoo beinahe in 3D erscheinen lassen, machen es zu einem echten Blickfang.

„Okay, jetzt verstehe ich, was du uns sagen wolltest. Ich finde, die Spielkarten sehen aus wie von Hundertwasser."

Vorsichtig zeichne ich mit meinen Fingern die farbigen Linien nach, die sich für alle Zeit unter ihre Haut gelegt haben.

Während meine Fingerspitzen über ihre bunte Haut streichen, treffen sich unsere Blicke, mein Puls beschleunigt sich und meine Atmung stoppt.

Erschrocken über die Reaktion, die ihre Nähe in mir auslöst, lasse ich sie los und lehne mich in meinen Stuhl.

Tom scheint von der intensiven Stimmung zwischen mir und Piper nichts mitzubekommen. Er ist immer noch dabei, seinen riesigen Berg Frühlingsrollen zu verspeisen. „Mir gefallen die Tattoos, auch wenn ich keine Ahnung von Picasso, Gogh oder Hundertwasser habe."

Mehr als zufrieden mit sich und seiner Welt, hebt er sein Glas und stößt mit uns an.

Nachdem die Bedienung unsere restlos leeren Teller abgeräumt hat und wir die Rechnung angefordert haben, teilt mir Tom mit, dass ich morgen schon um zehn Uhr da sein soll. Anscheinend ist er mit den heutigen Fotos so zufrieden, dass er morgen mit der ‚Dark Storm'-Kollektion weitermachen möchte.

Piper schnalzt aufgeregt mit der Zunge, während sie sich aufrechter hinsetzt und ihr Weinglas zurück auf den Tisch stellt.

Piper ist toll, wenn sie sich mit einem unterhält, dann mit ganzem Körpereinsatz. Ihre Hände und Finger gestikulieren immer wild durch die Luft, wenn sie aufgeregt ist oder sich auf etwas freut.

„Geil! Ich habe nämlich schon eine wirklich fantastische Idee für das Make-up. Ich will es leicht verrucht und dunkel aussehen lassen. Deine Haare will ich zum Teil hochstecken, sodass dein Hals gut zur Geltung kommt."

Tom ist ebenfalls sofort in seinem Element, aufgeregt verrät er uns, dass er sich beim Floristen einhundert schwarze Rosen bestellt hat, die er morgen um mich herum verteilen möchte.

Einhundert schwarze Rosen? Nervös sauge ich meine Unterlippe ein und beiße darauf herum.

Und während sich die beiden voller Freude über den morgigen Tag unterhalten, wandert mein Blick immer häufiger zu niemand Geringerem als zu meinem Mister Dunkel und Gefährlich.

Ob wir heute Nacht wieder Sex haben?

Jeder Zentimeter meines Körpers sehnt sich nach seiner Zunge, nach seinen Fingern und seiner Wärme. Jason scheint meinen Blick zu spüren, denn er dreht seinen Kopf in meine Richtung und erwidert meinen Blick bestimmend. In den Tiefen seiner sturmgrauen Augen sehe ich seinen Hunger auf mich, und die Frage, ob er heute Nacht mit mir schlafen wird, verwandelt sich in glühende Vorfreude.

„Chloe?!"

Tom stupst mich leicht an, sodass ich verwirrt den Kopf schüttle und meinen Blickkontakt zu Jason unterbreche.

„Ja?"

„Hast du uns gerade zugehört?"

„Ähm, ich war gerade in Gedanken."

„Piper und ich dachten uns, dass wir vielleicht morgen nach dem Shooting in einen neuen Club gehen wollen. Hast du Lust mitzukommen?“

Ich weiß nicht, warum ich Ja sage, vielleicht, weil ich die beiden gern mag oder weil ich meine sieben Sinne nicht ganz beisammen habe, aber ehe ich’s mich versehe, bin ich morgen Abend schon wieder unterwegs. Eigentlich hatte ich mir zwar vorgenommen, zu Hause zu bleiben, aber was soll’s? Man lebt schließlich nur einmal ...

Die kleine Asiatin, die uns schon den ganzen Abend über bedient hat, erscheint neben uns.

„Ich soll Ihnen einen angenehmen Abend wünschen. Die Rechnung geht auf den Chef.“

Verwirrt sehe ich sie an.

„Sind Sie sich da sicher?“

„Ja, Mrs., Mister Stanton besteht darauf!“

Kann es sein, dass diesem Mann ganz New York gehört?

Tom sieht mich nur eindringlich an, während Piper irgendetwas Unverständliches über kontrollbesessene Multimillionäre schimpft.

„Dann richten Sie doch bitte Mr. Stanton unseren Dank aus!“

Höflich, wie die Asiaten es nun mal sind, deutet sie eine leichte Verbeugung an, ehe sie sich von uns verabschiedet und mich sprachlos zurücklässt.

„Wie ernst ist das zwischen ihm und dir?“

Toms eindringlicher Blick nagelt mich fest, und ich erkenne in den Tiefen seiner blauen Augen, dass er sich wirklich Sorgen um mich macht.

Um ihn zu beruhigen, lege ich ihm meine Hand auf den Arm und lächle ihn an.

„Um ehrlich zu sein, weiß ich das selber noch nicht. Aber mach dir bitte keine Sorgen um mich. Ich bin schon ein großes Mädchen, das ganz gut auf sich aufpassen kann!“

Sein skeptischer Blick verrät mir, dass er mir kein Wort glaubt.

Unsicher denke ich an meinen Exfreund Ben, und ohne dass ich es verhindern kann, überzieht eine unangenehme Gänsehaut meine Arme.

Bei diesem Mann ist es mir nicht gelungen, auf mich aufzupassen ...

Mein Unterbewusstsein schickt einen Schwall schlechter Erinnerungen durch mein Großhirn und ich zucke erschrocken zusammen.

Piper zieht nur skeptisch eine Augenbraue nach oben, ehe sie ihre Hand auf die meine legt und mir tief in die Augen sieht.

„Ich weiß, dass es mich nichts angeht, aber ich mag dich und darum sage ich es dir trotzdem: Pass gut auf dich auf, Chloe. Diese Stadt ist groß und gefährlich und sie verschluckt dich, ehe du es bemerkst!“

***

Die letzte halbe Stunde hat dafür gesorgt, dass jede Zelle meines Körpers zu glühen angefangen hat. Nachdem sich Tom und Piper von mir verabschiedet haben, bin ich zu Jason und Kamon an den Tisch gegangen. Da die beiden ebenfalls bereits mit dem Essen fertig waren, hat sich Kamon von uns verabschiedet und Jason hat seinem Fahrer Bescheid gegeben, dass er uns abholen soll.

Und jetzt? Tja, jetzt stehe ich mitten in Jasons Loft und lasse meinen Blick ehrfürchtig über das Panorama gleiten, das sich dank des gigantischen Fensters vor mir ausbreitet. New York ist ja schon tagsüber eine beeindruckende Stadt, aber der Ausblick auf das dunkle, nächtliche New York ist geradezu atemberaubend.

Die unzähligen Lichter lassen es trotz der Dunkelheit in einem beeindruckenden Licht erstrahlen.

Dank der Höhe, in der sich Jasons Loft befindet, komme ich mir vor, als wäre ich Dornröschen, die in einem hohen Turm fernab der Welt auf ihren Prinzen wartet.

Tief durchatmend stelle ich mich, so nah es geht, an die Scheibe, lege meine Handflächen auf das kalte Glas und lehne meine Stirn daran.

Wow ... Es fühlt sich fast so an, als würde ich fliegen ...

Ich spüre Jasons Nähe an meinem Rücken, ehe er seine Hände neben meinem Kopf an der Scheibe ablegt und mich so zwischen seinem heißen Körper und dem kalten Glas gefangen nimmt.

„Jetzt bist du mir schutzlos ausgeliefert!“

Das dunkle Timbre seiner Stimme lässt meinen Körper erbeben, während sein heißer Atem über meinen Nacken streift. Nicht in der Lage, ihm zu widerstehen, lehne ich mich an ihn, presse meinen Po gegen seinen Schritt und reibe mich an ihm.

Schlagartig spannt sich jeder noch so kleine Muskel seines Körpers an. Seine Brust wird hart und aus seiner Kehle steigt ein animalisches Knurren.

„Ja, das bin ich.“

Sanft streifen seine Lippen über die empfindliche Haut hinter meinem Ohr, während seine Zähne leicht an meinem Ohrläppchen knabbern.

Seufzend genieße ich seine Nähe. Sein köstlicher Geruch benebelt meine Sinne, während sich mein Körper immer heißer anfühlt.

Noch immer reibe ich meinen Hintern an seinem Schritt, und ich spüre, wie sich sein Schwanz hart und dick gegen meine Rückseite presst.

„Seit ich dich heute Morgen gehen lassen habe, kann ich an nichts anderes denken als daran, dich sofort wieder zurückzuholen!“

Seine rechte Hand streift über meine Wirbelsäule, entfernt sich kurz von meinem Körper, nur um eine Sekunde später mit einem leichten Schlag auf meinem Po zu landen.

Seine Finger graben sich in mein Fleisch, während seine Zähne neckend an meinem Hals knabbern.

„Und warum hast du es dann nicht getan?“

„Reiz mich nicht, Baby. Wenn es um dich geht, hängt meine Beherrschung eh schon am seidenen Faden!“

Seine starken, kräftigen Hände heben mich hoch und pressen mich besitzergreifend an seinen Brustkorb.

„Jason, lass mich runter, ich kann selber laufen.“

„Sei nachsichtig mit mir, Baby, ich bin gerade nicht bereit, dich gehen zu lassen.“

Seufzend lehne ich mich an ihn, seine Antwort gefällt mir, vor allem in zweideutiger Hinsicht.

Jason Stanton ist der faszinierendste Mann, der mir jemals begegnet ist. Er ist selbstsicher, bestimmend und auf eine lässige Art arrogant. Die Art, wie er sich bewegt, wie er spricht und die Kontrolle übernimmt, sobald er einen Raum betritt, turnt mich unheimlich an.

Langsam setzt er mich in die Mitte seines Kingsize-Betts.

Pipers Warnung hallt leise durch meinen Kopf, doch ich ignoriere sie.

Jason Stanton ist definitiv ein Mann, der die Macht hat, mich ins Verderben stürzen zu lassen. Und doch kann ich nichts an der Situation, in der wir uns gerade befinden, ändern. Zwischen uns besteht eine starke Anziehungskraft, der ich weder widerstehen kann noch widerstehen will ...

Auch auf die Gefahr hin, dass ich mir mit dieser Leichtsinnigkeit die Finger verbrenne und mein Herz erneut verliere, will ich das, was da zwischen uns ist, genießen.

„Warum wolltest du mich denn den ganzen Tag zurückholen?"

Die Melancholie, die sich in seinen sturmgrauen Augen ausbreitet, lässt mein Herz schneller schlagen. Jason setzt sich zu mir auf die Matratze und öffnet die oberen Knöpfe seines Hemds. Er lässt seinen Kopf leicht im Nacken kreisen, seine Hände ballen sich zu Fäusten und das erste Mal spüre ich einen Anflug von Angst. Auch wenn es den Anschein hat, als versuche er, seine Muskulatur zu lockern, weiß ich, dass er der Antwort auf meine Frage ausweicht.

Unsicher winkle ich meine Beine an und schlinge meine Arme um die Knie.

„Chloe, du bist die erste Frau, der es gelingt, dass ich meine Kontrolle verliere. Ich kenne dich gerade mal einen Wimpernschlag und schon sitzt du hier in meinem Bett. Für dich breche ich sogar die wenigen Regeln, an die ich mich normalerweise halte."

Langsam ergreift er meine Arme und löst sie aus der Verkrampfung.

„Du reizt die Bestie in mir ..."

Die Bestie?

Ich lächle ihn unsicher an. „Ist das gut oder schlecht?"

Meine kleinen Hände verschwinden in den seinen, braun und lebendig umfassen sie meine kalten Finger.

„Ich vergesse in deiner Nähe einfach alles ...“

Langsam kommt er auf mich zu, unser Atem vermischt sich und mixt sich zu einer explosiven Mischung aus Lust und Begehren ...

Knurrend streicht er mit seinen vollen Lippen über die meinen, ehe er fordernder wird und mit seiner Zunge tief in meinen Mund eindringt. Unsere Zähne schlagen aufeinander, unsere Münder verschmelzen ineinander, während er mir den Atem raubt.

Dieser Mann ist mein Untergang!

Mein Herz hat nicht gezögert, nicht gewartet und nicht gezweifelt. Es hat sich für Jason Stanton entschieden, dankbar, den Schmerz der Vergangenheit endlich vergessen zu können.

Gierig erwidere ich seinen besitzergreifenden Kuss, verführe ihn mit allem, was ich habe, und locke ihn so immer weiter in sein eigenes Bett.

Wild knurrend stützt er sich mit seinen Händen neben meinem Kopf ab, legt seinen Körper schwer auf den meinen und erobert im Sturm mein Herz und meine Seele.

Seine geschickten Hände ziehen mich aus, werfen meine Kleidung unachtsam auf den Boden und liebkosen meine entblößte Haut.

„Du. Gehörst. Nur. Mir!“

Sanft streicht seine Hand besitzergreifend über meinen Hüftknochen, umkreist meinen Nabel und wandert langsam zwischen meine leicht gespreizten Schenkel. Meine Lippen öffnen sich für ein leises Wimmern, während ich meine Beine langsam immer weiter spreize.

Jasons Hand berührt meine weichen Schamlippen, seine Finger umkreisen meinen empfindlichen Kitzler und zupfen leicht an ihm.

Seine Zähne beißen leicht in meine Unterlippe, ehe seine Lippen leicht über mein Ohr streichen.

„Ich werde dich nie, nie wieder gehen lassen!“

Mehr geknurrt als gesprochen, raunt er mir ins Ohr, wie sehr er mich will, während seine Finger tief in meine Scheide eindringen. Stöhnend presse ich meinen Kopf fest in die Kissen, während ich ihm mein Becken entgegenpresse.

Jede seiner gekonnten Berührungen steigert die Welle der Lust, die sich immer höher in mir aufbaut. Sanft und zärtlich, bittersüß und schmerzlich intensiv erforscht er meine erogenen Zonen.

Jede Falte, jede leichte Wölbung und jeder Zentimeter meiner Haut glüht unter seinen sanften Fingern.

Es fühlt sich fast so an, als würde er meinen Körper erobern, in Besitz nehmen und mit seinen Zähnen markieren.

Ich spüre, wie er mich immer härter anfasst, so als würde ihm seine Beherrschung langsam, aber sicher abhandenkommen.

Rau und feucht leckt er mit seiner Zunge über meine Brustwarze, saugt sie in seinen Mund und beißt leicht zu. Immer unruhiger rekle ich mich unter ihm, sehne mir jede seiner Berührungen herbei, um immer tiefer in den Strudel der Begierde zu geraten.

„Du bist so wunderschön.“

Tabulose Begierde spiegelt sich in den schwarzen Tiefen seiner wunderschönen Augen.

„Ich muss endlich in dir sein, sonst verliere ich den Verstand!“

Selbstsicher erwidere ich seinen eindringlichen Blick, während ich meine Beine immer weiter für ihn spreize.

„Du bringst mich um!“

Tief einatmend kniet er sich zwischen meine gespreizten Beine, senkt seinen Blick auf meine Vulva und dringt mit zwei seiner Finger langsam in mich ein.

Heiß, feucht und warm empfängt ihn mein Körper, während meine Atmung stoppt.

„Fuck, Chloe!“

Ungeduldig reißt er sich sein Hemd vom Körper, steigt aus dem Bett und entfernt seine restlichen störenden Klamotten.

Knurrend kommt er zurück zu mir, legt sich auf mich und presst mich mit seinem Gewicht tief in die Matratze.

Bestimmend schnappt er sich meine Hände, umschließt sie mit seiner linken Hand und presst sie über meinem Kopf in die Kissen.

„Ich muss dich endlich spüren ... Ich will, so tief es geht, mein Sperma in deinen Körper schießen. Dich zu meinem Eigen machen und dich für mich beanspruchen.“

Seine raue Stimme verrät mir, dass diese Wörter direkt aus der Tiefe seiner Seele kommen.

Animalisch und besitzergreifend unterwirft er mich, während er seinen harten Schwanz über meine feuchte Möse reibt.

„Sieh mich an, Chloe!“

Atemlos öffne ich meine Augen und erwidere seinen Blick.

„Vertraust du mir?“

Die Art und Weise, wie er mir diese Frage stellt, lässt meine inneren Alarmglocken losgehen.

Zitternd beiße ich mir auf die Unterlippe, als er mit seinem Daumen hart auf meinen Kitzler drückt.

„Vertraust du mir, Baby?“

Noch immer hält er meine Hände über meinem Kopf gefangen, sein Gewicht presst mich in sein Bett und seine Finger strecken tief in meinem Inneren.

Da meinem Verstand schon vor Minuten die Lichter ausgegangen sind, muss ich diese Frage intuitiv beantworten.

„Ja.“

Als er meine raue Stimme hört, blähen sich seine Nasenflügel, während sich sein Blick auf meine Lippen legt.

„Ich will, dass du dich mir schenkst – bedingungslos!“

Was hat das zu bedeuten?

Der sanfte Hauch von Angst legt sich um mein Herz. Der Mann, der mich gerade so mühelos dominiert, dringt mit seinen Fingern noch tiefer in mich ein.

„Schenk dich mir!“

Seine Stimme klingt bestimmend und zugleich hat sie einen flehenden Unterton. So als würde meine Antwort seine Welt verändern.

„Ich gehöre nur dir!“

Und in dem Moment, in dem diese Wörter meine Lippen verlassen, spüre ich bis in den tiefsten Winkel meines Herzens, dass sie stimmen.

Dieser Mann hat binnen kürzester Zeit mein Leben auf den Kopf gestellt und mein Herz um seinen kleinen Finger gewickelt ...

Jason

Weich, warm und nachgiebig liegt sie unter mir. Ihr Atem kommt schwer und ihre harten Brustwarzen pressen sich gegen meinen Oberkörper.

Chloe ist perfekt. Sie verkörpert alles, was ich an einer Frau brauche.

Ihre exquisite Mischung aus Angst und Erregung beruhigt die Bestie in mir.

Sie leckt sich über ihre Lippen, und meine Augen folgen hungrig dem Weg ihrer süßen Zunge.

Endlich ist der Augenblick gekommen, an dem ich damit anfangen kann, sie in meine Welt einzuführen. Auch wenn sie es vielleicht nicht weiß, ist meine Süße durch und durch devot. Wann immer ich sie meine Kraft spüren lassen, sie mit meinen Händen und meinem Gewicht dominiere, beschleunigt sich ihre Atmung, ihre Augen bekommen diesen verschleierten Ausdruck und zwischen ihren Schenkeln wird sie nass.

Langsam lasse ich meine Finger über ihre zarte Haut streichen, necke ihre Brustwarzen und zwirble sie leicht. Stöhnend schließt sie ihre Augen und schenkt sich mir.

Meine inneren Dämonen brüllen laut, sie fordern mehr – sie fordern alles!

Knurrend lasse ich ihre Hände los, umfasse ihre Hüfte und drehe sie auf den Bauch. Ihr erschrockenes Aufkeuchen verstummt in dem Augenblick, in dem ich mit zwei Fingern tief in sie eindringe. Eng, heiß und feucht umschließt mich ihr göttlicher Körper.

Tief durchatmend schließe ich für einen kurzen Augenblick meine Augen, sauge den süßen Geruch ihrer Erregung in mich ein und genieße den kostbaren Moment.

Ich weiß nicht, womit ich diese bezaubernde Frau und ihr Vertrauen verdient habe, aber ich weiß, dass ich sie nie wieder gehen lassen werde. Ihr schlanker Rücken bewegt sich leicht, als ich über ihren G-Punkt streiche und sie so immer näher an ihren Höhepunkt führe. Die verführerische Rundung ihres Pos, ihre langen Haare, die sich über meinem Bett verteilen, und das leise Wimmern, das ihr immer dann entschlüpft, wenn ich meine Finger besonders tief in sie einführe ...

Als ich spüre, dass sich ihre inneren Scheidenwände rhythmisch um meine Finger zusammenziehen, entziehe ich sie ihr und lasse sie am Abgrund der Leidenschaft verweilen.

Aus Erfahrung weiß ich, dass sich der weibliche Körper am leichtesten auf den Schmerz einlassen kann, wenn er kurz davor ist, vor Lust zu zerspringen.

Die vielen Endorphine in Chloes Blut werden dafür sorgen, dass sie den Lustschmerz genießt.

„Du bist so wunderschön ..."

Andächtig streiche ich mit meiner Hand über ihren Rücken, umschließe mit meinen Fingern ihren schmalen Hals und bringe mich zwischen ihren gespreizten Beinen in Position. Um sie am Rand ihres Höhepunkts zu halten, massiere ich kreisend ihren Kitzler, ehe ich ihr meine Hand entziehe und ihr einen Klaps auf den Po verpasse.

Ihr erschrockenes Aufkeuchen zeigt mir, dass sie damit nicht gerechnet hat.

„*Schhh* ... entspann dich, Baby. Genieße es!"

Erneut streife ich mit meinen Fingern durch ihre Spalte und spüre, dass ihr Körper auf den ersten Schlag mit purer Lust reagiert.

Die Hand in ihrem Nacken sorgt dafür, dass sie im Bett liegen bleibt, während ich aushole und ihr drei harte, schnelle Schläge verpasse.

Ihr Schrei hallt durch mein Schlafzimmer, lässt meine innere Bestie zufrieden brüllen.

„Jason!"

Rau und erregt schreit sie meinen Namen, die köstliche Rundung ihres Pos färbt sich rot, ihre Haut wird heiß und ihr Atem kommt immer schneller. Bestimmend fahre ich mit meiner Hand erneut zwischen ihre Beine, streiche federleicht über ihren Kitzler und erfülle sie mit neuer Lust.

Knurrend beobachte ich, wie sich ihr Körper aufbäumt, die süßen Falten ihrer Pussy beginnen zu zucken, während sie sich mir hilflos ausliefert. Der Orgasmus, der über sie hinwegrollt, ist verflucht intensiv. Ihre Beine beginnen zu zucken, während sich ihre Finger in mein Kissen graben.

Tief einatmend verpasse ich ihrem sexy Po fünf weitere Schläge, ehe ich mich vor ihrer noch immer zuckenden Pussy in Position bringe und mit einem harten Stoß in sie eindringe.

Knurrend löse ich meine Hand von ihrem Nacken, stütze mich am Bett ab und vergrabe mich bis zum Anschlag in ihrem wild zuckenden Körper.

Die Reibung unserer Haut, ihr keuchendes Stöhnen und das Gefühl ihres weichen Körpers, der mich wie eine pumpende Faust umschließt ...

Dieser Augenblick ist einer dieser seltenen Momente, die die Seele küssen, bevor sie in der Unendlichkeit verschwinden.

Kraftvoll lasse ich sie meinen Schwanz spüren, während sie meinen Namen stöhnt.

Der Dämon tief in meinem Inneren schreit laut, dass ich sie markieren soll, und ich kann dem Drang, ihr mein Zeichen aufzudrücken, nicht widerstehen.

Ihren Namen auf den Lippen beuge ich mich zu ihr runter, lecke über die weiche Haut an ihrer Schulter, ehe ich meine Zähne in ihr weiches Fleisch grabe und sie hart beiße.

Züngelnd erlöse ich sie von dem Schmerz, hauche zarte Küsse in ihren Nacken, ehe meine Atmung stoppt. Mein Kopf fällt in den Nacken, während mein lautes Brüllen meinen allumfassenden Höhepunkt begleitet.

Pumpend schieße ich mein Sperma tief in ihren Körper.

Brummend treibe ich meinen Schwanz ein letztes Mal in die feuchten Tiefen ihres Schoßes, ehe ich von ihr runterrolle, meinen Arm um ihre Taille schlinge und sie beschützend an meine Brust ziehe.

Chloe

Wimmernd versuche ich frischen Atem in meine Lungen zu bekommen. Meine Nerven zittern leicht, während mein Po dank Jasons Schlägen glüht.

In meinem Kopf herrscht ein wildes Durcheinander aus Gedanken und Emotionen, die nicht wissen, wie sie das gerade eben Erlebte einordnen sollen.

Jason hat mich während des Sex geschlagen!

Eigentlich sollte es mich abschrecken. Aber alleine die Erinnerung daran, wie er mich mit seiner Hand in meinem Nacken dominiert und mich mit der anderen geschlagen hat, lässt mich erneut geil werden.

Wow, wie verrückt ...

Was ist nur los mit mir?

Eigentlich sollte ich aufstehen, ihm sagen, dass er ein Riesenarschloch ist, und von hier verschwinden. Doch was tue ich? Ich liege in seinen Armen und genieße die Nachwehen des besten Höhepunkts meines Lebens ...

Ob es jetzt immer so sein wird?

Gibt es noch eine Steigerung?

„Ich will, dass du dich mir schenkst – bedingungslos!“

Jasons Worte huschen erneut durch meinen Kopf, sie lassen mein Herz wie verrückt schlagen und meine Atmung kurz stoppen.

Dass Jason ein gefährlicher Mann ist, war mir vom ersten Augenblick klar. Doch was ich nicht wusste, ist, dass ich es anscheinend genieße, unterworfen zu werden!

Was macht das aus mir?

Bin ich verrückt?

Ich meine, eigentlich können wir doch tun und lassen, was wir wollen. Bei einem guten Fick geht es nicht um richtig oder falsch, um erlaubt oder verboten, sondern es geht darum, dass beide Partner einverstanden sind.

Und dass ich einverstanden war, tja, das war ja wohl mehr als eindeutig.

In meinem ganzen Leben war ich noch nie so laut beim Sex ...

Jeder Muskel meines Körpers fühlt sich so an, als wäre er aus Gummi.

Vorsichtig, damit ich mit meinem brennenden Po nicht zu fest über die Matratze streiche, drehe ich mich in seinen Armen um und lege mich auf seinen Brustkorb.

Das Sturmgrau seiner Augen fixiert meinen Blick und ich weiß, dass er mir in diesem Augenblick bis in den tiefsten Winkel meiner Seele sieht.

Dieser Mann ist mein Untergang ...

„Das war ...“ Mein postkoitales Hirn sucht verzweifelt nach den richtigen Worten.

Jasons Mundwinkel zucken amüsiert, während seine Finger leicht durch meine Haare streichen.

„Ja?“

Natürlich kann er es nicht lassen, mich zu necken.

„Wie war es für dich, Baby?“

Nachdenklich sauge ich meine Unterlippe in meinen Mund und nage auf ihr herum.

Ich weiß nicht, was ich sagen soll, da ich nicht genau weiß, wie es war.

Es war dunkel, heiß, verführerisch und vor allem war es intensiv.

„Es war intensiv.“

Das Monster von einem Mann streicht mit seiner Handfläche über die glühende Haut auf meinem leicht brennenden Hinterteil.

Aufmerksam beobachtet er meine Reaktion, und darum wird ihm auch nicht entgehen, dass seine sanfte Berührung zwar schmerzt, aber dass mich dieser Schmerz nicht abschreckt, sondern sehnsüchtig wimmern lässt.

Die Berührung und der köstliche Lustschmerz, den sie auslöst, schicken einen heißen Blitz durch meinen Unterleib, der meinen Kitzler erneut sehnsüchtig anschwellen lässt.

Seine Hand schließt sich um mein Kinn, er senkt seinen Kopf und küsst mich innig. Keuchend vergesse ich alles um mich herum, die Emotionen, die durch mein Nervensystem rauschen, zerplatzen wie kleine Seifenblasen und hinterlassen nichts anderes als das kostbare Gefühl der Glückseligkeit.

„Ab jetzt bist du mein!“

Die Bedeutung seiner Worte lässt mich erschaudern. Ich weiß, dass Jason recht hat, denn ich kann es bis in den hintersten Winkel meines Herzens spüren!

Jason

Langsam streiche ich mit meiner Hand über ihre Wirbelsäule, liebkose ihren Nacken und inhaliere ihren Geruch.

Chloe ist vor wenigen Augenblicken, völlig erschöpft, in meinen Armen eingeschlafen. Das leise, gleichmäßige Geräusch ihrer Atemzüge und ihre kleine Hand, die direkt auf meinem Herzen ruht, machen mich zu einem sehr glücklichen Mann.

Mit meiner Welt mehr als zufrieden, schließe ich meine Augen und lasse den Frieden dieses Moments auf mich wirken.

Die Entwicklung dieses Abends ist perfekt – die Frau in meinen Armen ist perfekt!

Die sinnliche Art, wie sie den für sie komplett neuen Schmerz instinktiv in reine Lust umgewandelt hat, war geradezu magisch.

Meine Süße liebt es, unterworfen zu werden, Schmerz erregt sie, und das Wissen, dass ich sie nicht wieder gehen lassen werde, verwandelt das alles in etwas ganz Besonderes. Es ist nicht schwer, mit hundert austauschbaren Frauen Sex zu haben, aber es befriedigt einen Mann nicht annähernd so sehr wie der Sex mit der Frau seines Lebens.

Heute Nacht habe ich Chloe den ersten Schritt in meine Welt geführt, und sie hat sich mehr als willig verhalten.

Schlagartig blitzt ein unfassbar erregendes Bild vor meinem inneren Auge auf. Chloe liegt an mein Bett gefesselt vor mir. Ihre Beine sind weit gespreizt und ihre rosa Pussy ist feucht und geschwollen.

Ich stehe vor ihr, in meiner Hand halte ich einen Flogger und zeichne rote Striemen auf ihre milchig weiße Haut.

Das Wissen, dass ich noch unendlich viele Nächte mit dieser Frau habe, beruhigt meine inneren Dämonen.

Wir haben genug Zeit, um all unsere Fantasien Realität werden zu lassen ...

***

Chloe

Der heutige Tag war zwar sehr erfolgreich, jedoch auch unheimlich anstrengend.

Da ich dank Jason in der letzten Nacht nicht allzu viel Schlaf bekommen habe und das Shooting verdammt kräftezehrend war, bin ich jetzt, wo ich mich endlich seufzend auf mein Bett fallen lassen kann, mehr als erleichtert.

Ich habe genau drei Stunden, um mich etwas auszuruhen, denn dann stehen auch schon Tom und Piper vor der Türe, um mich in diesen neuen Club zu entführen.

Gähnend kuschle ich mich in mein Bett und beschließe, für fünf Minuten meine Augen zu schließen.

Das nächste Mal, als ich meine Augen öffne, höre ich das nervtötende Klingeln meines Handys. Müde schleppe ich mich aus meinem Bett und gehe ran.

„Hey Baby." Jasons verführerische Stimme sorgt dafür, dass meine Sinne nur durch diese zwei Wörter völlig heiß laufen.

„Ich wollte mal hören, wie dein heutiges Shooting war."

Vor lauter Freude darüber, dass sich Jason wirklich für meinen Tag interessiert, erzähle ich ihm lachend, wie wütend Piper auf ihn war, als sie ganze zehn Minuten gebraucht hat, um seinen Bissabdruck, den er mir letzte Nacht an der Schulter verpasst hat, zu kaschieren.

„Glaube mir, Baby, als ich dich letzte Nacht gebissen habe, wollte ich dich zeichnen. Die Tatsache, dass du es lustig findest, dass sich jemand Mühe gibt, die Spuren, die ich auf deinem Körper hinterlasse, zu verstecken, finde ich alles andere als amüsant."

Das dunkle Grollen in seiner Stimme schickt mir einen angenehmen Schauer über den Rücken.

„Ach komm schon, Jason, stell dich nicht so an."

Schnaubend höre ich ihn leise über widerspenstige Frauen schimpfen, während ich mir bereits den Kopf darüber zerbreche, was ich heute Nacht anziehen soll.

„Eigentlich wollte ich dich fragen, was du heute Abend vorhast."

Ich weiß ganz genau, worauf Jason aus ist. Doch ich werde nicht nachgeben. Die Sache zwischen ihm und mir hat innerhalb kürzester Zeit so an Intensität gewonnen, dass es wirklich nicht schaden kann, wenn ich etwas Abstand zwischen uns schaffe. Ganz davon abgesehen bin ich mir immer noch nicht sicher, wie ich es finden soll, dass es mich geil macht, wenn er mir während des Sex den Arsch versohlt ...

„Als Erstes werde ich meiner Mutter eine E-Mail schreiben. Und danach holen mich Piper und Tom ab."

Für eine verflucht lange Sekunde herrscht absolutes Schweigen in der Leitung.

„Das gefällt mir nicht!"

Jegliche Leichtigkeit ist aus seiner Stimme verschwunden.

„Was?"

„Dass du so viel Zeit mit diesem Tom verbringst!"

Tom ist ein toller Kerl, aber zwischen ihm und mir herrscht ungefähr so viel sexuelle Anziehungskraft wie zwischen einer Spülbürste und einem Handtuch.

„Bist du etwa eifersüchtig?"

„Fuck, Chloe! Nur weil ich beschütze, was mir gehört, bin ich noch lange nicht eifersüchtig!"

Grinsend spüre ich, wie sich in meinem Bauch ein Schwarm Schmetterlinge ausbreitet.

Dieser Kerl ist definitiv eifersüchtig – und es fühlt sich verflixt gut an!

Wenn ich ihn ärgern wollen würde, würde ich ihm jetzt sagen, dass er sich ja eigentlich lieber wegen Piper Sorgen machen sollte. Doch das lasse ich lieber. Denn um ehrlich zu sein, habe ich nicht die geringste Ahnung, wie ich mit der Anziehungskraft zwischen ihr und mir umgehen soll.

„Du vergisst aber gerade, dass ich gar nicht beschützt werden muss!"

„Ach nein?"

Es war ja so klar, dass er mich wieder an den Zwischenfall mit Mike erinnern muss.

Wobei, jetzt, wo er damit anfängt, fällt mir auf, dass ich von Mike nie wieder etwas gehört oder gesehen habe ...

„Nein!"

„Was habt ihr denn heute Abend vor?"

Ich weiß genau, dass er herausfinden will, wo ich mich heute Nacht aufhalte, und da ich diesem Mann und seiner Kontrollsucht einfach nicht trauen kann, beschließe ich mich dumm zu stellen. Zwar weiß ich, dass wir ins ‚Backstage' gehen, doch das werde ich Jason nicht verraten.

„Um ehrlich zu sein, weiß ich das gar nicht so genau. Tom hat irgendetwas von einem neuen Club geredet, den er sich unbedingt ansehen will."

„Mir gefällt diese ganze Sache ganz und gar nicht!"

Gerade als ich Jason antworten will, dass er sich mal nicht so aufregen soll, höre ich, wie es an meiner Türe klopft.

Komisch, für Tom und Piper ist es aber noch viel zu früh ...

Neugierig werfe ich sicherheitshalber einen Blick durch den Spion und entdecke natürlich, wie die letzten beiden Male auch, meinen Nachbar.

„Warte mal kurz, Jason". Mit dem Handy in der Hand mache ich meine Türe auf und stehe direkt vor einem Sixpack Bier und einem Sixpack Dosen, in denen sich allem Anschein nach Prosecco befindet.

„Hi schöne Frau, ich dachte, dieses Mal gehe ich gleich zum Angriff über!"

„Oh ja, das sehe ich!"

Entschuldigend zuckt er mit seinen breiten Schultern.

„Da ich nicht wusste, ob du nicht lieber Sekt trinkst, dachte ich mir, ich bringe einfach beides mit."

Die Tatsache, dass ich noch immer einen ziemlich eifersüchtigen Jason am Telefon habe, kurz vergessend, bitte ich ihn einfach spontan herein.

„Warte eine Sekunde, ich muss nur schnell mein Telefonat beenden."

„Alles klar, lass dir Zeit!"

Kurz durchatmend halte ich mir wieder das Telefon ans Ohr, doch anstatt Jasons Stimme zu hören, ist die Leitung tot.

Jason

Verfluchte Scheiße!

Bisher war immer ich derjenige, der Abstand zu allen anderen Menschen gehalten hat. Doch jetzt, wo Chloe anscheinend etwas mehr Freiraum braucht, verliere ich beinahe meinen Verstand!

Nachdem ich Mike aus der Gefahrenzone entfernt habe, scheint es jetzt notwendig zu sein, dass ich Tom beseitige.

Und wer zur Hölle war der Kerl, der einfach so bei ihr geklingelt hat und den sie, ohne zu zögern, in ihr Apartment lässt?

Fuchsteufelswild wandere ich unruhig durch mein Wohnzimmer.

Zumindest weiß ich jetzt, wo sie und ihre Freunde heute Nacht hingehen.

Der einzig relevante Club, der heute Nacht seine Eröffnung feiert, ist das ‚Backstage' und das weiß ich so genau, weil dieser Club Coul, einem guten Freund von mir, gehört.

Wenn Chloe glaubt, dass sie mir auf der Nase herumtanzen kann, dann hat sie sich geschnitten. Fest entschlossen, ihr diese ganze Scheiße nicht durchgehen zu lassen, rufe ich Coul an und erkläre ihm meine Situation.

In wenigen Stunden wird sich Chloe definitiv wünschen, gleich zu mir gekommen zu sein ...

Doch Chloe ist nicht die Einzige, die an meiner schlechten Laune schuld ist. Kyle hat mir noch immer nicht bestätigt, dass die Kampagne ohne Chloe stattfindet.

Und die Tatsache, dass sie heute erneut bei einem Shooting war, bestätigt meine schlimmsten Vermutungen.

Mein Bruder wartet seit Jahren darauf, dass er eine Möglichkeit findet, um mir zu schaden, und dank Chloe hat er jetzt einen Weg gefunden, der mich besonders hart trifft.

Anscheinend versteht er nicht, dass ich die Macht habe, diese ganze Sache sofort zu beenden. Doch wenn ich wirklich diesen Schritt gehe und die Geschäftsleitung von ‚Devil Dessous' übernehme, würde ich meiner Mutter in den Rücken fallen, und das versuche ich zu vermeiden.

Auch wenn unser Verhältnis nicht das Beste ist, habe ich kein Interesse daran, sie zu verletzen.

Mit der Gesamtsituation mehr als unzufrieden, schnappe ich mir mein Telefon und rufe Coul an, es wird Zeit, meiner störrischen Frau eine Lektion zu erteilen.

Chloe

Taylor, mein neuer Nachbar, scheint ein wirklich netter Kerl zu sein. Und auch wenn ich mich eigentlich schon längst fertig machen sollte, bringe ich es einfach nicht übers Herz, ihn freundlich, aber eindeutig wieder loszuwerden.

Lachend leere ich den letzten Schluck meines Proseccos und stelle überrascht fest, dass das bereits die zweite Dose war.

Taylors blaue Augen gleiten über mein Gesicht und legen sich auf meine Lippen. Dass er Interesse an mir hat, ist mehr als eindeutig, aber ich bin wirklich nicht verrückt genug, mir noch einen Mann anzulachen. Ich weiß, dass es Frauen gibt, die kein Problem damit haben, zweigleisig zu fahren, ich hingegen bin ja schon mit meinem Mister Dunkel und Gefährlich überfordert.

Ganz davon abgesehen ist Jason sehr, und ich betone es gerne noch mal, wirklich sehr besitzergreifend.

Vielleicht sollte ich Taylor doch lieber heimschicken?

Das Blau seiner Augen wird immer dunkler, wie hypnotisiert beobachte ich ihn dabei, wie er sich langsam zu mir vorbeugt, seine Hand auf meine Schulter legt und seinen Mund sanft auf den meinen drückt. Erschrocken halte ich die Luft an, seine Zunge liebkost meine Lippen, ehe sie langsam in mich eindringt.

Ohhhhhhh verflixt! Verflixt! Verflixt!

Taylor scheint definitiv kein Mann zu sein, der lange fackelt.

Unsicher presse ich meine Hände gegen seinen Brustkorb und schiebe ihn ein kleines Stück von mir weg.

„Ähm ... ich glaube, das ist keine so gute Idee!“

Er räuspert sich, ehe er mir direkt in die Augen sieht.

„Da bin ich aber anderer Meinung!“

Was zum Teufel ist nur mit den Kerlen hier in New York los?

„Sorry, Taylor, aber ich bin vergeben.“

Überrascht sieht er mich an.

„Shit!“

Noch immer ist er mir so nah, dass sein warmer Atem mein Gesicht streift.

Seine Lippen verziehen sich zu einem frechen, sehr sexy Bad-Boy-Lächeln, während er sich mit seinen Fingern durch seine kurzen Haare fährt.

„Ist es etwas Ernstes zwischen euch?“

Tja, da hat mein Nachbar die Frage aller Fragen gestellt. So wie es sich zwischen Jason und mir anfühlt, würde ich definitiv sagen, dass es etwas Ernstes ist. Aber wenn man die kurze Zeit bedenkt, die wir uns erst kennen, kann ich einfach nicht mit einem klaren Ja antworten.

„Ich denke schon."

Langsam streicht er mit seinem Finger eine Haarsträhne aus meinem Gesicht.

„Wer auch immer er ist, er hat verdammtes Glück!"

Die Sekunden vergehen und keiner bewegt sich auch nur ein kleines Stück. Unsere Blicke sind tief ineinander verschlungen und ich sehe die Aufrichtigkeit seiner Worte in den Tiefen seiner Augen.

Was für eine seltsame Situation ...

Das Läuten meiner Klingel lässt mich erschrocken zusammenfahren.

Tom und Piper sind da, und ich habe mich noch nicht mal umgezogen.

„Oh, ähm, das sind meine Freunde, wir wollten in einen neuen Club gehen."

Leise fluchend lehnt sich Taylor in seinem Stuhl zurück, während ich auf wackeligen Beinen zur Türe gehe, um meine Freunde hereinzulassen.

Das war Rettung in letzter Sekunde!

Jason bringt mich um, wenn er von dem Kuss erfährt!

„Hey Leute, kommt rein."

Piper umarmt mich kurz, ehe sie ihren Blick prüfend über mein Äußeres gleiten lässt.

„Täusche ich mich, oder bist du noch gar nicht umgezogen?"

Tom folgt uns beiden in mein Apartment und es dauert nicht den Bruchteil einer Sekunde, bis sein Blick auf Taylor fällt.

„Nein, ich bin noch nicht dazu gekommen. Ich hatte noch überraschend Besuch."

Taylor steht auf und streckt Tom seine Hand entgegen.

„Hi, ich bin Taylor, Chloes Nachbar."

Tom ergreift seine Hand und die beiden begrüßen sich misstrauisch.

Männer und ihr ewiges Platzhirschgehabe!

Piper hingegen verschlingt Taylor regelrecht mit ihren Augen, ehe sie mich kurz ansieht und sich ein amüsiertes Grinsen auf ihren feuerrot geschminkten Lippen ausbreitet.

„Hey Taylor, ich bin Piper. Eigentlich wollten wir nur Chloe abholen, aber wenn du magst, kannst du dich ja uns anschließen!“

Pipers Worte lassen mein Herz kurz stillstehen. Irgendwie bin ich mir nicht ganz sicher, ob ich es gut finden soll, wenn Taylor mit uns mitkommt. Hätte er mich nicht vor einer Minute geküsst, wäre die Sache anders gestanden, aber so?

So ist die ganze Situation etwas komplizierter ...

Taylor sieht mir kurz in die Augen, und gerade als ich denke, dass er dankend ablehnt, sehe ich, wie sich seine vollen Lippen zu einem charmanten Grinsen verziehen, während er zu nicken beginnt.

„Das klingt toll. Ich komme gerne mit. Gebt mir nur schnell fünf Minuten, damit ich mich umziehen kann.“

Pipers Blick huscht zurück zu mir, ehe sie ihm antwortet.

„Alles klar, lass dir ruhig Zeit. So wie ich Chloe kenne, braucht sie mindestens eine halbe Stunde.“

Den wütenden Blick, den ich ihr zuwerfe, ignorierend geht sie zu den zwei angebrochenen Sixpacks, die auf meinem Couchtisch stehen. Nachdem sie sich eine Dose Prosecco genommen hat, bringt sie Tom ein Bier.

„Wenn du dich umgezogen hast, helfe ich dir gerne beim Make-up, wenn du magst.“

Ohne auf ihr Angebot einzugehen, drehe ich mich um, nehme ihr die Dose Prosecco aus der Hand und verschwinde mit dem Sekt und meinem Outfit im Badezimmer.

Ich weiß, dass es kindisch ist, dass ich mich im Badezimmer umziehe, immerhin sehen mich die beiden stundenlang nur in Dessous. Aber jetzt, wo wir nicht in der Arbeit sind, sondern uns privat treffen, bestehe ich auf etwas Privatsphäre.

Gute fünfzehn Minuten später befindet sich der Inhalt der dritten Dose ebenfalls in meinem Blutkreislauf, während ich mit meinem Aussehen zufrieden bin. Meine langen Haare habe ich wie gewohnt offen gelassen, während meine Lippen dank des durchsichtiges Lipglosses schön glänzen. Das intensive Blau meiner Augen habe ich im Smokey-Eyes-Look geschminkt, sodass sie geheimnisvoll wirken.

Zu dem ochsenblutroten Kleid, das ich trage, muss ich nur noch meine Heels anziehen, und schon bin ich ready for take off.

Nervös werfe ich einen letzten Blick in den Spiegel, bevor ich zu Tom und Piper zurückgehe. Ich bin ja mal so was von gespannt, wie dieser Abend wird ...

Erst beendet Jason einfach so unser Gespräch, dann küsst mich Taylor und jetzt kommt er auch noch dank Piper mit in den Club. Ich kann nur hoffen, dass dieser Abend nicht noch weitere Überraschungen für uns bereithält.

Nachdem uns das Taxi zum ‚Backstage' gefahren hat und wir uns gerade ganz brav hinten an der Warteschlange anstellen wollen, pfeift uns einer der vielen Securitys laut zu, ehe er uns mit einem Handzeichen zu verstehen gibt, dass wir zu ihm kommen sollen.

Gespannt, was er von uns will, sehe ich Piper an, doch sie gibt mir mit einem Schulterzucken zu verstehen, dass sie ebenfalls keine Ahnung hat, was hier los ist.

„Gehören die zwei Männer zu euch?"

Piper sieht den Schrank von einem Mann herausfordernd an.

„Ja, die gehören zu uns."

Sein kühler Blick wandert von mir zu Piper.

Kurz nickend sieht er mir erneut tief in die Augen, ehe er die Absperrung öffnet und uns durchwinkt.

„Alles klar, ihr könnt direkt reingehen!"

Das zufriedene Grinsen auf Pipers Gesicht zeigt mir deutlich, dass ihr diese Extrabehandlung wirklich gut gefällt. Ich für meinen Teil bin natürlich auch froh darüber, dass wir nicht noch Stunden draußen anstehen müssen. Aber tief in meinem Inneren frage ich mich, ob nicht vielleicht dieser größenwahnsinnige Kerl, mit dem ich seit Neuestem schlafe und von dem ich mir den Arsch versohlen lasse, dahintersteckt.

Die lauten Bässe des Elektropop erfüllen das komplett weiße Innere des Clubs.

Alles, aber auch wirklich alles ist weiß – der Boden, die Wände und die Sessel.

Die einzigen Farbakzente werden von den neongrünen Lichtern gesetzt, die alle paar Sekunden ihre Position ändern.

Dieser Club hat die größte Bar, die ich jemals gesehen habe. Unzählige Flaschen sammeln sich in den weißen, verspiegelten Regalen, die sich hinter den vier Barkeepern befinden.

Links und rechts neben der Tanzfläche befinden sich zwei goldene Käfige, in denen sich zwei fast nackte Frauen rhythmisch zur Musik bewegen.

Erschlagen von den vielen Eindrücken sehe ich mich um. Taylor erscheint neben mir, er stößt einen anerkennenden Pfiff aus, während er seinen Arm um meine Taille legt und mich, hinter Tom und Piper, immer tiefer in den Club führt.

Das mag jetzt komisch klingen, aber ich komme mir vor, als wäre ich in einer anderen Welt gelandet. Piper entdeckt etwas weiter hinten an der Bar vier freie Barhocker und wir setzen uns. Noch immer bin ich so damit beschäftigt mich umzusehen, dass ich nicht mitbekomme, dass Piper für mich denselben Cocktail wie für sich bestellt hat.

Erst als ihn der, ebenfalls in ganz Weiß gekleidete, Barkeeper vor mir abstellt, ruft sie mir laut zu.

„Den musst du trinken, das ist der geilste Cocktail auf diesem Planeten!“

„Wie heißt der?“

„White Snow.“

Herausfordernd sieht sie mir tief in die Augen, ehe sie ihr Glas hebt und mit mir anstößt.

„Auf die restliche Nacht.“

Ich wiederhole ihren Trinkspruch und sehe, wie Tom und Taylor ebenfalls ihre Bierflaschen zum Toast anheben.

„Auf die restliche Nacht!“

Piper zwinkert mir verschwörerisch zu, ehe sie den, wie sollte es auch anders sein, weißen Strohhalm zwischen ihre mohnblumenroten Lippen nimmt und den ersten Schluck einsaugt.

Neugierig, warum dieser Cocktail so besonders gut sein soll, genehmige ich mir ebenfalls einen Schluck und staune nicht schlecht. Die cremige Sahne verbindet sich mit dem köstlichen Geschmack der Kokosnuss. Das herbe Aroma des Rums legt sich auf meine Geschmacksnerven, während die fruchtige Säure der Limette meine Zunge kitzelt.

Außergewöhnlich, aber sehr köstlich!

Glücklich sehe ich mich um. Tom sitzt in einer seiner typischen Röhrenjeans neben Piper. Sein Oberkörper wird von einem froschgrünen Hemd bekleidet, während sein Nasenpiercing im Licht der Spots glitzert.

Piper, wie sollte es auch anders sein, strahlt eine ungeheure Selbstsicherheit aus. Ihre bunten Tätowierungen ziehen meinen Blick wie magisch an. Durch das knappe Neckholder-Top, das sie heute Abend trägt, entblößt sie noch mehr Haut als sonst und lässt mich einen Blick auf ihr ebenfalls tätowiertes Dekolleté erhaschen.

Ob jeder Zentimeter ihres Körpers mit der bunten Tinte verziert ist?

So neugierig ich auch bin, ich traue mich einfach nicht, ihr diese ziemlich intime Frage zu stellen. Wobei, wenn das mit dem Alkohol heute Abend so weitergeht, wird es nicht mehr lange dauern, bis sich meine Hemmschwelle deutlich verringert.

Ich sollte wirklich im Kopf behalten, dass ich nach diesem Cocktail mit den alkoholischen Getränken aufhören muss.

Taylor und Piper scheinen sich sehr gut zu verstehen. Aufgrund der lauten Musik kann ich zwar nicht hören, was sie sagen, aber sie haben definitiv ihren Spaß.

Erleichtert, dass mein Nachbar offensichtlich verstanden hat, dass ich nicht mehr zu haben bin, lasse ich meinen Blick über dessen Körper gleiten. Wie immer, wenn ich ihn sehe, trägt er eine Jeans, die verflucht sexy auf seinen schmalen Hüften sitzt. Das weiße Hemd, das sich an seinen muskulösen Oberkörper schmiegt, betont sein breites Kreuz.

Also eines muss ich ihm ja lassen, er ist verdammt scharf, auch wenn er bei Weitem nicht mit meinem Mister Dunkel und Gefährlich mithalten kann.

Was Jason wohl gerade macht?

Ob er noch immer sauer auf mich ist?

Vielleicht hätte ich ihn ja zurückrufen sollen?

Fest entschlossen, mir diesen Abend nicht durch meine Unsicherheit ruinieren zu lassen, genehmige ich mir einen weiteren Schluck meines köstlichen Cocktails und genieße den Augenblick.

***

Jason

Scheinbar entspannt sitze ich mit einem Whisky in der Hand neben Coul und lasse meinen Blick über die feiernde Menschenmenge gleiten.

Dank der verspiegelten Scheibe habe ich die beste Sicht auf Chloe und ihre Freunde. Die Tatsache, dass sie nicht nur mit Tom und Piper unterwegs ist, nagt an mir.

Wer zur Hölle ist dieser Typ? Ob das derselbe Wichser ist, der während unseres Telefonats bei ihr aufgetaucht ist?

Fuck!

Vielleicht reagiere ich etwas über, aber scheiße verdammt noch mal, welcher Mann würde an meiner Stelle nicht langsam die Kontrolle verlieren?

Wann immer ich Chloe sehe, ist irgend so ein Arschloch in ihrer Nähe, das entweder seine Blicke oder noch schlimmer seine Hände nicht von ihr lassen kann.

Innerlich vor Anspannung bebend, beobachte ich meine Frau dabei, wie sie sich amüsiert. Und nicht zum ersten Mal fällt mir auf, wie jung und unschuldig sie aussieht.

Fluchend genehmige ich mir noch einen großen Schluck Whisky, in der Hoffnung, dass der Alkohol meine angespannten Nerven etwas beruhigt.

„Also eines muss ich dir lassen. Sie ist verdammt scharf!"

Coul streckt entspannt seine Beine aus, ehe er seine Füße lässig übereinanderlegt.

Es ist kein Wunder, dass er so zufrieden ist, die Eröffnung seines Clubs läuft perfekt und im Gegensatz zu meiner Frau ist seine zu Hause und passt auf ihren gemeinsamen zweijährigen Sohn auf.

„Lass das!"

Sich räuspernd sieht er mich an, während er an seinem eisgekühlten Wodka nippt.

„Was soll ich lassen?"

Na klasse, das Letzte, was ich jetzt noch gebrauchen kann, ist Coul, der mich aufziehen will.

„Reiz mich nicht noch mehr. Es grenzt eh schon an ein Wunder, dass ich noch nicht da runtergegangen bin, um diesen ganzen

Arschlöchern, die sich an meine Frau ranmachen, die Fresse zu polieren.

„Stimmt! Das wundert mich auch!"

In einvernehmlichem Schweigen sitzen wir nebeneinander und hängen unseren Gedanken nach ...

Chloe

Genüsslich nippe ich ein weiteres Mal an meinem Cocktail. Mit jedem Zentimeter, mit dem sich das Glas mehr leert, verschwinden all meine Sorgen und Ängste aus meinem Kopf und lassen mich beschwingt zurück.

Gut gelaunt schlage ich meine Beine übereinander und wippe mit meinem Fuß im Takt der Musik mit. Mittlerweile ist der Club gut voll, und der Barkeeper hinter uns hat allerhand zu tun. Was vielleicht auch mit der Grund sein könnte, warum der Orangensaft, den ich mir vor einer kleinen Ewigkeit bestellt habe, noch nicht bei mir angekommen ist.

Tom und Taylor scheinen ihre anfängliche Rivalität ebenfalls überwunden zu haben, denn so viel, wie ich von ihrem Gespräch mitbekomme, diskutieren sie angeregt über die letzte Footballsaison.

Typisch Männer, kaum geht es um Sport, ist alles andere unwichtig.

Als der DJ den Song wechselt, sehe ich, wie Piper vor Begeisterung kreischend von ihrem Barhocker hüpft und auf mich zukommt.

„Komm schon, Süße, der Song ist so fucking geil! Lass uns tanzen!"

Fucking geil also ...

Auch wenn ich den Song nicht kenne, muss ich ihr recht geben, das Lied hat was.

Bereitwillig lasse ich mich von ihr in die Mitte der Tanzfläche ziehen.

Dank des Alkohols, der durch meine Venen rauscht, spüre ich, wie sich mein Körper problemlos zum Beat bewegt. Meine Arme über den Kopf rekelnd, lasse ich die Hüften kreisen. Meine Füße bewegen sich wie von selbst, während Piper immer näher auf mich zukommt. Ihr Bein schiebt sich zwischen meine Schenkel und ich beschließe das Spiel mitzuspielen. Ohne zu zögern, lege ich meine Hand auf ihren Rücken, unsere Körper reiben sich aneinander, während wir langsam und passend zum Takt in die Knie gehen. Ihre Hände umschließen meine Taille und wir kommen in schlangenartigen Bewegungen wieder nach oben. „Yeah!“

Piper lässt mich kurz los, dreht mich einmal im Kreis, ehe sie sich von hinten an meinen Rücken presst. Rhythmisch tanzen wir eng umschlungen und ich schließe lachend meine Augen. Völlig losgelöst genieße ich ihre Nähe und die kraftvollen Beats, die ich bis in meinen Bauch spüren kann.

Du bist betrunken!

Die strenge Stimme meines Unterbewusstseins ausblendend, lasse ich sämtliche meiner Hemmungen fallen und genieße das verbotene Spiel.

Pipers Finger schieben sich zwischen meine Haare und entblößen meinen Nacken. Ein angenehmer Schauer rieselt über meine Arme, als sie mir einen sanften Kuss auf die empfindliche Haut hinter meinem Ohr haucht.

Du musst das stoppen!

Wieder meldet sich mein Unterbewusstsein zu Wort und wieder ignoriere ich es. Warum sollte ich das stoppen? Es ist doch nur Spaß, ganz ohne Bedeutung!

Irgendwo tief in meinem Großhirn weiß ich, dass mein Unterbewusstsein recht hat und dass es für Piper nicht nur Spaß ist. Doch die Stimme der Vernunft hat gegen den vielen Alkohol in meinem Blut leider keine Chance ...

Tanzend und lachend genießen wir den Abend, der Song mündet übergangslos im nächsten und ich denke nicht mal annähernd daran, zurück zu Tom und Taylor zu gehen.

Piper lässt mich los, bewegt sich anmutig zum Takt der Musik und zieht mich näher zu sich heran.

Eine leise Stimme flüstert mir zu, dass ich das jetzt sofort beenden soll. Doch ich höre nicht auf sie. Die Sekunde, in der ich den anstehenden Kuss verhindern hätte können, verstreicht ungenutzt und das Nächste, was ich spüre, sind Pipers warme Lippen, die sich auf die meinen legen. Suchend streicht ihre Zunge leicht über meinen Mund. Automatisch öffne ich meine

Lippen, lasse sie rein und beginne sie wild zu küssen. Unsere Hände streichen über die Rundungen der anderen ...

Vergessen sind die vielen Menschen um uns herum, der Club und die laute Musik.

Noch nie in meinem Leben hat sich ein Kuss so bittersüß und zugleich so falsch angefühlt wie in diesem Moment.

Ihr warmer Atem streift meine Haut, während sich unsere Zungen sanft umschlingen ...

„Hey Mädels! Lust auf etwas männliche Unterstützung?"

Die laute männliche Stimme reißt mich aus meinem tranceartigen Zustand.

Eine große fremde Hand legt sich auf meinen Po, und Piper verschwindet urplötzlich aus meinem Sichtfeld. Ich weiß nicht genau, wie es so weit kommen konnte, doch ehe ich kapiere, was hier los ist, sehe ich, wie Taylor wutentbrannt auf uns zukommt. Mit seiner rechten Hand holt er weit aus und verpasst dem fremden Typen einen ordentlichen Kinnhaken.

Der stolpert rückwärts nach hinten, was wiederum einen anderen Mann umwirft, der steht wütend wieder auf, sieht fälschlicherweise Taylor an und verpasst diesem einen Schwinger in den Magen. Mit jeder Sekunde, die vergeht, werden es immer mehr Männer, die sich an dieser Schlägerei beteiligen. Tom stürmt zu Taylor und gibt ihm Rückendeckung, während ich verwirrt mitten in dem ganzen Trubel stehe und eigentlich nicht wirklich weiß, was hier gerade passiert.

Jason

Gerade als ich denke, dass ich meine inneren Dämonen wieder an die Kette gelegt habe, sehe ich, wie diese Piper aufsteht und Chloe mit sich auf die Tanzfläche zerrt.

Holy Fuck! Diese Frau treibt mich in den Wahnsinn!

Und nicht zum ersten Mal, seit sich unsere Wege gekreuzt haben, frage ich mich, was diese Frau nur an sich hat, das mich so magisch anzieht.

Mein Leben wäre so viel unkomplizierter, wenn ich Chloe einfach widerstehen könnte.

Fluchend stehe ich auf, schenke mir an der kleinen Bar, die sich direkt neben Couls Schreibtisch befindet, einen großen Schluck Whisky nach und leere das Glas in einem Zug.

„Ich gehe kurz an die frische Luft!“

Gerade als ich Couls Bürotüre öffne, dreht sich dieser zu mir und steht auf.

„Das würde ich mir an deiner Stelle noch mal überlegen!“

Neugierig, was er meint, gehe ich zu ihm zurück und sehe durch die verspiegelte Glasscheibe ...

Holy Fuck!

Fassungslos starre ich auf die Szene, die sich mir gerade bietet.

Mitten im Club, zwischen all den tanzenden und feiernden Menschen, steht Chloe in den Armen einer anderen Frau und erwidert leidenschaftlich deren Kuss.

Was zur Hölle soll das?

Ich wäre kein Mann, wenn ich mir nicht mindestens einmal in meinem Leben einen Dreier mit zwei Frauen gewünscht hätte. Und weiß Gott, bei jeder anderen meiner Sexualpartnerinnen würde mich dieser Kuss auch nicht im Geringsten stören, ganz im Gegenteil. Doch nicht so bei dieser Frau – nicht bei Chloe.

Sie will ich ganz für mich alleine.

Weder will ich, dass sie einen anderen Mann, noch, dass sie eine andere Frau küsst!

Fuck!

Auf dieser ganzen beschissenen großen Welt bin ich der Einzige, der in den Genuss kommen soll, diese Frau zu küssen.

„Also eines muss man ihr lassen, sie bietet uns eine geile Show!“

Couls Kommentar bringt meine Selbstbeherrschung an ihre Grenzen.

„Halt’s Maul!“

Gerade als ich mich umdrehen und zu Chloe gehen will, gerät die ganze Situation völlig außer Kontrolle. Wütend sehe ich zu, wie sich irgend so ein Arschloch an die zwei knutschenden Frauen ranmacht. Doch das lässt der Typ, der mit Chloe und deren Freunden gekommen ist, nicht zu, denn er stürmt auf die Tanzfläche und schlägt den Mann kurzerhand k.o.

Innerhalb weniger Augenblicke entsteht eine riesige Schlägerei, an der sich mittlerweile fast ein Dutzend Männer beteiligen.

Coul sieht mir kurz in die Augen, ehe er fassungslos den Kopf schüttelt, sein Handy aus der Hosentasche zieht und seinen Sicherheitschef anruft, damit der mehr Securitys zur Tanzfläche beordert.

„Deine Kleine hat es faustdick hinter den Ohren."

„Ach, was du nicht sagst!"

Seite an Seite machen wir uns auf den Weg nach unten in den Club. Es wird definitiv Zeit, für Ordnung zu sorgen!

Chloe

Im Gegensatz zu mir scheinen sich Tom und Taylor bestens zu amüsieren. Ganz allgemein scheinen Männer einer guten Schlägerei nicht wirklich abgeneigt gegenüberzustehen. Ich hingegen finde die Situation ziemlich beängstigend.

Wie zur Hölle ist es nur so weit gekommen?

In der einen Sekunde küsse ich Piper und in der anderen gehen sich alle anwesenden Männer an die Gurgel.

Gerade als ich die Tanzfläche verlassen und Richtung Bar gehen will, spüre ich, wie sich ein großer Arm um meine Taille wickelt. Erschrocken zucke ich zusammen und werfe einen Blick über meine Schulter.

Oh Shit!

Ein verflucht gut aussehender, verdammt wütender Jason steht hinter mir. Mühelos hebt er mich hoch und trägt mich zur Bar. Nachdem er mich aus dem Mittelpunkt der Schlägerei in Sicherheit gebracht hat, baut er sich in seiner beeindruckenden Größe vor mir auf, verschränkt seine Arme vor der Brust und sieht mich wütend an. Seine eigentlich grauen Augen sind nicht nur dunkel, nein, sie sind pechschwarz.

„Was zur Hölle hast du dir dabei gedacht?"

Ziemlich eingeschüchtert erwidere ich seinen Blick.

Als er ein paar Atemzüge später immer noch keine Antwort von mir bekommen hat, schüttelt er leise fluchend den Kopf, seine Finger schließen sich besitzergreifend um meinen Oberarm, ehe er mich bestimmend hinter sich her zieht.

Jetzt steckst du so richtig in der Scheiße!

Mein Unterbewusstsein läuft zu Hochform auf, während mir das Herz in die Hose rutscht. Dass Jason ein gefährlicher Mann ist, war mir von der ersten Sekunde, in der ich ihn vor dem Stanton-Building gesehen habe, mehr als bewusst. Doch irgendwie habe ich immer tief in meinem Inneren gespürt, dass ich keine Angst vor ihm haben muss – zumindest bis jetzt.

Jason zieht mich so schnell aus dem Club, dass ich kurz davor bin, auf den hohen Absätzen meiner High Heels umzuknicken. Doch so wie Jason gerade drauf ist, habe ich nicht den Mut, ihn darum zu bitten, etwas langsamer zu gehen.

Als wir endlich vor dem Club sind, zieht er mich zu einem schwarzen Porsche.

Fest entschlossen, nicht in dieses Auto einzusteigen, bleibe ich abrupt stehen.

„Ich rufe mir ein Taxi!"

„Einen Scheißdreck wirst du!"

Bestimmend zieht er mich weiter hinter sich her, holt den Schlüssel aus seiner Hosentasche und betätigt den Knopf, dass sich die Türen entriegeln.

„Steig ein!"

Das dunkle Funkeln in seinen schwarzen Augen und das Zucken seiner Kiefermuskulatur machen mir Angst.

„Ich denke nicht daran!"

Wo ich den Mut hernehme, ihm zu widersprechen, weiß ich selber nicht, aber ich schätze mal, dass es am vielen Alkohol liegt.

„Bei Gott, Chloe, du treibst selbst einen Heiligen in den Wahnsinn. Und glaube mir, wenn ich dir sage, dass ich eher das Gegenteil bin!"

Aufgebracht öffnet er die Türe seines Wagens, fixiert meine Augen und knurrt leise.

„Ich gebe dir jetzt genau eine Sekunde Zeit, um deinen Hintern in den Wagen zu bewegen. Wenn du dich mir jetzt wieder widersetzt, schiebe ich deinen Rock hoch, beuge dich über die Motorhaube meines Wagens und verpasse dir das härteste Spanking aller Zeiten!"

Auch wenn ich vor Jason nur mit einem Mann intim war, bin ich aufgeklärt genug, um zu wissen, was ein Spanking ist.

Als ich selbst jetzt noch kurz zögere, zieht er nur drohend eine Augenbraue nach oben, während er schon mal damit beginnt, den rechten Ärmel seines Hemds hochzukrempeln.

Oh verflixt!

Die Selbstsicherheit, die mich aus den dunklen Tiefen seiner Augen heraus anstrahlt, beweist mir, dass er seine Worte tatsächlich Realität werden lassen möchte.

Panisch überwinde ich die Distanz zu seinem Wagen und steige so schnell ein, dass ich mir den Absatz meines rechten Heels abbreche.

Scheiße! Das waren meine Lieblingsheels ...

Plötzlich seelenruhig, beugt er sich nach unten, um mir meinen abgebrochenen Absatz aufzuheben. Nachdem er ihn mir gereicht hat, sieht er mir kurz tief in die Augen, ehe er mit seinem Finger trügerisch zärtlich über meine Wange streicht.

„Braves Mädchen."

Mit diesen Worten schließt er die Türe und steigt auf der Fahrerseite wieder ein.

Das Chaos, das gerade in meinem Inneren tobt, spannt meine Nerven auf eine harte Probe.

Seit wann war Jason da? Hat er den Kuss zwischen Piper und mir gesehen? Oder nur die Schlägerei?

Oh Gott – wie konnte ich nur so dumm sein und Piper küssen?

Was ist da nur in mich gefahren?

Seit ich diese Frau das erste Mal gesehen habe, wollte ich wissen, wie es sich anfühlt, von ihr geküsst zu werden. Was, um ehrlich zu sein, ziemlich verwirrend ist. Denn bisher ist mein Verstand nur bei Männern auf schmutzige Fantasien gekommen.

Piper zu küssen war toll, aber ich muss ehrlicherweise zugeben, dass nur Jasons Küsse mein Herz schneller schlagen lassen.

Vorsichtig riskiere ich einen Blick auf den schrecklich wütenden Mann neben mir. So wütend, wie er aussieht, muss er den Kuss beobachtet haben.

Ohne mich eines Blickes zu würdigen, startet er den Wagen und das kraftvolle Schnurren der dreihundert PS lässt den Wagen losfahren.

Zum Glück weiß er nicht, dass Taylor mich erst vor wenigen Stunden geküsst hat. So wütend, wie er gerade ist, würde er ihm wahrscheinlich das Genick brechen.

„Sieh mich nicht so an!"

Seine dunkle Stimme schickt einen wohligen Schauer durch mein Nervensystem.

Zumindest spricht er jetzt wieder mit mir ...

„Wie sehe ich dich denn an?"

„So als wärest du ein unschuldiges kleines Ding, das gar nicht erst auf die Idee kommen würde, vor Hunderten von Männern hemmungslos eine andere Frau zu küssen!"

Oha!

Unsicher, was ich darauf erwidern soll, lasse ich meinen Blick über den wütenden Mann neben mir gleiten.

Geschickt und kraftvoll lenkt er uns durch die nächtlichen Straßen Manhattans. Der Anblick seiner langen Finger, die beinahe zärtlich über den Schaltknauf gleiten, lässt mich meine Schenkel erregt zusammenpressen.

So ein Mist, ich habe definitiv viel zu viel getrunken.

Jetzt in diesem Augenblick habe ich das Gefühl, dass er eine dicke Mauer zwischen uns errichtet hat. Unsicher, was ich sagen oder tun kann, damit er mich wieder näher an sich ranlässt, sehe ich aus dem Seitenfenster und warte darauf, dass wir bei ihm ankommen.

In dem Moment, in dem ich Piper geküsst habe, bin ich gar nicht erst auf die Idee gekommen, dass ich Jason damit verletzen könnte. Doch jetzt, wo er so abwesend und schweigend neben mir sitzt, spüre ich instinktiv, dass ich ihn mit diesem unbedachten Kuss sehr enttäuscht habe.

Bittere Tränen sammeln sich in meinen Augenwinkeln, ich atme tief durch und spüre, wie mir eine davon über die Wange rinnt.

Trotzig wische ich sie mir mit dem Handrücken ab und ärgere mich über meine eigene Naivität. Mir hätte von vornherein klar sein müssen, dass es einen Mann wie Jason Stanton stört, wenn seine Freundin, falls ich das war oder jetzt noch bin, eine andere Person küsst. Und es ist ihm offensichtlich völlig egal, ob es sich dabei um einen Mann oder eine Frau handelt.

Jason

Wütend, enttäuscht und vor allem verdammt eifersüchtig, konzentriere ich mich auf den Verkehr. Doch in dem Moment, in dem ich ihre Tränen sehe, schaffe ich es einfach nicht länger, sie nicht zu beachten.

Ich meine, warum sollte ich auch?

Immerhin hat sie ja nichts anderes getan, als jemand anderen zu küssen und währenddessen eine gigantische Schlägerei bei der Eröffnungsfeier meines Freundes auszulösen.

Tief durchatmend versuche ich mich damit zu beruhigen, dass sie zumindest keinen anderen Mann geküsst hat, denn wenn sie das getan hätte, würde ich die Nacht höchstwahrscheinlich in einer Gefängniszelle verbringen.

Fuck!

Vor nicht ganz vierundzwanzig Stunden lag sie nackt und stöhnend unter mir, während sie mir versprochen hat, dass sie die meine ist. Und jetzt? Tja, jetzt hat sich das Blatt anscheinend gewendet ...

In der Tiefgarage angekommen, parke ich meinen Wagen und schalte den Motor aus. Die schwere Stille, die sich zwischen uns ausbreitet, geht mir unter die Haut.

In meinen Augen bleiben mir ganz genau zwei Möglichkeiten:

1. Ich packe sie, zerre sie aus dem Wagen und beuge sie über die Motorhaube, um meine Drohung hier und jetzt wahr zu machen.
2. Ich versuche meine Selbstbeherrschung aufrechtzuerhalten und kläre die Sache in einem konstruktiven Gespräch.

„Steig aus!"

Der Hauch von Angst, der sich in den Tiefen ihrer ozeanblauben Augen befindet, lässt meine innere Bestie die Zähne fletschen.

„Jason, bitte."

Tief durchatmend fessle ich ihren Blick an den meinen.

„Um was bittest du mich?"

Die Art, wie sie ihre Finger knetet, und ihre flache Atmung signalisieren mir, dass sie kurz davor ist, ihre Fassung zu verlieren.

„Ich bitte dich darum, mir zu verzeihen!“

Das leichte Zittern in ihrer Stimme in Kombination mit ihrem aufrichtigen Blick lässt mein eingefrorenes Herz langsam wieder auftauen.

Warum zur Hölle kann ich dieser Frau einfach nicht widerstehen!?

Knurrend lege ich den Kopf in den Nacken und frage mich bestimmt zum einhundertsten Mal an diesem Abend, warum zur Hölle ich mein perfekt strukturiertes Leben für diese Frau aufgebe.

„Was hast du dir nur dabei gedacht?“

Als sie mir nicht antwortet, baue ich meine Frage weiter aus.

„Erst lässt du einen fremden Mann in dein Apartment, dann nimmst du ihn auch noch mit in den Club und dann, als wäre das alles noch nicht beschissen genug, küsst du vor allen Anwesenden hemmungslos eine Frau. Was natürlich zur Folge hat, dass sich alle anwesenden Männer nicht mehr unter Kontrolle haben und eine wilde Schlägerei beginnt! Verzeih mir also, wenn ich zumindest wissen will, aus welchem Grund du diesen ganzen Ärger angezettelt hast!“

Als ich eine Minute später immer noch keine Antwort von ihr bekommen habe, schlage ich frustriert mit meiner Faust gegen das Lenkrad.

Fuck! In meinem ganzen Leben war ich noch nie so verdammt wütend.

„Steig aus, Chloe!“

Meine Sehnsucht danach, sie zu bestrafen, hat mittlerweile eine Intensität erreicht, die mir die Nackenhaare aufstellt.

Doch dank meiner langjährigen Erfahrung als Dom weiß ich ganz genau, dass ich in meinem derzeitigen Zustand nicht in der richtigen Verfassung für eine Session bin. Vor allem, wenn man bedenkt, dass Chloe keine erfahrene Sub, sondern ein absoluter Neuling in meiner Welt ist.

Schnell steige ich aus und gehe vorne um das Auto herum. Geduldig beobachte ich sie dabei, wie sie auf wackeligen Beinen aussteigt und sich dann nach unten bückt, um ihre Schuhe auszuziehen.

Mit ihren High Heels im Arm und dem abgebrochenen Absatz in der Hand steht sie vor mir. Die Leuchtstoffröhre flimmert leicht, als mein Blick auf ihre jetzt ungeschützten Füße fällt. Nachsichtig den Kopf schüttelnd beuge ich mich zu ihr herab, hebe sie beschützend in meine Arme und sehe ihr tief in die Augen.

Fasziniert beobachte ich sie dabei, wie sie sich mit ihrer rosa Zungenspitze über die Unterlippe leckt.

Bei allen Dämonen, ich werde sie so lange küssen, bis sie an nichts anderes mehr denken kann! Zum ersten Mal in meinem Leben sehne ich mich wie ein Ertrinkender nach den Lippen einer ganz bestimmten Frau, doch diese Frau hat zu meinem Leidwesen nichts Besseres zu tun, als mit diesem Mund jemand anderen zu küssen.

Gierig zeichne ich mit meiner Zunge die weichen Konturen ihrer Lippen nach, dringe fordernd in sie ein und koste ihren unwiderstehlichen Geschmack.

Jetzt, wo ich sie so in meinen Armen halte, spüre ich, wie sich meine inneren Dämonen wieder etwas beruhigen. Ihre Brüste pressen sich gegen meinen Oberkörper, ihr Atem vermischt sich mit dem meinen, während sich unsere Zungen gierig umschlingen.

„Du. Gehörst. Nur. Mir!“

Zufrieden beobachte ich sie dabei, wie sie zaghaft nickt.

Es ist mir völlig egal, was ich alles tun muss, um dieser Frau ein für alle Mal klarzumachen, dass sie nur mir gehört!

Nicht bereit, noch länger zu warten, trage ich sie zum Lift, rufe den Aufzug und erobere sofort wieder ihren Mund.

Chloe

Die Art und Weise, wie er mich ansieht, die leidenschaftliche Grobheit, wenn er mich küsst, und seine Hände, die mich so besitzergreifend halten ...

Der Kuss zwischen Piper und mir hat Jason wirklich hart getroffen. Das schlechte Gewissen, das sich in meinem Magen ausbreitet, fühlt sich an wie Säure und lässt mich hart schlucken. Als ich Piper geküsst habe, wollte ich Jason wirklich nicht verletzen. Dieser Kuss war ein Fehler, das weiß ich jetzt, und jetzt liegt es an mir, dass ich Jason beweise, dass er mir wichtiger ist!

Als der Aufzug endlich kommt, trägt er mich hinein, steckt den Schlüssel in das Schloss und wählt den dreißigsten Stock.

Leise surrend schließen sich die Lifttüren, und ich spüre, dass Jason kurz davor ist, die Kontrolle zu verlieren.

Fest entschlossen, ihm zu zeigen, wie sehr ich ihn will, lasse ich meine kaputten Schuhe fallen und schlinge meine Arme um seinen breiten Nacken.

Erst sanft und dann immer drängender erobere ich seinen Mund, lege all meine Emotionen in diesen Kuss, und schlinge meine Beine fester um seine Hüften.

Mein Körper reagiert wie immer sofort auf seine Nähe. Meine Brustwarzen pressen sich hart gegen mein Oberteil, zwischen meinen Schenkeln pocht es gierig und mein Herz schlägt wie verrückt gegen meine Brust.

Seine Nasenflügel blähen sich, so als würde er meine wachsende Erregung wittern.

Kraftvoll presst er mich mit dem Rücken gegen die Wand, seine Hände streichen sehnsüchtig über meinen Körper, während seine Atmung immer schneller kommt. Undurchdringlich fesselt er meinen Blick an den seinen, während er mich langsam abstellt. Sein Knie schiebt sich zwischen meine Beine und zwingt mich so meine Schenkel für ihn zu spreizen.

Leise seufzend spüre ich, wie er mit seiner linken Hand die Konturen meines Körpers nachfährt. Seine Finger umkreisen meine harten Brustwarzen, streichen sanft darüber, ehe er sie hart zwickt. Stöhnend spüre ich, wie der bittersüße Lustschmerz direkt von meinen Brüsten hinab in meinen Schoß schießt.

„Du bist so unfassbar schön.“

Sein ehrfürchtiger Blick gleitet über jeden Zentimeter meines Körpers.

Erneut erobert er meinen Mund, seine Finger krallen sich in meine Haare, während er meinen Kopf bestimmend nach hinten zieht. Kleine Schweißtropfen sammeln sich in meinem Nacken, während sich unsere Zungen sehnsüchtig umschlingen.

Unsere Zähne schlagen aufeinander und meine Atmung stoppt, als sich seine Hand unter meinen Rock schiebt.

Ich bin verloren ...

Jede noch so sanfte Berührung schickt glühende Lust durch meine Venen.

Ohne zu zögern, schiebt er mit seinen Fingern den dünnen Stoff meines Strings beiseite. Als er bemerkt, wie nass ich schon für ihn bin, knurrt er zufrieden.

Sein Daumen legt sich auf meinen Kitzler, während er mit zwei seiner langen Finger in mich eindringt.

Blitzartige Hitze überrollt meine Nervenbahnen, während sich meine Lippen zu einem stummen Schrei öffnen.

Kreisend dringt er immer tiefer in mich ein, während sein Daumen meinen Kitzler massiert.

„Sieh mich an!“ Keuchend tue ich, was er sagt. Mein Blick versinkt in den dunklen Tiefen seiner sturmgrauen Augen!

„Deine Pussy gehört nur mir! Deine Lippen gehören nur mir! Du gehörst nur mir!“

Seine Stimme klingt dominant und bestimmend.

Wimmernd presse ich mich seinen Fingern entgegen, während seine Worte mein Unterbewusstsein überfluten.

Atemlos sauge ich meine Unterlippe zwischen meine Zähne und beiße darauf, um meinen lauten Schrei zu unterdrücken.

Jason ist gnadenlos in seinem Begehren.

Keuchend ertrinke ich in meiner Lust, sein herber Geschmack liegt auf meinen angeschwollenen Lippen, während sein Daumen gnadenlos über meine Perle reibt.

Ihm völlig ausgeliefert, rollen meine Augen nach hinten, während meine Atmung stoppt.

Unter dem Ansturm der Gefühle krümmen sich meine Zehenspitzen zusammen, meine Beine beginnen zu zucken und grelle Punkte blitzen hinter meinen geschlossenen Augenlidern, während er seinen Mund grob auf den meinen presst. Ich spüre, wie er meinen Lustschrei in sich aufsaugt, wie er meine Hingabe genießt – während er immer mehr von mir fordert.

Zuckend und bebend saugt meine Scheide seine Finger immer tiefer in sich ein, während ich mich in meinem Höhepunkt verliere. Völlig kraftlos sinke ich gegen seinen Brustkorb, schnappe nach frischem Atem und inhaliere seinen Geruch.

„Ich werde dich nie wieder gehen lassen!"

Langsam zieht er seine Finger aus mir heraus, seine Lippen hauchen mir einen liebevollen Kuss auf die Stirn, während sich seine Worte tief in mein Herz schleichen.

Jason

Zufrieden beobachte ich meine Frau dabei, wie sie sich in meinen Armen verliert. Das süße Wimmern, das immer dann aus ihrem wund geküssten Mund kommt, wenn sie die Spitze ihrer Lust erreicht, lässt mich steinhart werden.

Der heutige Abend hat mir gezeigt, dass ich bisher viel zu nachlässig mit Chloe war. Meine Frau muss endlich lernen, zu wem sie gehört. Sie muss wissen, dass ich sie bestrafen werde, wenn sie sich jemals wieder so leichtsinnig benimmt wie in dieser Nacht.

Jeden köstlichen Zentimeter ihres Körpers beanspruche ich für mich.

Die vergangenen Stunden haben mir gezeigt, dass es endlich Zeit wird, um zu reagieren.

Gleich morgen früh werde ich die Führung von ‚Devil Dessous' übernehmen, ich werde die Kampagne stoppen und mich anschließend sehr lange und sehr gründlich mit Chloe befassen.

Alleine die Vorstellung, sie endlich auf den Knien vor mir zu haben, lässt mich beinahe meine Beherrschung verlieren!

Langsam hebe ich meine völlig erschöpfte Frau in meine Arme und trage sie in mein Zuhause. Es ist mir völlig egal, dass unsere Beziehung viel zu schnell an Intensität gewinnt. Ich will verdammt sein, wenn ich sie weiterhin in ihrem Apartment wohnen lasse.

Seit dem ersten Moment, in dem ich sie gesehen habe, stand für mich fest, dass ich sie für mich beanspruche. Und jetzt, wo ich sie endlich ganz genau da habe, wo sie hingehört, werde ich sie nie wieder gehen lassen.

In meinem Schlafzimmer angekommen, lege ich sie auf die Mitte des Betts, entferne ihre Klamotten und ziehe mich aus.

Die Art und Weise, wie ihre Augen über meinen Körper gleiten, verrät mir, dass sie mich ganz genauso sehr braucht wie ich sie.

„Komm her!“

Langsam kommt sie auf mich zu und steigt aus dem Bett.

„Geh auf die Knie!“

Vertrauensvoll erwidert sie meinen Blick, während sie anmutig vor mir auf die Knie sinkt.

„Öffne deinen Mund!“

Jetzt, wo sie weiß, was ich von ihr will, beschleunigt sich ihre Atmung. Zögerlich stützt sie sich mit ihren Handflächen an meinen Oberschenkeln ab, während sie ihre vollen Lippen für meinen Schwanz öffnet.

Chloe

In den letzten Minuten hat sich Jason in einen völlig anderen Mann verwandelt. Seine Augen fixieren mich bestimmend, während er mir befiehlt, dass ich vor ihm auf die Knie sinken soll.

Sein prachtvoller Schwanz befindet sich nur wenige Zentimeter von meinem Gesicht entfernt und ich kann es kaum erwarten, ihn endlich zu schmecken. Zwischen meinen Schenkeln beginnt es erneut, heftig zu pochen, und so ungern ich es auch zugeben mag, aber mein Körper beginnt unter Jasons Dominanz regelrecht zu zerfließen.

Sein Schwanz ist unfassbar hart und sehr dick, seine breite Eichel ist beinahe violett, und ich kann es kaum erwarten, ihn endlich zu schmecken. Mit einem möglichst unschuldigen Gesichtsausdruck sehe ich ihn an, lege meine Hände auf seine Oberschenkel und öffne meine Lippen.

Verspielt lasse ich meine Zunge über den Schlitz an der Spitze seiner Eichel gleiten, ehe ich ihn für ein paar Zentimeter in meinen Mund sauge.

Immer tiefer nehme ich ihn in mir auf, öffne meine Lippen noch weiter und genieße sein herbes Aroma ...

Seine Augen werden vor Begierde schlagartig dunkel, sodass sie beinahe schon schwarz wirken.

Es ist nicht schwer zu erkennen, dass er meine devote Stellung genießt, dass er es mag, wenn ich ihn so befriedige. Und auch wenn diese Situation völlig neu für mich ist, fühlt es sich sehr angenehm an, ihm die Kontrolle über mich zu überlassen.

Tief in mir breitet sich neben meiner unstillbaren Lust auf ihn die Gewissheit aus, dass ich mich völlig fallen lassen kann, da er mich sicher auffängt.

„Tiefer!"

Unter seinem intensiven Blick beginne ich damit, ihn noch weiter in mich einzusaugen.

Millimeter für Millimeter passt sich mein Gaumen seiner breiten, saftigen Eichel an.

Das Gefühl, ihn so tief in meinem Mund zu haben, während sein eindringlicher Blick auf meinem Gesicht liegt, ist unheimlich intim. Mit meiner Zunge fahre ich die wirren Spuren der dicken Adern entlang und mit meinem Gaumen massiere ich seine Länge, während ich meine Lippen, so fest es geht, um ihn schließe.

Sein kehliges Stöhnen schießt mir direkt in den Unterleib und ich spüre, wie sich ein Schwall Feuchtigkeit auf meinen Schamlippen ausbreitet.

Bestimmend legt er seine Hand auf meinen Hinterkopf, während er seine Hüfte immer weiter in meine Richtung drückt. Er benutzt meinen Mund, so hart und tief er es gerade braucht ...

Kontrollierend hält er meinen Kopf fest, während er immer tiefer in meinen Mund eindringt. Seine Augen suchen meinen Blick und meine Atmung stoppt. In einem steten Rhythmus fickt er meine Lippen, meine Zunge und bei harten Stößen meine Kehle.

Ich genieße es, genieße seine Kraft, seinen Geschmack und seine Härte.

Ich versuche mich zu entspannen, damit er noch tiefer in mich eindringen kann, und werde mit einem tiefen, gutturalen Stöhnen belohnt.

„Ja, Baby! Jetzt bin ich bis zum Anschlag in dir."

Meine Nasenspitze berührt die straffe Haut seines Bauches, meine Lungen ziehen sich mittlerweile krampfend zusammen, während sie sich nach frischem Atem verzehren. Doch Jason kennt kein Erbarmen.

„Saug an ihm!“

Mit Tränen in den Augen komme ich seinem Befehl nach, und ich spüre, wie er noch dicker wird.

Laut stöhnend schiebt er sich immer heftiger in meinen Hals, seine Hand wickelt sich in meine Haare, ehe sie sich zur Faust schließt. Vor meinen Augen beginnen bunte Punkte zu flimmern, während ich das Zucken seines Schwanzes auf meiner Zunge spüre.

Wenige Stöße später schmecke ich seinen Saft, schlucke sein Sperma und lehne mich mit meiner Stirn an seinen Bauch.

Langsam entzieht er sich mir und ich sauge japsend frische Luft in meine Lunge.

Seine Hand zieht meinen Kopf nach hinten, sodass er in meinem Nacken liegt.

„Diese Lippen und dieser Mund gehören nur mir!“

Noch immer atemlos nicke ich ihm zu, während er langsam seine Finger aus meinen Haaren löst.

„Leg dich wieder ins Bett! Morgen wird ein harter Tag für dich!“

Vorsichtig stehe ich auf, meine Knie schmerzen etwas, doch das war es wert.

Jason auf diese intime Art zu befriedigen, seine ungeheure Kraft zu spüren und von ihm völlig unterworfen zu werden, hat sich auf erschreckende Weise absolut richtig angefühlt.

Am liebsten würde ich ihn fragen, warum der morgige Tag hart für mich wird, doch der dunkle Blick, mit dem er mich beobachtet, schüchtert mich ein. Nachdem ich zurück in sein Bett gestiegen bin, kommt er zu mir, legt sich an meinen Rücken und zieht mich besitzergreifend an seine Brust.

Völlig erschöpft dauert es nur wenige Atemzüge, bis ich eingeschlafen bin ...

Jason

Zutiefst befriedigt lausche ich den immer gleichmäßigeren Atemzügen meiner Frau.

Alleine die Erinnerung daran, wie sie mich aus den Tiefen ihrer Augen angesehen hat, während ich bis zum Anschlag in ihrer Kehle gesteckt habe, lässt mich hart schlucken.

Meine Süße ist durch und durch devot, und ich kann es kaum erwarten, sie ab morgen endgültig in meine Welt einzuführen.

Zärtlich streiche ich mit meiner Hand über ihr weiches Haar, während ich meine Augen schließe und ihren warmen Körper an den meinen presse.

Diese Frau hat mein ganzes Leben auf den Kopf gestellt, und morgen werde ich damit anfangen, wieder etwas Ordnung in dieses Chaos zu bringen ...

Sinnlicher Schmerz

Jason

Noch in der Nacht, während Chloe tief und fest in meinem Bett geschlafen hat, habe ich dafür gesorgt, dass alle nötigen Vorbereitungen getroffen wurden.

Mein Jet steht bereit, alle anstehenden Termine wurden verschoben und die Villa auf der kleinen Privatinsel ‚Little Ragged Island' auf den Bahamas wird gerade von meinem Personal für uns vorbereitet.

Eigentlich war es nicht geplant, Chloe ins Ausland zu entführen, aber in Anbetracht der Situation, in der wir uns gerade befinden, ist es in meinen Augen die beste Entscheidung, die ich treffen konnte.

Auf ‚Little Ragged Island' wird außer uns nur eine Handvoll Personal anwesend sein, was bedeutet, dass wir absolut ungestört sind. Und während ich meine Zeit damit verbringe, Chloe nach allen Regeln der Kunst zu ficken, werden hier in New York einige Änderungen vonstattengehen.

Als Erstes werde ich dafür sorgen, dass diese beschissene Kampagne sofort gestoppt wird, und wenn das erledigt ist, werde ich ihr Apartment auflösen.

Dank Raúls gründlicher Recherche weiß ich jetzt eine ganze Menge über die geheimnisvolle Frau, die ich für immer an mich binden werde. Und was ihre derzeitige Wohnsituation anbelangt, kann ich nicht länger die Tatsache ignorieren, dass sich ihr Apartment nicht gerade im sichersten Stadtteil New Yorks befindet, und alleine die Vorstellung, dass sie sich dort ohne meinen Schutz aufhält, lässt mir das Blut in den Adern gefrieren. Doch das ist nicht das Einzige, was mir Sorgen bereitet. Laut den Informationen, die ich von Raúl erhalten habe, hat Chloe gegen ihren Exfreund eine Unterlassungsklage erwirkt. Dank den Kontakten, die ich nach Deutschland habe, war es ein Leichtes für mich herauszufinden, aus welchem Grund sie diese Unterlassung gegen ihn erwirkt hat.

Dieses Arschloch hat sich nicht nur darauf beschränkt, sie ins Krankenhaus zu prügeln, laut dem Polizeibericht, den ich vorliegen habe, hat er sie über Monate verfolgt und bedroht.

Seit ich diese Informationen habe, tobt tief in meinem Inneren ein Krieg.

Eine Frau mit Chloes Vergangenheit muss viel sensibler und langsamer in meine Welt eingeführt werden, als ich es eigentlich vorhatte.

Zwischen einem Dom und seiner Sub muss einhundertprozentiges Vertrauen herrschen, denn anders ist die Intensität, die ich mir wünsche, nicht zu erreichen.

Meine Instinkte sagen mir, dass dieser Wichser noch immer eine Gefahr für Chloe ist, und aus diesem Grund habe ich Raúl darauf angesetzt, ihn weiterhin im Auge zu behalten.

Chloe ist jetzt meine Frau, mein Eigentum und mein Lebensinhalt und ich werde alles in meiner Macht Stehende tun, um sie vor allen Gefahren dieser Welt zu beschützen.

Unruhig gehe ich in die Küche, hole mir eine Flasche Wasser aus dem Kühlschrank und trinke sie auf ex leer. Laut der Uhr, die sich direkt an der Wand gegenüber von mir befindet, ist es gerade mal 3.47 Uhr. Nicht in der Lage, mich länger als nötig von Chloe fernzuhalten, wandere ich zurück in mein Schlafzimmer und bleibe direkt vor dem Bett stehen. Das fahle Licht des Vollmonds liebkost die köstlichen Rundungen ihrer Brüste. Rot und hart strecken sich ihre Nippel in meine Richtung, während ihre Hand auf ihrem flachen Bauch liegt. Ihre langen Beine sind um die Bettdecke geschlungen, während ihre kleinen Füße darunter hervorlugen.

Gierig lasse ich meinen Blick über jeden Zentimeter ihrer milchigen Haut gleiten.

Fuck!

Am liebsten würde ich ihr die störende Decke vom Körper ziehen und mit meiner Zunge über jede ihrer köstlichen Rundungen lecken.

Der morgige Tag wird alles andere als leicht für sie. Ich bin gespannt, wie sie reagiert, wenn sie feststellt, dass ich sie für eine verdammt lange Zeit für mich ganz alleine beanspruchen werde ...

Der Moment, in dem sie realisieren wird, dass sie nicht mehr länger das Gesicht, oder viel mehr der Körper, der ‚Devil Dessous'-Kampagne ist, wird ganz bestimmt hart für sie.

Vielleicht macht mich mein Handeln zu einem egoistischen Arschloch. Aber selbst wenn es so ist, kann ich nichts daran ändern.

Alleine die Vorstellung, dass jeder notgeile Wichser dieses Landes Chloes nackten Körper betrachten kann, lässt mich beinahe durchdrehen!

Als die Frau an meiner Seite wird sie so viel öffentliches Interesse auf sich ziehen, dass es nicht schwer sein dürfte, ihr einen neuen Modeljob zu besorgen.

So wie ich die Situation einschätze, wird sich jede verdammte Modelagentur von hier bis Texas um sie reißen.

Fasziniert beobachte ich sie dabei, wie sie sich leise seufzend auf die Seite dreht. In dieser Position bleibt meinem gierigen Blick nichts verborgen. Die vollkommene Rundung ihres Pos mündet in den rosa Falten ihrer Pussy.

Tief durchatmend spüre ich, dass ich ihr nicht länger widerstehen kann.

Von mir aus kann sie den kompletten Flug morgen verschlafen, aber jetzt, jetzt werde ich mich hart und tief in ihrem weichen Körper versenken.

Gierig folge ich mit meiner Hand den verführerischen Verlockungen ihres Körpers. Diese Frau ist meine Rettung und zugleich mein Untergang.

Schwer atmend streiche ich mit meinen Fingern durch die weiche Spalte ihres Pos, liebkose ihre dunkle Pforte und setze die Erkundungsreise meiner Finger fort. Erst als ich die feuchte Hitze ihrer Scheide an meinen Fingerspitzen spüre, lasse ich meine Finger verweilen und dringe sanft in sie ein.

Knurrend vergrabe ich meine Nase in den weichen Fluten ihrer Haare und inhaliere wie ein Süchtiger ihren süßen Geruch.

Diese Frau ist meine Droge, mein Kokain, ich brauche ihre Nähe wie ein Abhängiger den nächsten Schuss.

Langsam beginnt sie sich zu bewegen, presst sich meinen fordernden Fingern entgegen und zieht scharf die Luft ein, als ich mit meiner anderen Hand ihre Brustwarze zwirble.

Mein Schwanz presst sich hart und fordernd gegen ihre Rückseite, während sich meine Eier schmerzhaft zusammenziehen.

Fuck! Ich muss in ihr sein. Ich will ihre Schreie hören und mich auf diesem Weg versichern, dass sie nur mir gehört.

Bei allen Dämonen! Ich werde sie nie, nie wieder aus den Augen lassen.

Ihr Körper ist mein Tempel, nur in ihr kann ich Frieden finden.

Jetzt, wo sie einigermaßen wach ist, drehe ich sie auf den Bauch, positioniere mich über ihr und dringe mit einem harten Stoß tief in sie ein.

Ihr keuchender Schrei lässt mich noch härter werden – ich bin verloren!

Meine innere Bestie fletscht die Zähne, während sie laut brüllt.

Immer härter vergrabe ich mich in ihr, ziehe mich langsam zurück, nur um mich erneut tief in ihr zu versenken.

Meine Hände schließen sich um ihre Handgelenke. Ich presse ihre Arme auf die Matratze, während ich sie unter meinem Gewicht begrabe.

Und wie immer, wenn ich sie unterwerfe, spüre ich, wie sie regelrecht unter mir zerfließt.

„Du. Gehörst. Nur. Mir!“

Wimmernd presst sie ihren Unterleib meinen verdammt harten Stößen entgegen. Und die Gewissheit, dass sie mich ganz genauso dringend braucht wie ich sie, beruhigt meine unruhigen Emotionen.

„Sag es!“

Erneut stoße ich in sie, verweile in den heißen Tiefen ihres göttlichen Körpers.

„Ich gehöre nur dir.“

Rau und atemlos dringen ihre Wörter in meinen Kopf ein, richten ein heilloses Durcheinander an, während sich mein Herz vor Besitzgier schmerzhaft zusammenzieht.

Meine Sehnsucht, diese Frau allumfassend zu beherrschen, ist alles andere als normal ...

Es reicht mir nicht, sie zu besitzen und zu ficken. Denn egal, wie sehr sie sich mir schenkt, ich brauche immer noch mehr. Ich will nicht nur ein Teil ihres Lebens sein, sondern der Mittelpunkt!

Ich will, dass ihr Tag mit mir anfängt und mit mir endet. Ich will, dass sie nach mir riecht, dass sie die Kleidung trägt, die ich ihr kaufe, und mein Name sie als die meine markiert.

An ihrem Finger soll mein Ring stecken und in ihrem flachen Bauch will ich meinen Samen pflanzen.

Die Gewissheit, dass sie die eine für mich ist und dass ich bei ihr bereit bin, direkt aufs Ganze zu gehen, durchflutet mich wie ein Tsunami.

Alleine der Gedanke, sie mit meinem Kind zu schwängern, sorgt dafür, dass sich meine Eier rhythmisch zusammenziehen, ehe sie mein Sperma tief in ihren willigen Körper schießen.

Knurrend vergrabe ich mich bis zur Wurzel in ihr, lasse meine Hüften kreisen und beiße ihr fest in den Nacken. Der plötzliche Schmerz schickt sie über die Klippe der Erlösung. Bebend und wimmernd schreit sie ihre Lust heraus, während sich ihr Inneres zuckend um meinen Schwanz zusammenzieht.

Für immer mein!

Zärtlich lecke ich über meinen Bissabdruck, knabbere an ihrem Ohrläppchen und sauge den Augenblick tief in mich ein. Die Erkenntnis, dass ich diese Frau auch vor dem Gesetz zu der meinen machen muss, sorgt dafür, dass sich eine angenehme Ruhe in mir ausbreitet.

Es fühlt sich so an, als wüsste ich endlich, was mir in meinem Leben bisher gefehlt hat – sie!

Chloe

Heiße Wellen branden durch mein Epizentrum. Jeder Muskel meines Körpers ist angespannt, nur um sich dann in einem Wirbelsturm aus Emotionen zu entladen.

Jason ist auf mir und in mir. Er bestimmt mein Denken, mein Fühlen und meine Sehnsüchte. In der Sekunde, in der sich seine Zähne schmerzhaft in meine Haut graben, bin ich endgültig verloren.

Keuchend ergebe ich mich seinen Händen, seinem Schwanz und seinem Willen. Die allumfassende Lust, die mich mit sich reißt, lässt meinem Verstand die Lichter ausgehen.

Das Atmen fällt mir schwer und vor meinen Augen zucken grelle Blitze.

Ich spüre Jasons zuckendes Glied in mir, spüre sein heißes Sperma und genieße das Gefühl der Vereinigung.

Tief in meinem Herzen spüre ich instinktiv, dass dieser Mann meine Bestimmung ist. Alle Ereignisse, die bisher in meinem Leben passiert sind, die guten so wie die schlechten, sind nur aus diesem einen Grund geschehen, nämlich, damit ich ihm begegne!

Völlig erschöpft sauge ich frischen Atem in meine Lunge, sein schwerer, warmer Körper bedeckt mich vollkommen, schirmt mich vor der Welt ab und gibt mir das Gefühl, beschützt und geborgen zu sein!

„Ich werde dich nie wieder gehen lassen ...“

Seine raue Stimme bahnt sich ihren Weg zu mir, die Bedeutung seiner Worte umhüllt mein Herz mit einem Kokon aus den verschiedensten Emotionen, ehe ich erneut in die Welt des Schlafes abdrifte.

Der Sex mit diesem Mann raubt mir einfach alle Energie ...

Als ich unbestimmte Zeit später wieder meine Augen öffne, durchfluten helle Sonnenstrahlen sein Schlafzimmer. Träge strecke ich meinen Arm nach dem Mann neben mir aus, doch so sehr ich mich auch bemühe, seinen warmen Körper zu ertasten, meine Hand trifft nur auf ein leeres Bettlaken. Müde reibe ich mir mit den Händen über mein Gesicht. Ich höre seine dunkle Stimme und weiß sofort, dass ich ihn in seinem Arbeitszimmer finde. Noch immer nicht ganz fit, quäle ich mich aus dem Bett, ziehe mir sein weißes Hemd an, das, das er gestern getragen hat, und fahre mir mit meinen Fingern durch meine verknoteten Haare.

Süchtig nach seinem Geruch, ziehe ich mir den weichen Stoff bis zur Nase hoch und inhaliere sein unverkennbares Aroma.

Dieser Mann geht mir so was von unter die Haut!

Barfuß und nur in seinem Hemd bekleidet, mache ich mich auf die Suche nach meinem Sexgott. Im Türrahmen zu seinem Arbeitszimmer bleibe ich stehen und sauge den Anblick, den er mir bietet, tief in mich auf.

Sein großer Schreibtisch steht direkt vor dem gigantischen Panoramafenster, das mir einen fantastischen Ausblick auf das morgendliche New York bietet. Zu meiner Überraschung trägt er nicht wie gewöhnlich einen seiner edlen Anzüge, sondern eine Jeans und ein azurblaues Hemd. Doch das tut seinem Sexappeal nicht den geringsten Abbruch, ganz im Gegenteil, Jason sieht so was von verflixt scharf aus!

Seinen rechten Ärmel hat er leicht hochgekrempelt, während er hinter seinem Schreibtisch in seinem Sessel sitzt und aus dem Fenster sieht.

In diesem Augenblick sieht er ganz wie der unnahbare Magnat aus, der er eigentlich ist.

Sehnsüchtig lasse ich meinen Blick über ihn gleiten, ehe ich, unfähig, mich von ihm fernzuhalten, die Distanz zwischen uns überwinde. Als er das tapsende Geräusch meiner nackten Füße auf dem glatten Marmorboden hört, dreht er sich langsam zu mir um, ehe er seinen Blick hungrig über mich gleiten lässt. Als er sieht, dass ich nur sein Hemd trage, beginnen seine sonst so ernsten Mundwinkel leicht zu zucken.

„... es ist mir völlig egal, wie kompliziert das ist. Ich will, dass es erledigt wird!“

Sein Tonfall klingt bedrohlich. Ohne sich von der Person, mit der er gerade telefoniert hat, zu verabschieden, beendet er das Telefonat und streckt mir seine Hand entgegen.

„Guten Morgen mein Engel.“

Vertrauensvoll lege ich meine Hand in die seine, während er mich wie selbstverständlich auf seinen Schoß zieht.

„Guten Morgen.“

Wie immer, wenn er mich an sich zieht, vergräbt er seine Nase in meinen Haaren und inhaliert meinen Geruch.

Dunkel knurrend atmet er noch tiefer ein.

„Du riechst köstlich, nach mir und nach Sex.“

Seufzend kuschle ich mich noch fester an seine Brust.

Die Sekunde verstreicht und verwandelt sich in einen intimen Augenblick.

„Störe ich dich bei der Arbeit?“

„Nein, du störst mich nie.“

Seine Hände gleiten über meine Arme, schieben sich unter das Hemd und legen sich bestimmend auf meinen Po.

„Verflucht sexy ...“

Sanft streichen die Spitzen seiner Daumen über meine entblößten Schamlippen – dieser Mann ist unersättlich.

Genüsslich schließe ich meine Augen, lasse meine Stirn gegen seine Schulter sinken und genieße seine geschickten Finger.

„Ich habe eine Überraschung für dich!“

Mich räuspernd versuche ich meine sieben Sinne zusammenzukratzen, doch es ist gar nicht so leicht, mich auf seine Worte zu konzentrieren, während er mit seinen Fingern über meinen Kitzler streicht.

„Was für eine?“

Ein angenehmer Schauer lässt mich erbeben.

„Wenn ich es dir jetzt verrate, ist es keine Überraschung mehr.“

„Du bist gemein!“

„Ehrlich? Findest du etwa, dass ich dich schlecht behandle?“

Und während er in diesem tiefen, sonoren Tonfall mit mir spricht, schiebt er zwei seiner langen Finger in meine Scheide.

Nach Luft schnappend vergrabe ich meine Hände in den weichen Haaren in seinem Nacken.

Langsam, jedoch stetig dringt er in mich ein, kreist mit seinem Daumen über meiner Perle und schickt meine Gehirnzellen in ein lustvolles Koma.

Keuchend spüre ich, wie sich mein ganzer Körper anspannt, zwischen meinen Schenkeln beginnt es zu pulsieren und meine Zehenspitzen krümmen sich leicht.

„Jason, biitteee ...“

Erneut zieht er sich aus mir heraus, nur um noch etwas tiefer in mich einzudringen.

„Sieh mich an, Chloe.“

Seine linke Hand gräbt sich in meine Haare, er zieht meinen Kopf nach hinten und sucht meinen Blick.

Wimmernd und ihm hilflos ausgeliefert spüre ich, wie er mich mit seinen Fingern fickt, sein animalischer Blick und seine Hand, die mich an den Haaren zieht ...

Völlig aufgelöst baut sich ein intensiver Druck in mir auf, der sich zeitgleich mit meinem lauten Schrei auflöst. Mein Unterleib zieht seine Finger noch etwas tiefer in mein pulsierendes Inneres. Keuchend erlebe ich meinen Höhepunkt, während er mich mit seinen Blicken regelrecht verschlingt.

Die leichten Wellen meines gerade erlebten Höhepunkts genießend, kuschle ich mich noch näher an ihn. Sanft zieht er seine Finger aus meinem Körper heraus, schließt mich in seine Arme und presst mich beschützend an sich.

Jason

Während Chloe noch unter der Dusche steht und sich meinen Geruch vom Körper wäscht, rufe ich den Piloten an und teile ihm mit, dass wir innerhalb der nächsten Stunde am Flughafen eintreffen werden. Ich will, dass der Jet, sobald wir angekommen sind, in die Luft geht.

Gespannt, wie sich die Situation mit Chloe in den nächsten Stunden entwickelt, öffne ich meinen Safe und entnehme ein dickes Bündel Bargeld. Dank meinen Anweisungen arbeitet im Hintergrund mein Personal schon an der Umsetzung meiner Befehle. In wenigen Stunden sind die Kampagne und ihr Apartment Geschichte ...

Zufrieden, dass sich endlich alles in die anvisierte Richtung entwickelt, schalte ich meinen PC aus und verlasse mein Arbeitszimmer.

***

Chloe

Die Art und Weise, wie Jason neben mir im Fond der Limousine sitzt und mich mit seinem undurchdringlichen Blick mustert, macht mich ziemlich nervös. Was ist das für eine Überraschung und wo bringt er mich jetzt hin?

Eigentlich müsste er doch schon lange arbeiten ...

Und ich, tja, mir bleiben noch genau vier Stunden bis zum nächsten Shooting.

Ungeduldig kaue ich auf meiner Unterlippe herum und sehe aus der Seitenscheibe.

Tief in meinem Bauch hat sich ein mulmiges Gefühl eingenistet und ich frage mich, was dieser geheimnisvolle Mann wohl vorhat.

Bis jetzt konnte ich mich noch immer auf mein Bauchgefühl verlassen, und genau diese Tatsache ist auch der Grund, warum ich langsam, aber sicher so nervös werde. Denn mein Bauch ist anscheinend der Meinung, dass da irgendetwas ziemlich Ungutes auf mich zukommt.

Und spätestens, als ich den John F. Kennedy International Airport vor meiner Fensterscheibe sehe, weiß ich, dass mein Bauch recht hat.

„Was hast du vor, Jason?"

Schweigend sieht er mich an, sein Gesicht gleicht einer undurchdringlichen Maske, und ich kann nicht die geringste Gefühlsregung in seinen Augen erkennen.

Was wird hier gespielt?

Die Sekunden ziehen sich in die Länge und verstreichen, und gerade als ich denke, dass ich keine Antwort mehr von ihm bekommen werde, sieht er mir tief in die Augen und antwortet mir.

„Wir machen einen kleinen Ausflug!"

„Mit dem Flugzeug?"

„Ja und nein, wir fliegen mit meinem Jet."

Das war ja klar, der Herr hat natürlich seinen eigenen Privatjet ...

„Warum? Wohin?"

„Lass dich überraschen."

Also so langsam, aber sicher habe ich keine Lust mehr auf Überraschungen.

Die Überraschungen, die ich bisher in meinem Leben bekommen habe, waren ein Kinobesuch, Blumen oder Pralinen. Also nichts, wofür man einen eigenen Jet gebraucht hätte ...

„Um ehrlich zu sein, habe ich jetzt glaube ich keine Lust mehr darauf, mich überraschen zu lassen. Also sag mir jetzt bitte, was hier los ist!"

„Zieh die Krallen ein, kleines Kätzchen, es dauert nicht mehr lange."

„Nenn mich nicht so!"

Meine aufsteigende Wut scheint ihn zu amüsieren.

Nervös kaue ich auf meinem Daumennagel herum, während sich in meinem Kopf die Gedanken überschlagen.

Was hat er vor? Ich meine, er weiß, dass ich heute noch arbeiten muss.

Unruhig auf dem Leder des Sitzes herumrutschend sehe ich ihn kurz an, ehe ich meinen Blick wieder von ihm abwende.

Also entweder hat er richtig leckere französische Törtchen einfliegen lassen, oder ich weiß nicht, wie er diese Überraschung noch ins Positive lenken will.

Jason

Die Situation, in der wir uns gerade befinden, ist der beste Beweis dafür, dass sich Chloe maßgeblich von allen anderen Frauen, mit denen ich bisher zu tun gehabt habe, unterscheidet.

Die meisten meiner Bekanntschaften, wenn ich sie jetzt einfach mal so nenne, wären bei der Aussicht, in meinem Privatjet mit mir in den Urlaub zu fliegen, vor Freude ausgeflippt, Chloe hingegen fährt ihre Krallen aus.

Geduldig beobachte ich sie dabei, wie sich die Gedanken in ihrem Kopf überschlagen. Es wird nicht mehr allzu lange dauern, bis sie feststellt, dass sie heute definitiv nicht zu ihrem Shooting gehen wird.

Und bei Gott, es ist mir völlig egal, ob Chloe freiwillig in dieses Flugzeug steigt oder ob ich sie dazu zwingen muss. Das Einzige, was in diesem Moment für mich zählt, ist, meine Frau auf diese verdammte Insel zu schaffen.

Als Stanley, mein Fahrer, direkt vor dem Eingang für die Privatflieger anhält, sitzt Chloe mir noch immer schweigend gegenüber. In ihren Augen tobt ein heftiger Sturm, doch ich schenke dieser Tatsache nicht die Beachtung, die sie sich wahrscheinlich erhofft hat.

Alles, was in diesem Augenblick für mich zählt, ist, dass mein Engel dieses Flugzeug betritt.

Meine innere Bestie schreit danach, sie einfach zu packen. Doch ich widerstehe dem Drang, sie mir über die Schulter zu werfen. Bevor ich zu solch drastischen Maßnahmen greife, gebe ich ihr zunächst die Chance, mir freiwillig zu folgen.

Tief durchatmend steige ich aus, umrunde den Wagen und öffne ihr die Türe.

Stur meidet sie meinen Blick und macht keine Anstalten, aus meiner Limousine auszusteigen.

„Komm schon, Chloe."
Auffordernd strecke ich ihr meine Hand entgegen, um ihr beim Aussteigen behilflich zu sein.
Genau jetzt, in dieser Sekunde, fällt es mir schwer zu glauben, dass diese widerspenstige Frau in meinem Auto dieselbe ist wie die, die sich heute Morgen auf meinem Schoß sitzend von meinen Fingern hat ficken lassen.
„Ich denke nicht daran!"
Jetzt ist also der Augenblick gekommen, in dem sie feststellen wird, dass ich sie nicht bitten werde!
„Hör mir zu, Baby. In weniger als zehn Minuten wirst du in diesem Flugzeug sitzen. Und es ist mir völlig gleichgültig, ob du freiwillig mit mir mitkommst oder ob ich dich zu deinem Glück überreden muss!"
Trotzig hebt sie ihren Kopf und erwidert meinen Blick.
„Das nennt man nicht überreden, sondern entführen!"
„Baby, es ist mir völlig egal, wie du es nennen willst, das Einzige, was für mich zählt, ist, dass du deinen Arsch in diese Maschine schwingst!"
Die Art und Weise, wie sie ihre Augen zusammenkneift und mich wütend ansieht, ist einfach zu sexy ...
„Und was ist, wenn ich mich weigere?"
So langsam beginnt mir diese Unterhaltung ernsthaft zu gefallen. Ich meine, welcher Mann träumt nicht davon, die heißeste Frau dieses Planeten in sein eigenes Flugzeug zu verschleppen, um sie auf seine eigene Insel zu bringen, damit er sie dann ununterbrochen ungestört ficken kann?
„Dann ist das dein gutes Recht. Doch es wird nichts an der Tatsache ändern, dass du in wenigen Minuten in diesem Flugzeug sitzt!"
Nachdenklich verzieht sie ihre vollen Lippen zu einem sexy Schmollmund.
Diese Frau ist mein Untergang!
„Also ganz ehrlich, Jason, so langsam komme ich zu dem Entschluss, dass du ein Arschloch bist!"
Oh ja! Meine Süße weiß gar nicht, wie gerne ich ihr für diese Äußerung später den Arsch versohlen werde.

„Arschloch hin oder her, ich bin der Mann, der dich die nächsten Wochen zu jeder Tages- und Nachtzeit ficken wird!“

Erschrocken reißt sie ihre Augen auf.

„Wochen?“

So langsam scheint sie zu verstehen, dass ich sie nicht nur für eine Woche entführe.

Nickend beantworte ich ihre Frage.

„Steig jetzt aus, Chloe!“

„Nein!“

Sie wollte es ja nicht anders ...

Blitzschnell beuge ich mich nach vorne, schnappe mir ihre Hände und fessle sie mit meinen Fingern. Knurrend ziehe ich sie aus dem Wagen, werfe sie mir über die Schulter und marschiere mit ihr zu dem auf uns wartenden Jet.

Schimpfend und tretend versucht sie sich zu befreien, doch das interessiert mich nicht wirklich.

Es gibt Augenblicke im Leben eines Mannes, in denen er einfach handeln muss, ohne sich über die Konsequenzen den Kopf zu zerbrechen.

Scheiße!

Anscheinend ist Chloe nicht bewusst, dass das hier noch die angenehmste Variante ist, um sie von all diesen Wichsern, die sich an meiner Frau vergreifen wollen, fernzuhalten.

Früher oder später muss sie einfach lernen, dass sie mir gehört. Und ich habe mich nun mal dafür entschieden, dass mir das früher definitiv besser gefällt!

Mit Leichtigkeit trage ich sie Stufe für Stufe die Gangway in den Jet rauf.

Die Stewardess, die mich freundlich begrüßt und im Flieger willkommen heißt, gibt sich größte Mühe, die zappelnde Frau auf meiner Schulter nicht zu beachten.

Ein Hoch auf diskretes und professionelles Personal!

Chloes wütendes Geschrei verwandelt sich jetzt, wo sie langsam realisiert, dass sie mir nicht entkommen kann, in ein wütendes Schluchzen. Zufrieden stelle ich fest, dass die Türe des Flugzeugs bereits geschlossen wurde.

Langsam setze ich meine süße Gefangene in einen der bequemen Ledersessel, suche ihren Blick und schnalle sie an, ehe ich mich ihr gegenüber hinsetze.

Das wütende Funkeln in ihren Augen verrät mir, dass sie sich noch lange nicht mit ihrer Situation angefreundet hat.

Nachdem ich bei der Stewardess, die sich uns als Hope vorgestellt hat, einen doppelten Whisky für mich und einen Orangensaft für Chloe bestellt habe, lehne ich mich entspannt zurück.

So weit, so gut – bis jetzt läuft alles nach Plan ...

Chloe

Ich bin nicht nur sauer oder wütend, oh nein, ich könnte gerade durchdrehen.

Was denkt sich dieser Mann nur?

Ich meine, was soll das? Er hat gesagt, dass wir Wochen weg sein werden?

Wie kann er das mit seiner Arbeit vereinbaren und was ist mit meiner Kampagne?

Ich wusste von Anfang an, dass er ein Problem mit den Fotos hat. Aber dass er mich deswegen gleich entführt? Darauf wäre ich wirklich nie gekommen!

Dieser Mann muss verrückt sein, wenn er denkt, dass ich ihm diese Aktion jemals verzeihen werde.

Für ihn mag das alles ein Witz sein. Aber für mich ist es mein Leben, das er mir gerade einfach so völlig durcheinanderbringt.

Im Gegensatz zu ihm gehört mir nicht halb New York! Ich habe keine Millionen auf dem Konto und auch sonst keine wirklichen Alternativen ...

Verflixt!

Ich muss diesen Mann aufhalten, bevor das Flugzeug in die Luft geht!

Verzweifelt schlucke ich meinen Stolz runter und suche Jasons Blick.

„Bitte tu mir das nicht an!“

Scheiße! Vor lauter Wut habe ich jetzt auch noch Schluckauf bekommen.

Jasons dunkle Augen nehmen einen sanfteren Ausdruck an.

„Baby“, langsam lehnt er sich zu mir vor, streicht mir mit seiner großen Hand über meine rechte Wange. „Hör auf dir Sorgen zu machen. Alles ist gut.“

Dieser Mann versteht mich einfach nicht ...

„Nichts ist gut! Ich brauche diesen Job, ich muss diese Fotos für diese Kampagne machen. Das ist meine Arbeit, das ist meine Karrierechance. Wenn du mir das nimmst, habe ich alles verloren!“

Meine Stimme wird immer lauter, sodass ich ihn am Schluss regelrecht anschreie.

Entsetzt spüre ich, wie sich der Jet in Bewegung setzt und Richtung Startbahn rollt.

„Bitte, Jason! Stopp die Maschine!“

Ohne auf das Fasten-Seat-Belt-Zeichen zu achten, das dick und rot leuchtet, schnallt er sich ab und rutscht so nah zu mir, dass sich unsere Knie berühren.

Sein eindringlicher Blick hypnotisiert mich und ich spüre, wie sich die Panik in meinem Inneren etwas zurückzieht und mir wieder genug Platz zum Atmen lässt.

Hicksend sitze ich ihm gegenüber und fühle mich wie der Hase, der vor einem großen bösen Wolf sitzt, während er darauf wartet, mit einem Biss verschlungen zu werden.

Seine großen warmen Hände umfassen die meinen, sein Daumen streicht beruhigend über meinen Handrücken.

„Hör mir jetzt gut zu, Chloe! Denn ich werde es dir nur einmal sagen!“

Verwirrt sitze ich vor ihm und kann nichts anderes tun, als seinen eindringlichen Blick zu erwidern, während das Flugzeug mit einem leichten Satz vom Boden abhebt und sich Richtung Himmel aufmacht.

Ich bin verloren ...

„Seit der ersten Sekunde, in der ich dich gesehen habe, will ich dich. Du bist jetzt meine Frau, mein Eigentum und das Wichtigste in meinem Leben. Und ich verspreche dir, dass ich nie etwas tun würde, was dir schadet.“

Sprachlos beobachte ich ihn dabei, wie er tief Luft holt.

„Wenn es dein größter Traum ist, ein Model zu sein, dann werde ich alles in meiner Macht Stehende tun, um dir deinen Traum zu erfüllen. Aber glaube mir, wenn ich dir jetzt sage, dass ich nie, niemals zulassen werde, dass dich ein anderer Mann halb nackt zu Gesicht bekommt!"

Die Emotionen, die seine Wörter in mir auslösen, überrollen mich regelrecht.

Wie ein Echo hallen seine Worte und deren Bedeutung immer und immer wieder durch meinen Kopf.

„... Seit der ersten Sekunde, in der ich dich gesehen habe, will ich dich. Du bist jetzt meine Frau, mein Eigentum und das Wichtigste in meinem Leben. Und ich verspreche dir, dass ich nie etwas tun würde, was dir schadet ... Seit der ersten Sekunde, in der ich dich gesehen habe, will ich dich. Du bist jetzt meine Frau, mein Eigentum und das Wichtigste in meinem Leben. Und ich verspreche dir, dass ich nie etwas tun würde, was dir schadet ... Seit der ersten Sekunde, in der ich dich gesehen habe, will ich dich. Du bist jetzt meine Frau, mein Eigentum und das Wichtigste in meinem Leben. Und ich verspreche dir, dass ich nie etwas tun würde, was dir schadet ..."

Die Aufrichtigkeit in seinen Augen lässt keinen Platz für Zweifel. Jason Stanton, der begehrteste Junggeselle New Yorks, will mich, und er ist mehr als bereit, um mich zu kämpfen. In meinem Bauch zieht sich alles zusammen, mein Herzschlag spielt verrückt und mein Verstand versucht noch immer, das gerade eben Gehörte zu verarbeiten.

Sogar meine Medulla oblongata vergisst, die Synapsen zu aktivieren, die zum Atmen notwendig sind.

Wow ...

Vor lauter Fassungslosigkeit hat sich sogar mein Schluckauf aus dem Staub gemacht.

„Ich muss meiner Mum jeden Abend eine E-Mail schreiben, sonst macht sie sich Sorgen!"

Habe ich das gerade wirklich gesagt?

Da sitzt der heißeste Kerl dieses Planeten vor mir, der mich gegen meinen Willen entführt hat und mir gerade unverblümt mitgeteilt hat, dass ich jetzt seine Frau bin, und ich kann an nichts anderes denken als daran, dass ich meiner Mutter eine E-Mail schreiben muss.

Ach du heilige Scheiße! Ich muss ja wirklich sehr verwirrt sein!

Jason sieht mich amüsiert an.

„Nach allem, was ich dir gerade gesagt habe, denkst du also an deine Eltern?"

Amüsiert schüttelt er seinen Kopf, während er sich noch weiter vorbeugt, seine rechte Hand in meinen Nacken legt und mich zu sich heranzieht.

Sanft streicht er seine Nasenspitze an der meinen, ehe sich seine Lippen liebevoll auf meinen Mund legen. Gierig sauge ich seinen Duft in mich auf, ehe ich seinen gefühlvollen Kuss langsam erwidere.

Auch wenn ich jetzt seine Beweggründe kenne, bin ich noch lange nicht mit seinen Handlungen einverstanden. Ich meine, musste er mich denn wirklich gleich entführen?

Die Romantikerin in mir hüpft begeistert auf und ab, sie ist überglücklich und kommt sich vor wie in ihrem ganz persönlichen Märchen.

Seine Zunge umschlingt die meine, erkundet meinen Mund und lässt mich leise seufzen – dieser Mann kann vielleicht küssen ...

Atemlos und mit wild schlagendem Herzen spüre ich, wie er unseren Kuss beendet, sich in seinem Sitz zurücklehnt und mich zufrieden ansieht.

In meinem Kopf beginnt sich erneut das Gedankenkarussell wie wild zu drehen. Unmengen von Fragen sorgen dafür, dass sich mein Bauch unangenehm zusammenzieht.

„Was passiert jetzt mit ‚Devil Dessous', ich meine, ich habe immerhin einen Vertrag unterschrieben und mich verpflichtet, diese Shootings zu absolvieren."

Jasons Mimik bekommt schlagartig einen harten Ausdruck, während er mir tief in die Augen sieht.

„Keine Sorge, du wirst deswegen keine Probleme bekommen!"

„Ach, und wer sagt das? Du?"

„Das sagt dir der Inhaber der ‚Devil Dessous'-Firma."

Es dauert einen kurzen Augenblick, bis ich verstehe, was er mir da gerade gesagt hat.

„Willst du mir etwa gerade sagen, dass du die Firma gekauft hast?"

Seine Kontrollsucht kennt wirklich keine Grenzen ...

„Genau genommen gehört mir die Firma schon seit Längerem, aber ich habe mich nicht an der Firmenleitung beteiligt."

Neugierig sehe ich ihn an, und auch wenn ich wahrscheinlich schon die Antwort auf meine Frage kenne, muss ich es einfach aus seinem Mund hören.

„Und warum beteiligst du dich dann jetzt?"

„Deinetwegen. Ich konnte einfach nicht zulassen, dass die Fotos meiner halb nackten Frau im ganzen Land aufgehängt werden.

Dass Jason ein sehr besitzergreifender Mann ist, war mir von der ersten Sekunde an bewusst, aber dass seine Gier solche Ausmaße annehmen kann, hätte ich wirklich nicht gedacht.

In den letzten Minuten hat sich mein Leben, wie so oft in der letzten Zeit, mal wieder schlagartig geändert und um ehrlich zu sein, weiß ich noch nicht genau, was ich davon halten soll.

Ist diese neue Entwicklung gut oder schlecht?

Was bedeutet sie für mich und welche langfristigen Auswirkungen hat diese ganze Sache auf mein Leben?

Du bist jetzt arbeitslos ...

Mein Unterbewusstsein sieht mich mit hochgezogenen Augenbrauen an. Auf meinem Konto müssten sich jetzt noch circa 2900 Dollar befinden, und die werden jetzt, wo ich keinen Job mehr habe, schneller aufgebraucht sein, als mir lieb ist.

Dank Jasons Du-gehörst-nur-mir-Anfall muss ich mir schnellstens eine neue Arbeit suchen.

Aber als was?

Vielleicht sollte ich es ja wie der so berühmte Tellerwäscher machen?

Was für ein Chaos!

Im Augenwinkel sehe ich, dass Jason mich mit einem undurchdringlichen Blick beobachtet, so als würde er damit rechnen, dass ich jede Sekunde aufspringen, eine Waffe ziehen und das Flugzeug zum Wenden zwingen würde.

An sich keine schlechte Idee, aber ich habe leider keine Waffe in meiner Handtasche!

Übermüdet und irgendwie völlig erschlagen, lehne ich mich in den gemütlichen Sitz zurück und lasse meinen Blick durch Jasons Jet gleiten.

Was für ein Luxus!

Der beigefarbene Teppich, der den kompletten Boden einnimmt, harmoniert mit den sehr gemütlichen weiß-beigen Ledersesseln, die sich gegenüber von dem gigantischen Flatscreen befinden. Blumenvasen, in denen sich weiße Orchideen befinden, stehen auf den mit tropischem Holz vertäfelten Ablageflächen. Die vielen kleinen Fenster ermöglichen mir einen Blick auf die Zuckerwattewolken, die von hellen Sonnenstrahlen geküsst werden. Hier in Jasons Luxusjet verspüre ich nicht den Hauch von Flugangst, die sich eigentlich immer dann schlagartig in mir ausbreitet, sobald ich ein Flugzeug auch nur betrete.

Irgendwie komme ich mir gerade ein bisschen so vor, als wäre das alles nur ein ziemlich verrückter Traum.

Nachdenklich und gerade nicht wirklich in der Stimmung für ein Gespräch mit meinem kontrollsüchtigen Entführer sehe ich einfach nur aus dem Fenster und denke darüber nach, wie ich mein völlig außer Kontrolle geratenes Leben wieder in den Griff bekommen soll.

Jason

Nachdenklich beobachte ich meine ungewohnt schweigsame Frau.

Was wohl gerade in ihrem hübschen Kopf vorgeht?

Ich weiß, dass sie diese Kampagne wirklich unbedingt machen wollte, doch das konnte ich einfach nicht zulassen.

Der Flug wird noch gute vier Stunden dauern, und es wäre das Beste für sie, wenn sie eine Runde schlafen würde, immerhin habe ich sie in der vergangenen Nacht nicht gerade viel schlafen lassen.

Geduldig nippe ich an meinem Whisky, schnappe mir mein Notebook und vertiefe mich in die Arbeit.

Auch wenn ich es Chloe gegenüber nicht zugeben werde, aber es war gar nicht so leicht, mir die nächsten Wochen freizuschaufeln.

In der nächsten Zeit stehen ein paar wirklich wichtige Geschäftsabschlüsse an, die eigentlich meine Anwesenheit erfordert hätten. Doch ich habe mich gut vorbereitet und es sollte möglich sein, das alles mithilfe der modernen Technik abzuwickeln.

Chloe

Das nächste Mal, als ich meine Augen aufschlage, raubt mir der Ausblick beinahe den Atem. Soweit das Auge reicht, erstreckt sich der tiefblaue Ozean bis zum Horizont. Glitzernd und funkelnd brechen sich die Sonnenstrahlen auf der Wasseroberfläche. Der Himmel ist wolkenfrei und von so einem intensiven Blau, dass ich gar nicht mehr wegsehen kann.

Links am äußeren Rand des kleinen Fensters sehe ich einen grünen Schatten. Neugierig verändere ich meine Sitzposition und entdecke eine kleine Insel. Der weiße Sandstrand, der sich beinahe rings um das Eiland erstreckt, wird von türkis-grünem Wasser eingerahmt. Große Palmen recken sich dem Himmel entgegen, ehe der Wald abrupt endet und von einer großen Grünfläche ersetzt wird. Von hier oben sieht das Haus, das in der Mitte der grünen Oase liegt, winzig aus, doch ich weiß jetzt schon, dass dieser Eindruck nur täuscht.

So wie ich Jason kenne, ist es eine riesige Villa, die alles, was ich bisher gesehen habe, mit Leichtigkeit in den Schatten stellt.

„Das ist ‚Little Ragged Island'".

„Diese Insel ist wunderschön!"

Jasons Mundwinkel zucken leicht, er stellt seinen Laptop auf die Seite und wir sehen gemeinsam aus dem Fenster.

„Ja, das ist sie. Als ich sie das erste Mal gesehen habe, musste ich sie einfach kaufen."

Hat er das gerade wirklich gesagt?

Erstaunt sehe ich ihn an.

„Hast du gerade wirklich gesagt, dass diese Insel dir gehört?"

„Ja, das habe ich."

Meine Ungläubigkeit scheint ihn zu amüsieren.

„Die ganze Insel?“

„Bis zur letzten Palme.“

Wow ...

„Fuck!“

Aus den Lautsprechern ertönt die dunkle Stimme des Piloten, der uns freundlich darauf hinweist, dass wir in wenigen Minuten landen werden und wir uns auf unsere Plätze begeben und anschnallen sollen.

Da ich anscheinend die meiste Zeit des Fluges verschlafen habe, was ja auch kein Wunder nach der letzten Nacht ist, bin ich die ganze Zeit kein einziges Mal aufgestanden.

Jetzt, wo ich weiß, dass mich Jason auf seine eigene Insel bringt, bin ich noch viel nervöser als zuvor. Hier werde ich mit ihm alleine sein, ganz alleine.

Das gibt der Tatsache, dass er mich regelrecht entführt hat, gleich noch mal mehr Bedeutung.

***

Nachdem uns der Pilot sicher auf die Insel runtergebracht hat, lässt es sich Jason natürlich nicht nehmen, mich abzuschnallen, an sich zu ziehen und wild und stürmisch zu küssen. Erst als ich nur noch ein zitterndes Häufchen weiblicher Hormone bin, lässt er von meinem Mund ab und streckt mir seine Hand entgegen.

„Komm schon, Baby, es wird Zeit, dass ich dir das Paradies zeige!“

Die Stewardess verabschiedet sich höflich von uns beiden, ehe sie wieder im vorderen Teil des Jets verschwindet.

Was die wohl von mir denken muss?

Die heiße tropische Sonne scheint auf uns herab, während wir Händchen haltend die Gangway heruntersteigen. Die hohe Luftfeuchtigkeit sorgt dafür, dass sich innerhalb weniger Sekunden kleine Schweißperlen im Nacken bilden.

Oh mein Gott!

Die bittere Erkenntnis, dass ich nichts außer den Klamotten, die ich am Leib trage, dabeihabe, lässt mich erschrocken stehen bleiben.

Nervös zupfe ich leicht an Jasons Hand.

Fragend sieht er mich an, während er mich zu der wartenden Limousine führt.

„Was ist los, Süße?“

„Ich habe überhaupt kein Gepäck dabei!“

„Natürlich hast du das nicht. Schließlich wusstest du ja nicht, dass du heute auf meine Insel fliegst.“

Seine Gelassenheit treibt mich in den Wahnsinn.

„Aber ...“

Jason lässt mich nicht aussprechen. Bestimmend legt er mir seinen Finger auf die Lippen und sieht mir in die Augen.

„Baby! Ich habe dir gesagt, dass ich für dich sorgen werde, also reg dich nicht auf und vertrau mir.“

Dieser Mann hat leicht reden, immerhin ist es ja nicht sein Leben, das gerade auf links gedreht wird. Aber da mir in meiner derzeitigen Situation nichts anderes übrig bleibt, als ihm zu vertrauen, halte ich meine Klappe und lasse einfach alles auf mich zukommen.

Seit mir dieser Mann über den Weg gelaufen ist, gleicht mein Leben einem einzigen Abenteuer!

Nach einer kurzen Fahrt in der angenehm kühl temperierten Limousine biegen wir in einen kleinen Feldweg ein.

Wow ... Ich hatte also doch recht ...

Die dreistöckige Villa, die sich inmitten der paradiesischen grünen Oase befindet, gleicht einem viktorianischen Meisterwerk. Der imposante Eingangsbereich wird von zwei dicken Säulen gesäumt. Der helle Backstein harmoniert perfekt mit dem dezenten elfenbeinfarbenen Anstrich, dessen Farbton sich in vielen der verwendeten Baumaterialien wiederfindet.

Ein absoluter Traum!

Sprachlos bleibe ich mitten vor der Villa stehen und sauge den Anblick in mich auf – das kann einfach alles gar nicht wirklich passieren!

„Gefällt es dir?“

„Ob es mir gefällt? Es ist wunderschön!“

Übermütig zieht er mich in seine Arme, presst mich an seinen Brustkorb und wirbelt mich im Kreis, während meine Lippen die seinen finden.

So verrückt und verwirrend das im Moment auch alles für mich sein mag. Ich schaffe es einfach nicht, noch länger auf Jason böse zu sein. Diese Insel ist so wunderschön und so friedlich. Bis auf das Gezwitscher der Vögel und das leise Rauschen der Wellen, die sich auf dem Sand des Strands verlieren, höre ich nichts.

Jason öffnet die große weiße Haustüre und zieht mich immer tiefer in die beeindruckende Villa.

Jason

Chloe ist der erste Mensch, den ich mit auf diese Insel nehme, sie ist die Einzige, die ich hier bei mir haben will. Dieser Ort ist für mich etwas ganz Besonderes, hier finde ich meinen inneren Frieden. Glücklich darüber, dass ihr mein Haus gefällt, führe ich sie in das Innere der Villa. Ohne ihr die Möglichkeit zu geben, sich genauer umzusehen, ziehe ich sie hinter mir her die breite Treppe hoch.

Oben angekommen, hebe ich sie ungeduldig auf meine Arme, eile mit ihr den langen Flur entlang und bringe sie direkt in das Schlafzimmer, das ich immer benutze, wenn ich hier bin.

„Endlich habe ich dich ganz für mich alleine!“

„Das hattest du mich in New York auch schon ...“

Meint sie das ernst?

Ich sehe sie finster an, damit sie einsieht, dass das ganz und gar nicht stimmt.

„In New York haben ununterbrochen irgendwelche Arschlöcher an dir geklebt. Ganz davon abgesehen hast du durch einen leichtsinnigen Kuss mit einer anderen Frau eine überdimensionale Schlägerei angezettelt. Verzeih mir also, wenn ich deine Einschätzung nicht teile!“

Die weißen Bettlaken verströmen den angenehmen Geruch von frischen Lilien, und ich kann es nicht abwarten, diesen Duft mit dem von meiner Frau zu vermischen.

Langsam lasse ich sie an meinem Körper hinabgleiten, fixiere ihren Blick mit dem meinen und ziehe sie langsam aus. Wenn ich sie nicht in wenigen Augenblicken nackt unter mir liegen habe, verliere ich noch meinen Verstand ...

Jede Zelle meines Körpers sehnt sich nach ihrem Geschmack, nach der engen Hitze ihrer Pussy und ihren Fingern, die sich auf der Suche nach Halt in meine Haut graben.

In dem Augenblick, in dem sie nackt und schutzlos vor mir steht, beginnt sich ein intensives Prickeln in meinem Herzen auszubreiten.

Knurrend zeichne ich mit meinen Fingerspitzen den dunklen Warzenhof ihrer Brustwarzen nach. Massiere das weiche Fleisch und ziehe hart an ihren aufgerichteten Nippeln. Wimmernd schließt sie ihre Augen, gibt sich meinen Berührungen hin und schenkt sich mir bedingungslos ...

Chloe

Nackt und schutzlos stehe ich vor ihm, während seine Finger über meine Haut gleiten. Gerade als sich meine Knie in Wackelpudding verwandeln, schlingt er seinen Arm besitzergreifend um meine Körpermitte und presst mich an seinen Brustkorb.

Hart und kraftvoll spüre ich seinen Körper an dem meinen, jeder seiner Muskeln ist vor Lust angespannt. Erregt schließe ich meine Augen, lehne mich noch etwas näher zu ihm und stelle mich auf die Zehenspitzen. Süchtig nach ihm, seinen Händen und seinen Küssen, presse ich mich an ihn und vergrabe meine Finger in den weichen Haaren in seinem Nacken.

Jason reagiert sofort, er hebt mich leicht an, während seine Zähne gierig an der empfindlichen Haut an meinem Hals knabbern. Erst als ein heißer Schauer über meinen Rücken rieselt, beendet er seine köstliche Folter.

„Küss mich, Jason!“

Knurrend kommt er meiner Aufforderung nach. Seine Hände legen sich besitzergreifend auf meinen Po, graben sich fest in mein Fleisch. Meine Leidenschaft steht seiner in nichts nach. Unsere Zähne schlagen aufeinander, meine Finger ziehen an seinen Haaren, während er mit seinem Oberschenkel meine Beine spreizt. Gierig reibe ich meinen pochenden Unterleib an seinem Oberschenkel. Der raue Stoff seiner Hose, sein Finger, der sich auf meinen Anus legt, und seine gierige Zunge, die mir den Atem raubt ...

Ich bin verloren ...

Aus unserem Kuss wird ein heftiges Vorspiel, das meinen Puls in die Höhe schnellen lässt.

Knabbernd saugt er meine Unterlippe zwischen seine Zähne, beißt leicht rein und vertreibt mit einem sanften Zungenschlag den leichten Schmerz. Keuchend und erregt stehen wir uns gegenüber, ein kurzer Blick in seine vor Lust dunklen Augen zeigt mir, wie sehr er mich will.

„Ich will dich ganz tief und hart in mir spüren!"

Langsam löse ich mich aus seiner Umarmung und beginne damit, ihn auszuziehen.

Wenige Augenblicke später steht er groß und kraftvoll vor mir. Sein harter Schwanz reckt sich mir entgegen, während die Muskeln in seinem Sixpack ungeduldig zu zucken beginnen. Sein Bizeps spannt sich an, und sein Blick legt sich auf das Dreieck zwischen meinen Schenkeln.

„Du bist absolut perfekt. Und du gehörst nur mir!"

Seine Worte streifen federleicht über meine Seele, während ich langsam vor ihm auf die Knie sinke.

In der Sekunde, in der er erkennt, was ich vorhabe, löst sich ein dunkles Knurren aus seiner Kehle. Sanft umschließe ich mit meiner Hand seinen dicken Schwanz, massiere ihn pumpend der Länge nach und lecke mir gierig über die Lippen. Als sich die ersten Lusttropfen an dem kleinen Schlitz an der Spitze seiner Eichel sammeln, lehne ich mich vor und lecke sie ab. Sein herber, moschusartiger Geschmack erfüllt meine Sinne und schickt einen Schwall Feuchtigkeit zwischen meine Beine.

Saugend lasse ich seine komplette Eichel in meinen Mund gleiten, züngle leicht darüber und nehme ihn Zentimeter für Zentimeter tiefer in mir auf.

Sein animalischer Blick ruht auf meinem Gesicht, während sich seine Hände in meine Haare krallen.

Schwer und warm liegt sein Glied auf meiner Zunge, langsam lasse ich meinen Kopf in seine Richtung gleiten, so lange, bis ich ihn tief in meiner Kehle spüre.

Mit meiner rechten Hand massiere ich seine Hoden, ziehe leicht an ihnen und sorge dafür, dass sie immer praller werden.

Ich intensiviere mein Saugen, züngle über seine komplette Länge und presse meine Lippen fest zusammen. Ich spüre, wie sich sein ganzer Körper anspannt, seine Oberschenkel zucken ungeduldig, während er fest an meinen Haaren zieht, um meinen Rhythmus zu bestimmen.

Rein – raus – rein – raus ...

Jason

Bei allen Göttern, diese Frau ist mein Tod!

Der Anblick, den sie mir bietet, ist das Geilste, was ich in meinem ganzen Leben jemals gesehen habe. Nichts fühlt sich besser an, als die Frau meines Lebens vor mir knien zu sehen. Ihre Wangen wölben sich, während sie meinen Schwanz tief in ihre heiße Kehle saugt. Knurrend vergrabe ich meine Finger in den weichen Strähnen ihrer Haare, übe so mehr Kontrolle auf sie aus, während ich die meinige völlig verliere.

Ihre raue Zunge raubt mir den Atem, geschickt spielt sie mit meinen Eiern, massiert sie und zieht sie sanft in die Länge. Keuchend schnappe ich nach Luft, vor meinen Augen breiten sich schwarze Flecken in meinem Sichtfeld aus, während sich mein Verstand leise flüsternd verabschiedet.

Meine inneren Dämonen brüllen laut, sie wollen sie unterwerfen und ihre Haut zeichnen ...

Ich versuche sie zu beschwichtigen, sie auf später zu vertrösten, doch es will mir einfach nicht gelingen. Vertrauensvoll öffnet sie ihre Augen und erwidert meinen Blick. Ihre vollen Lippen umschließen den dicken Schaft meines Penis, während sich jeder noch so kleine Muskel meines Körpers krampfartig anspannt.

Nimm sie!
Fick sie!
Benutz sie!
Wir wollen sie schreien hören!

Die Bestie in mir reißt sich brüllend von ihren Ketten los, übernimmt die Herrschaft über mein Denken und die Kontrolle über meine Handlungen.

Mein Besitzanspruch dieser Frau gegenüber ist grenzenlos, und ich habe das Gefühl, dass er immer stärker wird!

Ich werde niemals zulassen, dass sie sich in Gefahr begibt oder sich von mir entfernt.

Hier auf meiner Insel habe ich die völlige Kontrolle über sie ...

Ich spüre, wie sich meine Eier für den finalen Schuss fertig machen, und entziehe mich fauchend ihrem fantastischen Mund.

Wenn ich wirklich dachte, dass diese Insel mein Paradies ist, wurde ich jetzt eines Besseren belehrt – ihre Lippen sind der wahre Garten Eden.

Süchtig nach ihrer Wärme, ziehe ich sie zu mir hoch, presse ihren kleinen Körper an den meinen und lasse sie meine Kraft spüren. Ich will, dass sie ganz genau fühlt, wie schutzlos sie ist. Diese kleine, sture Frau ist mein Leben und meine Zukunft.

Ich weiß, dass ich die Kontrolle über meine Sehnsüchte verloren habe, doch ich kann jetzt nichts mehr daran ändern ...

Wild und erbarmungslos duelliere ich mich mit ihrer Zunge, meine Hände wandern über ihren Körper und ich weiß ganz genau, was ich jetzt mit ihr tun werde.

Unter meinem Ansturm wird ihr Körper weich und anschmiegsam und aus ihrem Mund kommt ein süßes Wimmern.

Meine Urinstinkte brüllen laut und fordern ihre endgültige Unterwerfung.

Ungeduldig lege ich meine Hände auf ihren kleinen, runden Po und hebe sie hoch. Es wird verdammt noch mal Zeit, meiner Frau endgültig begreiflich zu machen, wessen Eigentum sie ist!

Ohne Zeit zu verlieren, drehe ich sie in meinen Armen um und lege meine Hand um ihren schmalen Hals. Bestimmend drücke ich sie nach unten, erst als sie bäuchlings auf dem nach Lilien duftenden Bett liegt und sich ihr runder Po schutzlos und aufreizend vor mir windet, spüre ich, wie ich mich wieder etwas unter Kontrolle bekomme.

Tief in meinem Inneren wütet ein gefährliches Durcheinander.

Meine innere Bestie will sie leiden lassen, ihr Schmerz zufügen und sie anschließend hart ficken. Bemüht, meine außer Kontrolle geratenen Sehnsüchte zu bändigen, bücke ich mich, um mein Hemd aufzuheben.

Kraftvoll reiße ich zwei Stücke Stoff davon ab und fessle Chloes Hände an das Kopfteil des Betts.

„Jetzt bist du mir wehrlos ausgeliefert!"

Keuchend leckt sie sich über die Lippen, sieht mir tief in die Augen und saugt ihre Unterlippe zwischen die Zähne.

Langsam fahre ich mit meiner Hand über ihren Rücken, spüre jeden einzelnen ihrer Wirbel und beobachte fasziniert, wie sich ihr Atem alleine durch diese Berührung beschleunigt.

Ihre weiche Haut lockt mich wie magisch an.

Das sanfte Blau ihrer Adern, das ich durch ihre milchweiße Haut sehen kann, lässt meine Bestie laut knurren.

Wenn Chloe wüsste, mit welchen Sehnsüchten ich gerade kämpfe, würde sie in Tränen ausbrechen und um Gnade flehen.

Doch in meiner jetzigen Verfassung würde mich selbst das nur noch mehr erregen.

Meine Besitzgier ihr gegenüber hat ein ungesundes Maß erreicht.

Es ist nicht mehr nur so, dass ich sie begehre, oh nein, mittlerweile ist sie der Mittelpunkt meines Lebens.

Jeder meiner Gedanken wird von ihr dominiert, mein Körper sehnt sich nach ihren Berührungen und meine Welt hat angefangen, sich nur noch um sie zu drehen.

Und das ist auch der Grund, warum es mir so schwerfällt, zu akzeptieren, dass ich ausgerechnet sie nicht unter meiner hundertprozentigen Kontrolle habe.

Genussvoll zeichne ich die weichen Rundungen ihres Pos nach und lausche ihren immer schneller werdenden Atemzügen.

Zufrieden beobachte ich, wie sie prüft, wie fest die Fesseln an ihren Handgelenken sind. Mittlerweile sollte meine Süße allerdings wissen, dass ich ein Mann bin, der nichts vortäuscht.

Mein Engel muss lernen, dass sie mir ausgeliefert ist, dass sie unter meiner Kontrolle steht und dass ich zu allem, wirklich allem, bereit bin, nur um sie zu beschützen und zu besitzen!

Gierig fahre ich mit meinen Fingern durch die weiche Spalte ihres knackigen Pos, streife über ihre Pussy und stelle zufrieden fest, dass meine Süße zwar verängstigt, jedoch auch erregt ist.

Nass und cremig erwartet ihr Körper meine Inbesitznahme.
Maßlos erregt, dringe ich mit zwei meiner Finger in ihren heißen Körper ein, mein Daumen reibt sanft, jedoch quälend langsam über ihren Kitzler und ich beobachte fasziniert, wie sich ihre Atmung und ihr Herzschlag verändern.
Immer härter kreise ich über ihre Lustperle, lasse ihre Lust anschwellen und stoppe die Bewegung, erst kurz bevor sie ihren Höhepunkt erreicht.
Das leise gequälte Wimmern, das sich aus ihrem Mund löst, lässt mich zufrieden erschaudern.
Die nächste Stunde wird sie erfahren, wie es sich anfühlt, unterworfen zu werden. Und ich werde das so lange mit ihr wiederholen, bis sie endlich versteht, dass sie sich meinem Willen zu beugen hat.
Meine Sinne wittern ihre bittersüße Angst, als ich für einen kurzen Augenblick den Raum verlasse. Nebenan, im begehbaren Kleiderschrank, schnappe ich mir einen seidenen Schal.

Vergiss nicht ihre Vorgeschichte! Vergiss nicht, dass es ihr erstes Mal ist!

Mein Gewissen sorgt dafür, dass ich die wichtigsten Dinge nicht vergesse, während ich zurück zu ihr gehe.
Der Anblick, wie sie nackt und mit gespreizten Schenkeln in meinem Bett liegt, lässt mein Herz schneller schlagen.
Ohne ein Wort zu sagen, stelle ich mich direkt neben sie, streiche mit meinen Fingerspitzen über ihren Nacken hinab bis zu ihrem Po.
Ein heftiger Schauer lässt sie erbeben, während ich meine Hand zwischen ihre Schenkel schiebe und mit meinem Daumen in sie eindringe. Heiß und willig empfängt mich ihre enge Scheide.
Tief durchatmend knie ich mich über sie und lege ihr den weichen Seidenstoff um den Hals. Schlagartig beschleunigt sich ihr Atem, während sie leicht an den Fesseln zieht.
„Jason, bitte ..."
„Schhhh, vertrau mir, Baby!"

Mit meiner Hand stimuliere ich wieder ihre geschwollene Perle, mein Daumen reibt über ihre nassen Schamlippen und meine Gier nach ihr steigt ins Unermessliche.

Nur meins!

Trotz ihrer Angst oder gerade wegen ihr wird sie immer nasser.

Das süße Aroma ihrer Erregung erfüllt die Luft und ich kann ihr nicht länger widerstehen.

Hungrig beuge ich mich zu ihr herunter, fahre mit meinen Lippen über die weiche Haut an ihrem Rücken und lecke ihren süßen Schweißfilm ab.

Kontrolliert ziehe ich den seidenen Stoff an ihrem Hals etwas fester zu, sofort wird ihre Atmung flacher und ihre Möse noch feuchter.

Saugend, knabbernd und leckend reize ich die Haut an ihrem Schulterblatt ... Bestimmend schlinge ich meinen Arm um ihren Körper, Chloe ahnt, was ich will, und geht auf die Knie. In dieser Position reckt sich ihr kleiner Po noch aufreizender in meine Richtung. Rosa, geschwollen und feucht glänzend bietet sie mir in dieser Position ihre feuchte Muschi an.

Angespannt bringe ich mich hinter ihr in Position, genieße den köstlichen Augenblick und ramme mich mit einem harten Stoß tief in ihren engen Körper.

Ihr lauter Schrei und die Art und Weise, wie sie an ihren Fesseln zerrt, lassen mir jegliches Blut in den Schwanz schießen!

Mich tief in ihr vergrabend ziehe ich erneut an dem seidigen Schal. Meine Hände greifen ihr langes Haar, meine Faust schlingt die weichen Strähnen hart um meine Finger und ich ziehe ihren Kopf in den Nacken.

Jetzt erfährt meine Frau endlich, wie es sich anfühlt, unterworfen zu werden.

Das leise Stöhnen, das sie mit dem bisschen Atem, den sie noch bekommt, von sich gibt, lässt mich beinahe kommen.

Rhythmisch dringe ich in sie ein, mache sie mit jedem erneuten harten Vorstoß noch mehr zu der meinen.

Ihre Scheidenwände beginnen zu zucken und ich spüre, dass sie kurz davor ist zu kommen. Langsam ziehe ich mich aus ihr zurück und erhöhe den Druck auf die Seide, die sich eng um ihre Kehle zuzieht. Das leise Wimmern, das sie von sich gibt, meine Faust, die ihren Kopf nach hinten zieht, und mein harter Schwanz, der immer wieder tief in sie eindringt ...

Immer härter und schneller lasse ich sie meine Kraft spüren, erst als sie laut stöhnend die Augen verdreht und ich die heftigen Zuckungen ihres Orgasmus spüren kann, lockere ich die weiche Seide, lasse ihre Haare los und spritze meinen Samen brüllend in ihren bebenden Körper.

Chloe

Verloren treibe ich in einem süßen Nichts. Der Schwebezustand, in dem ich mich gerade befinde, besteht aus reiner Glückseligkeit. Eine Welle Endorphine rollt über meinen postkoitalen Verstand hinweg, während sich mein Herz nach seiner Nähe verzehrt.

Der Orgasmus, den Jason mir gerade geschenkt hat, war geradezu überwältigend.

Es war unfassbar erotisch, ihm so ausgeliefert gewesen zu sein. Seine Kraft und seine Kontrolle haben dafür gesorgt, dass ich mich ihm ganz und gar unterworfen habe. Er hatte die Herrschaft über meinen Körper und meinen Geist, und auch wenn es ein klein wenig beängstigend war, war es dennoch eine Offenbarung.

Seufzend genieße ich seine langen Finger, die zärtlich über mein Handgelenk streichen, ehe er mich beschützend in seine Arme zieht.

Vertrauensvoll kuschle ich mich an ihn, sauge seinen köstlichen Geruch in mich ein.

Jetzt gerade fühlt es sich ein bisschen so an, als hätte er mich in hundert kleine Einzelteile zerlegt, die er jetzt durch seine Fürsorge wieder zusammensetzt.

Das Gefühl der Geborgenheit legt sich wie eine schützende Hülle um mein Herz, während auf meinen Lippen drei Wörter darauf warten, das erste Mal laut ausgesprochen zu werden.

Ich liebe dich ...

Noch schaffe ich es nicht, ihm meine Gefühle so klar zu gestehen, doch ich weiß, dass es nicht mehr lange dauern wird, bis mir diese Wörter über die Lippen kommen.

Ob der geheimnisvolle Mann, der mir gerade so zärtlich einen Kuss auf den Scheitel haucht, dasselbe für mich empfindet?

„Du riechst nach mir!“

Knurrend vergräbt er seine Nase in meinen Haaren und saugt meinen Geruch in sich ein.

Seine Finger schieben sich zwischen meine Beine, gleiten über meine nassen Schamlippen.

„Mein Sperma läuft aus deinem Körper."

Langsam reibt er mich mit seinem Samen ein.

„Du gehörst nur mir!"

Ich gehöre nur ihm ...

Mein Verstand wiederholt seine Worte immer und immer wieder.

Ich gehöre nur ihm ...

Das primitive und urtümliche Gefühl der Zusammengehörigkeit erfüllt mich, während ich seine Finger ergreife, zu meinem Mund führe und zwischen meine Lippen sauge. Langsam umkreise ich mit meiner Zungenspitze seine Finger, sein herber Geschmack streicht über meine Geschmacksnerven, während sich sein Körper schlagartig anspannt.

Jason hat recht, jedes seiner Worte ist wahr. Er ist mein Mann und ich bin seine Frau. Wir gehören zusammen und besitzen einander – für immer!

Jason

Mit meiner Welt mehr als zufrieden beobachte ich die kleine rote Krabbe, die sich seitwärts über den Strand bewegt. Die große Palme, an die ich mich gerade anlehne, spendet uns etwas Schatten, während die heißen Sonnenstrahlen der Karibik den Ozean in unendlich vielen Blautönen schimmern lassen.

Das leise Rauschen der Wellen, die sich am Sandstrand brechen, wird nur von Chloes glücklichem Lachen unterbrochen.

„Komm schon, Jason ..."

Ganz das selbstsüchtige Arschloch, das ich in ihrer Nähe immer bin, habe ich ihr nur ein sehr knappes Bikiniunterteil rausgelegt. Was bedeutet, dass der Anblick, der sich mir gerade bietet, phänomenal ist.

Ihre vollen Brüste wippen leicht beim Laufen, während kleine Wassertropfen über ihren flachen Bauch laufen.

Knurrend fasse ich mir in den Schritt und positioniere mein hartes Glied anders.

In der Nähe dieser Frau verwandle ich mich in ein wildes Tier, das an nichts anderes denkt als daran, sein Weibchen zu besteigen.

„... lass mich nicht alleine baden. Stell dir vor, es kommt ein Hai, dann musst du mich beschützen!"

Diese Frau treibt mich in den Wahnsinn!

Wenn sie meinen Beschützerinstinkt reizt, weiß sie ganz genau, dass sie mich drankriegt.

Langsam stehe ich auf, gehe direkt auf sie zu und fixiere ihren Blick. In ihren wunderschönen Augen blitzt der Übermut, zumindest, bis ich nur noch wenige Schritte von ihr entfernt bin. Denn dann erkennt sie, was ich vorhabe, und sie dreht sich schnell um, um vor mir zu flüchten.

Sie entkommt mir nicht! Niemals!

Mit wenigen großen Schritten habe ich sie eingeholt. „Du kleines Biest." Ich umfasse ihre Taille, hebe sie über meinen Kopf und werfe sie in das tiefere Wasser.

Prustend taucht sie wieder auf und funkelt mich wütend an.

Lachend lasse ich mich in das Wasser sinken und schwimme auf sie zu. Doch mein widerspenstiger Engel scheint noch immer nicht genug zu haben. Übermütig spritzt sie mich nass, während sie versucht vor mir davonzuschwimmen.

Mein Jagdtrieb ist geweckt, meine Sinne sind auf die süße Beute vor mir konzentriert, während ich sie stetig einhole.

Mein!

Schnell schlinge ich ihr meinen Arm um die Mitte, fange sie ein und ziehe sie an mich.

„Keine Chance, Baby! Du entkommst mir nicht!"

Widerstandslos lässt sie sich einfangen, schlingt mir ihre Beine um die Hüfte und presst ihre vollen Brüste an meinen Oberkörper.

Bei allen Heiligen ...

„Leg dich zurück und lass dich vom Wasser treiben."

Vertrauensvoll tut sie, was ich ihr sage, ihre langen Haare scheinen in der Sonne golden, während sie sich wie ein Fächer ausbreiten.

Wie kleine Beeren strecken sich ihre Nippel der Sonne entgegen, während sich ihre Brüste über der Wasseroberfläche befinden.

Ich habe nie etwas Schöneres gesehen!

Langsam ziehe ich sie zu mir, schlinge meine Arme um sie und trage sie raus aus dem Meer an den Strand.

Die kleine Krabbe hat es mittlerweile geschafft, sich in die kühlen Fluten zu stürzen, was bedeutet, dass wir jetzt ganz und gar alleine sind.

Eng umschlungen liegen wir auf der Decke, lauschen den Geräuschen der Natur und entspannen uns.

Früher oder später werde ich sie zurück nach New York bringen müssen, doch ich bin fest entschlossen, zukünftig noch besser auf sie aufzupassen. Chloe ist jung und verspielt. Es ist selbstverständlich, dass sie auf Partys will, doch ich werde in Zukunft immer an ihrer Seite sein. Bei allem, was mir heilig ist, ich werde ihr nicht noch einmal die Möglichkeit geben, jemand anderen zu küssen. Ihre vollen, weichen Lippen gehören nur mir, und ich bin nicht bereit, sie zu teilen ...

Chloe

Heute Nachmittag am Strand war Jason so entspannt, wie ich ihn noch nie zuvor erlebt habe. Von dem knallharten CEO war nichts mehr zu sehen.

Erschöpft nach dem vielen Schwimmen, oder soll ich es eher Planschen nennen, kuschle ich mich zu Jason auf die weiche Decke, die er für uns im Schatten der Palmen ausgebreitet hat, und lasse meinen Gedanken freien Lauf.

Wie so oft in den letzten Tagen hat sich mein Leben heute Morgen mal wieder schlagartig verändert. Doch dieses Mal ist nicht das liebe Schicksal schuld, sondern der Mann, dessen Hand so besitzergreifend auf meinem Po liegt.

Ich liebe es, wenn er so entspannt ist. Der Klang seines Lachens und die Art, wie seine Augen strahlen, lassen mein dummes Herz schneller schlagen.

Genüsslich vergrabe ich meine Zehenspitzen im weichen Sand, während ich meine Finger über die kleinen Wölbungen seines Sixpacks gleiten lasse.

Was wohl als Nächstes passieren wird?

Die Ungewissheit, die mich in der Zukunft erwartet, macht mir, um ehrlich zu sein, schon ein wenig Sorgen.

Ich meine, eigentlich bin ich nach New York gekommen, um mit der ‚Devil Dessous'-Kampagne meine Karriere zu beginnen. Doch jetzt ist die Kampagne futsch und meine Arbeit dahin. Wie es wohl Tom und Piper mit dieser neuen Entwicklung geht?

In meinem ganzen Leben habe ich immer großen Wert darauf gelegt, von keinem Mann abhängig zu sein. Doch dank Jasons Kontrollsucht bin ich das jetzt schlagartig geworden.

Ich meine, ich befinde mich jetzt in diesem Augenblick auf irgendeiner wunderschönen Insel mitten im Nirgendwo. Ich weiß noch nicht mal, wo auf der Landkarte ich mich gerade eigentlich befinde. Und ohne Jason komme ich hier nie wieder weg ...

Wie lange wir wohl hier sein werden?

Jason ganz für mich alleine zu haben kommt einem Sechser im Lotto gleich.

Und auch wenn es unvernünftig ist, bin ich fest entschlossen, die Zeit mit ihm zu genießen.

Im Grunde genommen gleicht mein Leben gerade einem verrückten Traum.

Der Mann meiner Träume hat mich auf eine einsame Insel entführt, um mich ganz für sich alleine zu haben, während er mich so hart fickt, dass ich kaum noch laufen kann.

Besser kann es doch eigentlich gar nicht mehr kommen! Oder?

Er liebt dich nicht. Er will dich nur besitzen!

Mein Unterbewusstsein flüstert mir leise zu, was mein Herz schon längst weiß. Ob ein Mann wie er überhaupt in der Lage ist zu lieben?

***

Jason

Unerlässlich ruht mein Blick auf meiner schlafenden Frau. In den vergangenen zwanzig Tagen habe ich sie nie wirklich aus den Augen gelassen. Jede Faser meines Körpers sehnt sich nach ihrer unmittelbaren Nähe.

Ich muss einfach wissen, dass es ihr gut geht, dass sie bei mir ist und dass sie ich sie mir nehmen kann, wann immer ich will.

In wenigen Stunden landen wir wieder in New York. Mein Assistent Alex hat mich vor zwei Tagen angerufen und mir mitgeteilt, dass es ein Problem gäbe, um das ich mich persönlich kümmern muss.

Selbst nach mehrmaligem Nachfragen hat er sich geweigert, mir zu sagen, worum es geht. Er hat nur immer ständig wiederholt, dass ich zurückkommen muss. Der einzige Hinweis, den er mir gegeben hat, war, dass es mit meinem Bruder Kyle zu tun hat. Widerwillig habe ich eingesehen, dass es an der Zeit ist, die Insel wieder zu verlassen.

Jetzt, wo wir uns wieder der Realität stellen, frage ich mich, wie Chloe wohl reagieren wird, wenn sie feststellt, dass ich ihr Apartment aufgelöst habe?

In meinen Augen war es der nächste logische Schritt. Immerhin ist sie meine Frau und somit hat sie auch bei mir zu leben. Wie soll ich mich um sie kümmern und sie beschützen, wenn sie nicht in meiner Nähe ist?

Auch wenn wir nicht mehr über die ‚Devil Dessous'-Kampagne geredet haben, weiß ich, dass sie sich Sorgen um ihre Karriere macht.

Dem egoistischen Teil meines Ichs wäre es am liebsten, wenn sie nie wieder arbeiten gehen würde. Alleine die Vorstellung, für sie verantwortlich zu sein, lässt mich hart werden. Wenn es um diese Frau geht, kann ich nichts gegen das primitive Bedürfnis, für sie zu sorgen, tun.

Doch da ich weiß, dass sie gerne arbeiten gehen würde, und da ich sie glücklich machen will, werde ich mich darum kümmern, dass ihr größter Traum wahr wird.

Vielleicht gelingt es mir ja, sie als Model für eine Kampagne über Skianzüge zu vermitteln, da könnte ich mir zumindest sicher sein, dass sie nicht zu viel nackte Haut zeigt.

Erneut gleiten meine Gedanken zu den Problemen mit Kyle und ich kann nur hoffen, dass er während meiner Abwesenheit keinen zu großen Schaden angerichtet hat.

Die vertraute Stimme des Piloten kündigt die baldige Landung an und ich setze mich neben Chloe, bewache ihren Schlaf und studiere ihre feinen Gesichtszüge.

Sie gehört nur mir!

Ich will, dass sie sich mir ganz und gar hingibt. Doch diese Frau ist so geheimnisvoll, dass sie nur schwer zu fassen ist ...

Fuck!

Ich werde erst zufrieden sein, wenn es mir gelungen ist, sie völlig zu besitzen!

Chloe

Müde blinzelnd öffne ich meine Augen und sehe in Jasons sturmgrauen Blick.

Seine Haare stehen sexy ab, seine dunklen Bartstoppeln und der gierige Blick, mit dem er mich beobachtet, lassen mich schlagartig erschaudern.

Dieser Mann bringt alleine mit seiner Anwesenheit meinen ganzen Körper zum Glühen.

Verträumt erinnere ich mich an die erste Stunde des Fluges.

Willkommen im Mile High Club ...

Jason Stanton hat es wirklich geschafft, mich hoch über den Wolken besinnungslos zu ficken. Es ist also kein Wunder, dass ich die meiste Zeit des Fluges verschlafen habe!

„Wir sind da."

Verwirrt sehe ich ihn an.

„Du meinst, dass wir schon gelandet sind?"

Ich muss ja wirklich tief geschlafen haben ...

„Willkommen zurück in New York."

Seine Hand legt sich unter mein Kinn, während sein Daumen leicht über meine Lippen streicht.

Unsere Blicke treffen sich und ich spüre erneut, wie sich die drei magischen Worte auf meinen Lippen ausbreiten.

Ich liebe dich!

Doch ich habe wieder nicht genug Mut, um sie laut auszusprechen.

„Komm schon, Baby, ich bringe dich nach Hause."

Auch ohne dass er es ausspricht, weiß ich intuitiv, dass er damit nicht mein Apartment meint.

Noch immer etwas wackelig auf den Beinen steige ich aus dem Bett und werfe einen Blick in den Spiegel.

Gott, sehe ich postkoital aus ...

In meinen Augen schimmert der Glanz einer sehr befriedigten Frau, meine Lippen sind von seinen Küssen wund und geschwollen, während der rosige Farbton auf meinen Wangen der stumme Beweis dafür ist, dass mein letzter Sex noch nicht so lange her ist.

Die zwei silbernen Hartschalenkoffer, in denen sich die Klamotten befinden, die Jason extra für den Inseltrip für mich hat kaufen lassen, rufen mir erneut ins Gedächtnis, dass ich jetzt in einer völlig anderen Welt lebe ...

Der New Yorker Nachthimmel ist dunkel, funkelnde Sterne säumen die Finsternis, während mich Jason zu der wartenden Limousine führt.

Die Erinnerung, wie er mich bei der Hinreise entführt hat, lässt mich schmunzeln.

Mein dunkler Ritter ist wirklich zu allem bereit ...

Dank der späten Uhrzeit und der Tatsache, dass ich nach diesen drei Wochen ganz andere Temperaturen gewöhnt bin, kuschle ich mich Wärme suchend an Jasons Seite.

Besitzergreifend schlingt er seinen Arm um meine Schultern und zieht mich auf seinen Schoß.

So an ihn gekuschelt, bin ich mehr als bereit, in die Realität zurückzukehren.

Wie üblich ist der Verkehr höllisch. Stanley, Jasons Fahrer, lenkt uns geschickt durch die Automassen. Vor einer roten Ampel bleiben wir stehen und ich werfe einen Blick aus der getönten Seitenscheibe.

An einem der beeindruckenden Wolkenkratzer flimmert die Werbeanzeige von Coca Cola über die Leinwand, doch dann erscheint ein anderes Bild und meine Atmung stoppt prompt.

„Ach du heilige Scheiße!“

Jason dreht seinen Kopf, um zu sehen, was mich so erschreckt hat.

„Holy Fuck!“

Sein lautes Fluchen lässt mich erschrocken zusammenzucken. Die Brust, an der ich lehne, wird steinhart, da sich jeder Muskel seines Körpers vor Wut anspannt.

Die Stimmung im Auto schlägt schlagartig um. Mein entspannter Liebhaber verwandelt sich in einen gefühlskalten Killer.

„Ich bringe ihn um!“

Nicht sicher, von wem er redet, starre ich das gigantische Foto von mir an. Unzählige Nächte habe ich schlaflos in meinem Bett gelegen und mir nichts sehnlicher gewünscht, als einmal mich auf einer der vielen Reklametafeln zu sehen. Doch jetzt, wo es plötzlich so weit ist, weiß ich nicht, ob ich mich freuen soll.

Tom hat wirklich ganze Arbeit geleistet ...

Langsam rutsche ich von seinem Schoß und setze mich neben ihn.

Das Foto, das Jason so rasend macht, zeigt mich in der maracujafarbenen ‚Miami-Kollektion'. Der spitzenbesetzte String umschmeichelt meine Hüfte, während der dazu passende BH meine Brüste zu einem sexy Dekolleté formt.

Fasziniert starre ich mein Gesicht an und erkenne mich beinahe nicht wieder.

Ich liege seitlich auf dem cremefarbenen Teppich, meine Haut schimmert leicht, während ich verführerisch in die Kamera lächle.

„Dieses Foto ist perfekt!“

Der geheimnisvolle Ausdruck in meinen Augen wird durch das tolle Make-up von Piper nur noch mehr betont.

„Ich werde dafür sorgen, dass es innerhalb weniger Stunden verschwindet!“

Das dunkle Grollen in seiner Stimme, das tödliche Blitzen in seinen Augen und die Art und Weise, wie er seine Hände immer wieder zu Fäusten ballt, zeigen mir, wie wütend er gerade ist.

Jason Stanton ist so rasend, dass er kurz davor ist, einen Mord zu begehen.

„Wer hat dafür gesorgt, dass die Bilder veröffentlicht wurden? Ich dachte, die Kampagne wurde gestoppt?“

Seine Nasenflügel blähen sich, während er erneut einen finsteren Blick auf das Bild von mir wirft, ehe die Ampel auf Grün umschaltet und Stanley weiterfährt.

Als ich Minuten später immer noch keine Antwort auf meine Frage bekommen habe, gebe ich das Warten auf.

Traurig lehne ich mich in meinen Sitz zurück und schließe meine Augen. Seine Reaktion auf das Bild hat mich zutiefst verletzt. Ich meine, ich weiß natürlich, dass er gegen diese Fotos war, das war ja auch schließlich einer der Gründe, warum er mich auf seine einsame Insel entführt hat.

Und dennoch hätte ich gehofft, dass er zumindest meine Arbeit anerkennt. Diese Fotos so gut hinzubekommen, hat mich viel Überwindung gekostet und war verflixt viel Arbeit.

Hätte er nicht zumindest zugeben können, dass es schön geworden ist? Dass ich auf diesem Foto schön aussehe? Anscheinend nicht ...

Ich werfe einen kurzen Seitenblick auf seine verschlossene Mimik und wende meinen Blick schnell wieder ab. In meinem ganzen Leben habe ich noch nie einen Mann gesehen, der so unfassbar wütend gewesen ist wie Jason in diesem Augenblick.

Liegt es wirklich nur daran, dass er extrem eifersüchtig ist und mich nur für sich haben will? Oder liegt es vielleicht auch daran, dass man sich seinen Befehlen widersetzt hat?

Mister Mir-gehört-ganz-New-York ist es allem Anschein nach nicht gewöhnt, nicht das zu bekommen, was er will.

Mit jeder Sekunde, in der wir so schweigend nebeneinandersitzen, habe ich das Gefühl, dass der Graben, der sich gerade zwischen uns auftut, immer größer wird. Einsamkeit vermischt sich mit meiner Enttäuschung und lässt mir das Herz schwer werden.

Das habe ich nun wirklich nicht verdient!

Diese Fotos und der Erfolg dieser Kampagne waren mein Traum. Und jetzt, wo ich das erste Mal mein Bild in einer Weltstadt wie New York hängen sehe, spüre ich nichts als Trauer. Schlagartig brauche ich Abstand zu dem Mann neben mir. Ich sehne mich nach der Einsamkeit und der Ruhe meines Apartments.

Das tiefe Gefühl der Verbundenheit, das sich in den letzten drei Wochen zwischen uns ausgebreitet hat, wurde von dem Graben, der sich jetzt gebildet hat, restlos verschluckt.

Kann es sein, dass er jetzt auch noch auf mich wütend ist?

Dieser Mann ist mir einfach ein Rätsel ...
„Kannst du mich bitte zu mir nach Hause fahren?"
Zwischen seinen geraden Augenbrauen bilden sich zwei strenge Falten, während sich in den Tiefen seiner grauen Augen ein Orkan aus Wut und Eifersucht zusammenbraut. Automatisch rutsche ich noch ein Stückchen von ihm weg, schaffe so noch mehr Platz für den tiefen Riss, der sich in unserer Beziehung bildet.
„Ist das dein Ernst, Chloe?"
Unsicher sauge ich meine Unterlippe zwischen meine Zähne und knabbere darauf herum.
„Fuck, Chloe! Seit ich dich das erste Mal gesehen habe, seit ich wusste, dass du das neue Model der ‚Devil Dessous'-Kampagne bist, war mir klar, dass du zu mir gehörst! Dass ich einfach alles in meiner Macht Stehende tun muss, um diese Fotos zu verhindern. Und jetzt? Jetzt hat es mein Bruder geschafft, deine Fotos landesweit aufhängen zu lassen."
Fluchend schlägt er mit seiner Faust auf den freien Platz zwischen uns.
Landesweit? Oh mein Gott!
„Und dir fällt nichts Besseres ein, als dass du nach Hause willst. Während Tausende von Männern in ganz Amerika nichts anderes tun, als meine halb nackte Frau anzustarren!"
Das Wort wütend reicht nicht aus, um Jasons derzeitige Stimmung zu beschreiben.
Die Erfüllung meines größten Traums verwandelt sich gerade in einen schrecklich makaberen Alptraum.
Zitternd spüre ich, wie sich bittere Tränen in meinen Augenwinkeln sammeln. Wütend und enttäuscht beiße ich mir noch fester auf die Lippe, während ich meinen Blick wieder auf die vorbeiziehenden Häuser vor der Fensterscheibe richte.
Landesweit ...

Jason

Meine inneren Dämonen sind kurz davor durchzudrehen – ich sehe schwarz!
Mein größter Alptraum ist dank meines Bruders wahr geworden.

Wenn das so weitergeht und ich mich nicht bald beruhige, schlage ich, genau wie in der Geschichte es schon Abel mit seinem Bruder Kain getan hat, Kyle tot.

Traurig und verwirrt sitzt die Frau meiner Träume vor mir. Doch ich bin so wütend, dass ich darauf jetzt keine Rücksicht nehmen kann!

Bei allen sieben Höllen ...

Fluchend balle ich meine Hände zu Fäusten. Am liebsten würde ich allen Männern, die es auch nur wagen, einen kurzen Blick auf das Bild meiner Frau zu werfen, das Genick brechen.

Chloe gehört mir, sie ist mein und ich bin verdammt noch mal nicht bereit, sie auch nur ansatzweise zu teilen!

Fuck! Fuck! Fuck!

Ich bin kurz davor, Amok zu laufen!

Und die unmögliche Bitte meiner Frau, sie zu sich nach Hause zu fahren, hilft mir nicht gerade dabei, mich wieder zu beruhigen.

Chloe ist zu Hause! Sie ist bei mir zu Hause! Sie wohnt bei mir, trägt die Kleidung, die ich ihr kaufe, und isst das Essen, mit dem ich sie füttere.

Verflucht! Am liebsten würde ich sie packen und für immer in meinem Loft wegsperren.

Sie wird sich umsehen, wenn sie feststellt, dass ihr Apartment nicht mehr existiert. Ich kann und will dieser Frau kein Schlupfloch lassen.

Ich muss sie besitzen – beherrschen – schmecken – berühren – ficken – halten!

Ansonsten verliere ich meinen Verstand.

Keiner dieser Wichser, die hier durch die Stadt laufen, hat es verdient, sie zu sehen.

Tief durchatmend, versuche ich innerlich bis zehn zu zählen. Doch schon bei drei breche ich fluchend ab und lege meinen Kopf in den Nacken.

Kreisend lasse ich meine angespannte Muskulatur knacken, während ich mir einen möglichst schnellen Ausweg aus dieser Situation überlege.

Jede Sekunde, in der ihre Fotos der Öffentlichkeit preisgegeben sind, ist eine zu viel.

Verdammte Scheiße!

Jeder Blick auf ihren entblößten Körper ist einer zu viel.

Und alleine das Wissen, dass ich das nicht sofort unterbinden kann, lässt mich durchdrehen!

Ich sehe, wie sich Chloes Gesichtsausdruck verändert, als sie feststellt, dass wir nicht zu ihrem Apartment fahren. Gerade als sie den Mund aufmachen will, bringe ich sie mit einem strengen Blick zum Schweigen. Das Letzte, was ich jetzt gebrauchen kann, ist eine Grundsatzdiskussion ...

In der Sekunde, in der Stanley den Wagen auf seinen Parkplatz lenkt, reiße ich die Türe auf und steige bei laufendem Motor aus dem Auto.

„Ich muss telefonieren!“

Ohne meine Frau eines weiteren Blickes zu würdigen, mache ich mich auf den Weg in mein Büro. *Fuck!* Jede Sekunde, die ich damit verbringe, auf Chloe zu warten, ist eine weitere Sekunde, in der ich nicht dafür sorgen kann, dass diese scheiß Kampagne endlich gestoppt wird!

Chloe

Von einer Sekunde auf die andere sitze ich plötzlich fassungslos alleine im Wagen.

Was zur Hölle soll das?

Wütend überschlagen sich die Gedanken in meinem Kopf und ich komme nur zu einem einzigen logischen Schluss – ich muss hier sofort weg!

Stanleys Blick trifft im Rückspiegel auf den meinen. Das Mitleid, das ich in seinen Augen erkennen kann, ist wirklich das Letzte, was ich jetzt gebrauchen kann.

„Stanley, wären Sie bitte so freundlich und fahren mich nach Hause?“

Wenn mein Leben so weitergeht, verliere ich nicht nur meinen Verstand, sondern auch mich selbst ...

„Sie sind zu Hause, Mrs.“

Nicht er auch noch ...

Als er meinen wütenden Gesichtsausdruck bemerkt, atmet er tief durch, ehe er aussteigt.

Höflich öffnet er mir die Türe und reicht mir seine Hand, um mir beim Aussteigen behilflich zu sein.

Geflissentlich ignoriere ich sie und sehe ihm erneut direkt in die Augen.

Wenn es mit Freundlichkeit nicht funktioniert, versuche ich es eben anders.

„Fahren Sie mich jetzt sofort heim!“

Ohne seine Miene zu verziehen, schüttelt er leicht den Kopf.

„Das ist mir nicht möglich!“

Was zur Hölle soll das denn bitte bedeuten?

„Warum nicht?“

„Ich habe meine Befehle!“

Der Gedanke, einfach so lange sitzen zu bleiben, bis er nachgibt, schießt mir durch den Kopf. Aber so wie ich Jason kenne, werde ich den Kürzeren ziehen. Stanley wäre nicht Jasons Fahrer, wenn er nicht zu einhundert Prozent loyal wäre.

Trotzig ignoriere ich seine angebotene Hand und steige aus.

Zur Hölle mit allen Männern!!

Doch anstatt mich jetzt zumindest in Ruhe zu lassen, sperrt er das Auto ab und begleitet mich in den verdammten dreißigsten Stock.

Entweder will er einfach nur höflich sein oder er hat Angst, dass ich davonrenne. Und in der Tat, der Drang, einfach nur weit wegzulaufen, wird gerade übermächtig.

Oben angekommen, höre ich Jasons wütende Stimme durch das Loft hallen. In der einen Sekunde ist er geradezu tödlich ruhig, in der nächsten brüllt er laut los.

Erschrocken zucke ich zusammen, während ich dem mitfühlenden Blick von Stanley begegne.

Kurz nickend steigt er zurück in den Lift, die Türen schließen sich leise surrend und ich stehe alleine in der Höhle des Löwen.

Bloß keine Panik!

Der Geruch von frischer Wandfarbe steigt mir in die Nase. Jason hat gar nicht erwähnt, dass er Renovierungsarbeiten durchführen lassen hat, während wir weg waren.

Aber es wäre ja auch nicht das erste Mal, dass er mir etwas nicht erzählt.

Völlig erschlagen meide ich sein Büro und den wütenden Löwen darin und lasse mich leise seufzend auf das Sofa sinken.

Und nun? Was mache ich jetzt?

Lauf, so schnell du kannst ...

Jetzt, in ganz genau diesem Moment, fühle ich mich so einsam wie schon lange nicht mehr. Ich vermisse meine Mum, meinen Dad und den heimischen Geruch unseres Zuhauses in Deutschland. Am liebsten würde ich mir jetzt mein Telefon schnappen und sie anrufen, nur damit ich ihre Stimme hören kann.

Doch ich verwerfe die Idee. Wenn ich sie jetzt anrufe, würde sie sofort bemerken, dass etwas mit mir nicht stimmt. Typisch Mutter wird sie zum Bluthund, wenn sie das Gefühl hat, dass ich ihr etwas verheimliche.

Jasons Brüllen wird leiser, seine Stimme wird rasiermesserscharf und eiskalt.

„Eine Stunde, ich gebe Ihnen ganz genau eine Stunde. Wenn bis dahin nicht alle, und ich meine wirklich alle, Plakate vom Erdboden verschwunden sind, mache ich Ihnen das Leben zur Hölle.“

Stille.

Die jetzige Stille ist fast noch unheimlicher als sein wütendes Gebrülle.

Das dumpfe Geräusch eines Schlags lässt mich erschrocken zusammenzucken.

Als er wenige Sekunden später auf mich zukommt, zieht sich mein Bauch hart zusammen. Trotz des wütenden Funkelns in seinen Augen zieht er mich einfach wie magisch an.

So war es von der ersten Sekunde an.

Die Anziehungskraft, die dieser Mann auf mich ausübt, ist geradezu unheimlich stark.

Unsicher, wie ich mich jetzt ihm gegenüber verhalten soll, senke ich meinen Blick und atme tief ein.

Eigentlich sollte ich ihn anschreien. Ihm sagen, dass er mich nicht einfach alleine in der Garage sitzen lassen kann, doch mein Mund bleibt zu und meine Worte verhallen unausgesprochen in meinem Kopf.

Die undurchdringliche Maske, die sich auf sein Gesicht gelegt hat, verrutscht für einen kurzen Moment und lässt mich einen Blick auf sein wahres Ich werfen.

Traurigkeit, Angst und Eifersucht, all das spiegelt sich in seinem Blick. Und für den Bruchteil einer Sekunde kommt er mir nicht mehr vor wie der mächtige Magnat, der er eigentlich ist, sondern wie ein verletzlicher Mann, der auf seine Art versucht seine Frau zu beschützen!

Ich liebe dich.

Mit jedem Mal, wo mir diese Wörter urplötzlich auf der Zunge liegen, wird es schwerer, sie nicht auszusprechen.

Sich die Haare raufend setzt er sich auf den Couchtisch, sodass er sich direkt gegenüber von mir befindet.

Unter seinen tiefen Atemzügen hebt sich sein breiter Brustkorb unregelmäßig, und ich widerstehe dem Drang, ihm auf den Schoß zu klettern, um mich an ihn anzulehnen und seinen köstlichen Geruch einzuatmen.

„Ist alles okay bei dir?"

Wie merkwürdig, dass ausgerechnet er mir diese Frage stellt.

Unsicher zucke ich mit den Schultern. „Um ehrlich zu sein, weiß ich es nicht genau. Du hast mich erschreckt, Jason."

Seine vollen Lippen pressen sich zusammen, während er mir tief in die Augen sieht.

„Verzeih mir bitte. Das war nicht meine Absicht!"

Sein kühler Tonfall steht in starkem Kontrast zu seinem zärtlichen Blick.

Auch wenn in den unergründlichen Tiefen seiner stahlgrauen Augen ein wildes Feuer lodert, versucht er sich mir gegenüber zusammenzureißen.

Seine Hand legt sich auf meinen Oberschenkel, während er leicht den Kopf schüttelt.

„In dem Augenblick, als ich dich, halb nackt und für jeden gut sichtbar, auf dieser Reklametafel gesehen habe, ist bei mir eine Sicherung durchgebrannt."

Seine schmerzverzerrte Stimme heilt mein schmerzendes Herz.

Die Stimmung um uns herum verändert sich langsam, ein sanftes Knistern breitet sich zwischen uns aus, während sein Daumen sanft über die Innenseiten meiner Oberschenkel streicht.

Er räuspert sich leise, während er meinen Blick weiterhin gefangen hält.

Glühend heiß zerbersten all die Bedenken, die sich wie Steine in meinem Bauch angesammelt haben. Er entzieht mir seine Hand, nur um eine Sekunde später mit seinen Fingerspitzen ehrfürchtig über meine Wange zu streichen.

„Ich brauche dich mehr als den nächsten Atemzug!“

Sein Geständnis klingt wie eine versteckte Liebeserklärung.

Verflixt!

Ich kann dem Drang, auf seinen Schoß zu klettern, einfach nicht länger widerstehen.

Sobald er durchschaut, was ich vorhabe, öffnet er seine Arme und zieht mich an seine Brust. Seine Nase in meine Haare pressend, inhaliert er meinen Geruch, ehe er leise zu knurren anfängt.

„Du riechst nach mir!“

Damit könnte er recht haben, immerhin habe ich nach dem heißen Fick über den Wolken noch nicht die Gelegenheit gehabt zu duschen.

„Ich weiß.“

Stille.

Süchtig nach seiner Wärme, seinem Geruch und dem unvergleichlichen Gefühl, von ihm gehalten zu werden, schmiege ich mich noch fester an ihn.

Seine Hand legt sich bestimmend unter mein Kinn, ehe er meinen Kopf so anhebt, dass sich unsere Blicke begegnen.

„Ich brauche die Gewissheit, dass du vollkommen mir gehörst, Chloe!“

Ich liebe dich.

Die Intensität dieses Augenblicks erreicht eine neue Dimension.

Aus dem wütenden Löwen ist ein besitzergreifender Dämon geworden, der sich tief in meiner Seele einnistet.

Schweigend und den kostbaren Augenblick genießend, inhaliere ich seinen Geruch, hauche ihm federleichte Küsse auf seine Kehle und verliere mein Herz unwiderruflich an diesen Mann!

Jason

Anschmiegsam liegt sie in meinen Armen, ihre weichen Lippen berühren meine Haut.

Meins!

In weniger als sechzig Minuten müssten die meisten Plakate von meiner Frau wieder verschwunden sein. Was bedeutet, dass ich mich langsam, aber sicher wieder beruhigen kann. Und Kyle? Die Tatsache, dass mein Bruder für diese ganze Scheiße verantwortlich ist, lässt mich erneut schwer atmen. *Fuck!* Wenn ich mit diesem Arschloch fertig bin, wird von seiner erbärmlichen Existenz nicht mehr viel übrig sein.

Blutsbande hin oder her. Ich habe ihn in der Vergangenheit mehrfach gewarnt, doch er wollte nicht auf mich hören.

„Hast du renovieren lassen?“

Chloes Frage reißt mich aus meinen düsteren Gedanken. Jetzt ist wohl der Augenblick gekommen, an dem sie erfahren wird, dass sie von nun an hier leben wird.

Chloe ist eine sehr unabhängige, freiheitsliebende Frau, und ich bin gespannt, wie sie reagieren wird.

Der Umstand, dass ich dafür gesorgt habe, dass sie hier bei mir wohnt, kommt einem verdammten Statement gleich. Ein Statement, nach dem sich schon Dutzende von Frauen verzehrt haben, das ich bisher jedoch nicht gewillt war zu geben.

Ob sie die tiefere Bedeutung meiner Handlung erkennen und verstehen wird?

In wenigen Minuten weiß ich es.

„Ja, das habe ich allerdings.“

Ihre veilchenblauen Augen sehen mich neugierig an.

„Wo?“

In den vergangenen drei Wochen haben Dutzende von Handwerkern und die beste Inneneinrichterin des Landes unter der Aufsicht meines Assistenten ihr kleines Reich entstehen lassen.

Das Zimmer am Ende des Flurs stand bisher leer. Jetzt erstrahlen die hellen vierzig Quadratmeter in neuem Glanz.

Ich weiß, dass Chloe eine Frau ist, die ihren Freiraum braucht, und ich habe nicht vor ihr diesen zu nehmen. Alles, was ich will, ist, dass sie in Sicherheit ist und sich in meiner Nähe aufhält.

Langsam stehe ich auf, behalte sie in meinen Armen und trage sie in Richtung ihres Zimmers. Mit jedem meiner Schritte werde ich immer nervöser. Nichts liegt mir so sehr am Herzen wie ihr Glück.

„Was ist los, Jason?“

Ohne ihr zu antworten, öffne ich die Türe und trage sie über die Schwelle in ihr neues Zimmer.

Ihr fragender Blick verlässt meine Augen und ich beobachte sie dabei, wie sie sich das Zimmer ganz genau ansieht.

„Jason?“

Langsam stelle ich sie ab, unfähig, sie ganz loszulassen, umfasse ich mit meinem Arm ihre Taille.

„Was soll das?“

So wie ich sie einschätze, weiß sie ganz genau, was los ist, sie muss es nur unbedingt aus meinem Mund hören.

„Setz dich, Baby.“

Störrisch sieht sie mich an und verschränkt die Arme vor ihrer Brust.

„Ich bevorzuge es zu stehen!“

Gott, sie ist so sexy, wenn sie wütend wird ...

„Das ist dein privater Rückzugsort.“

„Du willst nicht mehr mit mir schlafen?“

Das Entsetzen, das sich auf ihrem schönen Gesicht ausbreitet, ist fast schon amüsant.

„Ich will dich immer. Zu jeder Tages- und Nachtzeit. Zweifle nie daran!“

„Und wofür ist dann dieses Zimmer?“

„Du hast mir einmal gesagt, dass es für dich wichtig ist, einen Ort zu haben, an den du dich zurückziehen kannst.“

Langsam umrundet sie das Bett, während sie ihre Finger über den weichen Stoff der hellblauen Tagesdecke gleiten lässt.

„Aber wenn ich bei dir bin, will ich nicht ohne dich sein!“

Bämmmm!

Ihre Worte rauben mir den Atem.

„Du bist nicht bei mir. Du bist bei uns!“

Erst jetzt entdeckt sie ihren Laptop, die Bilderrahmen mit den Fotos ihrer Familie und andere persönliche Gegenstände.

„Warum sind meine Sachen hier?"

Ich sehe, wie sich die Gedanken regelrecht in ihrem Kopf überschlagen.

Keuchend kommt sie auf mich zu.

„Dazu hattest du verdammt noch mal kein Recht!"

Wütend funkelt sie mich an, ehe sie ausholt und mir eine verpasst.

Respekt ...

Für ihre kleine Gestalt hat sie eine ordentliche Schlaghand.

Ohne mit der Wimper zu zucken, erwidere ich ihren Blick.

Von mir aus kann sie mich schlagen, so oft sie will, sie wird mich nicht los – niemals!

„Ich habe jedes Recht!"

„Da täuschst du dich!"

Sieht sie nicht, dass ich kurz davor bin, meine Beherrschung zu verlieren.

Unruhig beginnt sie vor ihrem Bett auf und ab zu gehen.

„Verflixt noch mal, Jason. Du kannst nicht einfach in mein Leben eindringen und alles durcheinanderbringen. *Verdammt!* Ich habe ein eigenes Leben, ich weiß, was ich will und was ich brauche. Du kannst nicht einfach beschließen, mich für Wochen zu entführen, während du in unserer Abwesenheit heimlich mein komplettes Leben umkrempelst."

Schniefend und wütend redet sie ununterbrochen auf mich ein. Ich höre ihr zu, verstehe ihre Emotionen und bereue dennoch nichts.

Mein ganzes Leben hat sich auf einen winzigen Punkt reduziert. Und dieser Punkt ist sie. Ich existiere für sie, lebe für sie, brauche sie dringender als die Luft zum Atmen.

Ich will sie nicht nur halten und beschützen, oh nein. Meine Gefühle für sie sind viel intensiver.

Sie gehört nur mir ...

„Ich gehe!"

Ihre letzten zwei Wörter lassen mich zusammenzucken, sie verletzen mich mehr als alle Schläge dieser Welt.

„Nein, das wirst du nicht tun."

„Ach, willst du mich jetzt auch noch einsperren?"

Herausfordernd sieht sie mich an, während sie provozierend eine ihrer Augenbrauen anhebt.

Knurrend gehe ich auf sie zu, senke meinen Kopf und inhaliere ihren Geruch.

„Ich will dich weder entführen noch einsperren – ich will, dass du bei mir bleibst, weil du ganz genauso wenig ohne mich sein kannst wie ich ohne dich!"

Für sie würde ich töten ...

„Du hast mir alles genommen. Meinen Job, meine Karriere und mein Zuhause!"

Erschöpft weicht sie mir aus und setzt sich auf das Fußende ihres neuen Betts.

„Ich habe dich beschützt und dir ein sicheres Zuhause geschenkt. Ich habe es dir schon einmal gesagt, doch ich sage es dir gerne wieder. Wenn du modeln möchtest, dann tu es, aber nicht halb nackt!"

Nachdenklich legt sie ihre Hände auf ihren Schoß und knetet ihre Finger.

„Wird es immer so zwischen uns sein?"

Ich hoffe es ...

„Gott, Chloe! Was zur Hölle erwartest du denn?"

Jetzt bin ich derjenige, der unruhig auf und ab geht.

„Denkst du, für mich ist das alles einfach? Ich habe dich nicht kommen sehen, verstehst du? Das mit uns war nicht geplant. Doch dann standest du da und schlagartig war für mich alles klar! Ich wusste in dem ersten Moment, in dem ich dich gesehen habe, dass du die Frau meines Lebens bist. Du hast alles verändert, einfach alles."

Tief einatmend versuche ich mich zu beruhigen, doch ich scheitere kläglich.

„Du bist die erste Frau, die ich mit in mein Bett genommen habe, die erste Frau auf meiner Insel, die erste Frau in meinem Herzen!"

Überrascht hebt sie ihren Kopf und sieht mir tief in die Augen.

„Du wirst es nicht immer leicht mit mir haben. Aber du musst wissen, dass alles, was ich tue, für dich ist und nicht gegen dich!"

Fuck!

„Jason, das ist einfach alles zu viel!“

Kann diese Frau denn nicht endlich verstehen, dass es, wenn es um sie und mich geht, niemals zu viel sein kann?

„Was passiert, wenn du in wenigen Wochen beschließt, dass du mich nicht mehr willst? Dann habe ich weder eine Arbeit noch eine eigene Wohnung. Ich bin so verflucht abhängig von dir, dass es mir Angst macht.“

Sie hat absolut nichts verstanden!

„Fuck, Chloe! Ich stehe hier vor dir und erkläre dir, dass ich ohne dich nicht mehr leben kann, und du redest davon, dass ich dich verlassen könnte? Ernsthaft?“

Ratlos sehe ich sie an, sie hat verdammt noch mal wirklich keine Ahnung, was ich für sie empfinde.

Fest entschlossen, dieser ganzen Farce endgültig ein Ende zu setzen, stelle ich mich breitbeinig vor sie, sehe ihr tief in die Augen und lasse alle meine Schutzhüllen fallen.

„Von dir werde ich niemals genug bekommen! Niemals! Aber wenn du es schwarz auf weiß willst, dann heirate mich. Erweise mir die Ehre und werde meine Frau!“

Chloe

Oh mein Gott ...

Ich vergesse zu atmen, mein Herzschlag setzt aus und meine Wut auf ihn zerplatzt wie eine Seifenblase.

Hat er das gerade wirklich gesagt?

Der Ausdruck seiner Augen ist aufrichtig und ehrlich, seine Körperhaltung strahlt Selbstsicherheit aus, während er groß und einschüchternd vor mir steht.

Um etwas Ruhe in das wilde Chaos meiner Gedanken zu bringen, presse ich kurz meine Augen zusammen, ehe ich ihn wieder ansehe.

Das kann er nicht ernst meinen ...

Ich sehe ihn an und weiß sofort, dass es sein absoluter Ernst ist!

Jason Stanton, der megareiche, mächtige, gefährliche, begehrteste Junggeselle New Yorks, will mich, Chloe Brenner, heiraten.

Dröhnend höre ich den viel zu schnellen Rhythmus meines Herzens in meinen Ohren pochen.

„Von dir werde ich niemals genug bekommen! Niemals! Aber wenn du es schwarz auf weiß willst, dann heirate mich. Erweise mir die Ehre und werde meine Frau!“

Immer und immer wieder spult mein Kurzzeitgedächtnis diesen Satz ab, während ich in seinem intensiven Blick ertrinke.

Will ich das? Kann ich das? Ist er der Richtige für mich?

Dieser Mann hat mich verführt, mir den Hintern versohlt und mich auf eine einsame Insel entführt, auf der er mich dann vollständig unterworfen hat ...

Tief in meiner Seele weiß ich, dass ich ihn mit jeder Faser meines Herzens liebe.

Jason Stanton ist der Mann meines Lebens, er hat mich so vollständig in Besitz genommen, dass ich nicht mehr ohne ihn sein kann.

Sag ja! Heirate ihn – werde glücklich!

Mein sonst so skeptisches Unterbewusstsein hat sich sofort für den Mann vor mir entschieden, also warum zweifle ich dann noch?

Dieser faszinierende Mann will mich für den Rest meines Lebens, und ich sitze hier, in meinem neuen Zimmer, und bin völlig atemlos.

Heirate ihn! – Heirate ihn! – Heirate ihn! – Heirate ihn!

Mein Herzschlag schlägt kraftvoll im Takt seiner Antwort gegen meinen Brustkorb.

Seit er mir die Frage aller Fragen gestellt hat, steht er regungslos vor mir und beobachtet mich mit Adleraugen.

Er hat mir nicht gesagt, dass er mich liebt! Kann ich einen Mann heiraten, der mich nicht liebt, sondern der mich nur besitzen will?

Er liebt dich! Er hat es dir auf seine Art schon hunderte Male gesagt!

Mein Unterbewusstsein schnauzt mich wütend an.

Vielleicht sollte ich mir selber eine ganz andere Frage stellen.

Jason hat mich gefragt, ob ich den Rest meines Lebens an seiner Seite verbringen will, vielleicht sollte ich mich fragen, ob ich jemals wieder ohne ihn sein will?

Nein! Das will ich nicht, denn ich liebe diesen furchtbar komplizierten Mann aus tiefster Seele!

Entschlossen fülle ich meine Lungenflügel mit frischem Atem, ehe ich langsam aufstehe und meine Hände auf seinen Brustkorb lege.

Kraftvoll schlägt sein Herz gegen meine Handflächen.

„Ja. Ja, ich will dich heiraten und deine Frau werden!"

Als erste Reaktion zucken seine Wangen, sein Kiefer spannt sich an und sein kompletter Körper wird steinhart. Blitzschnell schlingen sich seine Arme um mich, knurrend hebt er mich an, presst mich an sich und inhaliert meinen Duft.

„Du. Gehörst. Nur. Mir!"

Das silberne Grau seiner Augen verwandelt sich in ein tiefes Schwarz, sein Atem kommt stoßweise, während er langsam seinen Kopf senkt und mit seinen Lippen meinen Mund erobert.

Erst schmerzlich zärtlich, dann immer grober und eindringlicher. Er stiehlt mir meine Seele, raubt mir den Atem und nimmt mich in Besitz.

Kraftlos liege ich in seinen schützenden Armen, lasse mich von ihm verführen und spüre bis in meine Zehenspitzen, dass es die richtige Entscheidung war.

Ohne unseren Kuss zu unterbrechen, trägt er mich in sein Schlafzimmer, zieht mich langsam aus und verschlingt mich mit seinen Blicken.

Nackt und schutzlos stehe ich vor dem Mann, dem ich vor wenigen Minuten mein Leben geschenkt habe.

Zärtlich streichelt er über die empfindliche Haut auf der Unterseite meiner Brüste. Lässt mich spüren, wie sehr er mich begehrt. Jetzt, wo ich die vielen Emotionen in seinem Blick sehe, weiß ich, dass ich von diesem Moment niemals genug bekommen kann.

Dieser Mann ist mein Schicksal!

„Küss mich, Jason."

Animalisch knurrend lehnt er sich zu mir nach unten, doch was dann kommt, hat nicht viel mit einem einfachen Kuss zu tun. Mein Mann, an dem ich ab jetzt die Exklusivrechte habe, verschlingt mich geradezu. Und aus dem zärtlichen Liebhaber wird ein dominanter Bad Boy, der es auf nichts anderes abgesehen hat, als mich um den Verstand zu bringen.

Erst als ich völlig außer Atem bin und meine Haut von einem leichten Schweißfilm überzogen ist, beendet er langsam das hemmungslose Duell unserer Zungen.

Schneller, als ich es in meinem entrückten Zustand beobachten kann, hat er sich seine Kleidung vom Leib gerissen, mich bestimmend in die Mitte seines Betts gelegt und sich zwischen meine Beine gekniet.

Gierig spreizt er meine Oberschenkel und lässt seinen Blick über meinen Körper wandern. Seine Lippen legen sich auf meine prickelnde Haut und seine raue Zunge leckt sich ihren Weg an der Innenseite meiner Schenkel nach oben. Süße, schmerzliche Bisse lassen mich wimmern ... Seine Finger umkreisen meinen Bauchnabel, gleiten weiter südwärts und streichen federleicht über meine pochende Perle.

„Ich muss dich einfach schmecken ...“

Mit seiner heißen Zungenspitze streicht er über meinen Eingang, umkreist meinen Kitzler und raubt mir den Atem. Lutschend und saugend bespielt er den Eingang meiner Pussy. Das Gefühl seiner reibenden Zunge wird zu intensiv, es ist zu viel.

Zuckend versuche ich meine Beine wieder zu schließen, doch seine Finger halten meine Schenkel weit gespreizt, während er mich immer fester leckend um den Verstand bringt.

„Jason!“

Mein Schrei vertreibt die Stille. Keuchend winde ich mich unter ihm, presse mich ihm entgegen, nur um dann leicht zurückzuzucken.

„Ich werde dich nie wieder gehen lassen! Eher sterbe ich!“

Seine raue Stimme bringt mich an den Rand des Erträglichen. Leidenschaftlich leckt er meine Scheide, saugt und dringt mit seiner Zunge in mich ein.

„Ich muss dich jetzt ficken! Ich muss dich um meinen Schwanz spüren und mich hart in dir versenken!“

Das wilde Glühen in seinen Augen und sein schnell kommender Atem ...

Jetzt, in ganz genau diesem Augenblick, spüre ich instinktiv, dass ich für diesen Mann bestimmt bin.

„Nimm mich, Jason."

Zärtlich streifen seine Lippen meine Schläfe, er haucht mir einen bedeutungsvollen Kuss auf die Stirn, ehe er meine Hüfte umfasst und mich auf den Bauch dreht.

„Auf die Knie, Hände über den Kopf!"

Instinktiv befolge ich seine Befehle. Oh Mann ... Es macht mich so verdammt scharf, wenn er die Kontrolle übernimmt.

Langsam ziehe ich meine Knie an, strecke ihm in dieser Position meinen Po und meine Scheide auffordernd entgegen. Schutzlos liege ich vor ihm, sehnsüchtig darauf wartend, dass er endlich in mich eindringt. Zärtlich streichelt seine Hand über die weiche Haut an meinem Po, folgt der Spalte und dringt mit zwei seiner Finger tief in mich ein.

Stöhnend beiße ich mir auf die Unterlippe ...

Ich weiß ganz genau, was jetzt passieren wird. Und ich kann es kaum erwarten, den sinnlichen Schmerz, den er mir schenkt, zu genießen.

Seine Hand beendet ihr sanftes Spiel, nur um einen Augenblick später hart auf meinem Po zu landen. Heiß und intensiv überrollt der Schmerz mein Nervensystem. Mein Körper spannt sich kurz an, ehe ein Schwall Feuchtigkeit aus meiner Pussy tropft.

Klatsch – klatsch – klatsch!

Weitere Schläge verteilen sich auf meinem Po, meine Haut glüht wie Feuer, eine einzelne Träne tropft aus meinem Augenwinkel auf mein Kopfkissen, während er mit seinen Fingern meinen Eingang bespielt. Aufgelöst und geil genieße ich die erneute Lust, die sich mit dem sinnlichen Schmerz zu einem explosiven Cocktail aus Gefühlen vermischt.

„Du bist pitschnass."

Die Ehrfurcht in seiner Stimme begleitet die nächsten drei Schläge.

Seine Hand trifft hart, kraftvoll und so unfassbar erregend auf meine Haut, dass ich kaum noch Luft bekomme, ich ertrinke regelrecht in den Wellen des Schmerzes und der Pein.

Erst als mein Gesicht von den Tränen meiner Lust ganz genauso nass ist wie meine Vagina, beendet er das Spanking und dringt mit einem kraftvollen Stoß bis zum Anschlag in mich ein.

Stöhnend presse ich mich seinen harten Stößen entgegen. Seine große Hand legt sich in meinen Nacken, presst mich bestimmend auf die Matratze, während er mich fickt. Als er bis zum Anschlag in mir steckt, holt er erneut aus und schlägt zu.

Zitternd ergebe ich mich ihm, schenke mich ihm, verliere mich in meiner Ekstase ...

Seine breite Eichel dringt in mich ein, dehnt meinen Körper und nimmt mich in Besitz.

„Sieh mich an …“ Ich versuche es wirklich, doch ich schaffe es einfach nicht.

Meine Leidenschaft und die Emotionen, die durch meine Adern rauschen, sind zu intensiv, das bittersüße Ziehen in meinen Beinen kündigt meinen Orgasmus an und ich bin kurz davor zu explodieren.

„Oh Gott, Baby.“

Seine Stöße werden immer härter und sein Schwanz dringt so tief in mich ein, dass ein köstlicher Schmerz entsteht. Er verändert seine Position etwas und touchiert bei jedem erneuten Vorstoß meinen sensiblen G-Punkt.

Der über mich hereinbrechende Orgasmus ist wie eine Lawine aus Emotionen, die Kontraktionen in meinem Unterkörper sind so stark, dass ich Jason mitreiße und er sich stöhnend in mir ergießt.

Das war einfach nur absolut unglaublich, dieser Moment und dieser Mann sind alles, was ich jemals gewünscht habe. Irgendwie warte ich die ganze Zeit darauf, dass ich aufwache und dieser magische Moment wie eine überdimensionale Seifenblase zerplatzt. Verträumt schließe ich meine Augen, spüre ihn tief in meinem Inneren pulsieren, während mein Po glüht.

„Weißt du, Jason, daran könnte ich mich definitiv gewöhnen!“

Seine Reaktion auf meine Worte erfolgt prompt.

Knurrend beugt er sich zu mir, beißt mir leicht in den Nacken, zeichnet mich mit seinen Zähnen als die seine.

Ich werde seinen Ring und seinen Namen tragen ...

Langsam zieht er sich aus mir zurück, legt sich auf die Seite und dreht mich so, dass ich in seinen starken Armen liege. Der weiche

Stoff des Bettlakens reibt über meinen empfindlichen Po und ich wimmere leise.

Seine Pupillen weiten sich, seine Hand umfasst mein Kinn, während er mich zart schmelzend küsst.

Ich liebe dich ...

Wie so oft in letzter Zeit liegen mir diese drei verhängnisvollen Wörter auf den Lippen, doch im Gegensatz zu den vorherigen Malen ist jetzt endlich der richtige Augenblick gekommen, um sie auszusprechen.

Leise seufzend kuschle ich mich noch näher an ihn, inhaliere seinen herben Geruch nach Sex und Mann und streiche mit den Fingerspitzen meiner rechten Hand über seine Schulter bis hinab zu seinem Handgelenk.

Ihm tief in die Augen sehend, verschränke ich meine Finger mit den seinen und führe sie hinauf zu meinen Lippen. Liebevoll küsse ich jeden seiner Fingerknöchel, erfreue mich an dem Anblick unserer ineinander verschränkten Finger.

Unser Atem vermischt sich, seine Körperwärme lullt mich in einen beschützenden Kokon aus Geborgenheit ein, während ich ihn sanft auf den Mund küsse, ehe ich leicht an seiner Unterlippe knabbere.

Erneut versinken unsere Blicke ineinander, unsere Herzen schlagen im Gleichklang, während ich mir über die Lippen lecke und genug Mut sammle, um ihm meine Liebe zu gestehen.

Dieser Mann ist mein Ein und Alles, er ist meine Gegenwart, meine Zukunft und mein ganzes Glück.

„Ich liebe dich, Jason Stanton! Ich liebe dich so sehr, dass es schon beinahe wehtut!“

Seine Nasenflügel blähen sich, sein Herzschlag beginnt zu rasen, während sich seine Augen tief in die meinen bohren.

„Sag es noch mal!“

Ich tue ihm den Gefallen ...

„Ich liebe dich!“

In seinem Blick liegt plötzlich so viel Melancholie, Glück und Liebe, dass es mir den Atem verschlägt. Langsam beugt er sich zu mir herab, streicht mit seiner Nase leicht über die meine, während seine Lippen nur einen Millimeter entfernt von den meinen stoppen.

„Ich liebe dich, Chloe!"

Seine raue Stimme liebkost mit seinen Worten meine Seele ...

Ein angenehmer Schauer legt sich auf meine Haut, lässt mich erbeben.

Tränen des Glücks verschleiern mir den Blick, während wir uns liebevoll und dennoch leidenschaftlich küssen ...

***

Jason

Als ich aufwache, kitzeln mich Chloes weiche Haare an der Nase.

Amüsiert stelle ich fest, dass ich, sogar während ich schlafe, nicht in der Lage bin, mich von ihr fernzuhalten. Fest an meine Brust gepresst habe ich sie mit meinen Armen und Beinen im festen Klammergriff.

Für einen Mann, der es bis vor wenigen Wochen noch gewöhnt war, nur alleine zu schlafen, ist das schon eine gewaltige Veränderung.

Süchtig nach ihrem Duft streiche ich mit meiner Nase über die weiche Haut an ihrem Hals, knabbere leicht an ihrem Ohrläppchen und genieße den Frieden des Augenblicks.

Diese kostbare Frau gehört nur mir, sie hat zugestimmt, mich zu heiraten, und sich mir anschließend willig unterworfen.

Womit zur Hölle habe ich nur so ein verdammtes Glück verdient?

Unter dem Ansturm der vielen Emotionen, die mein Herz immer mehr füllen, schließe ich meine Augen und atme tief durch.

Meine inneren Dämonen sind so entspannt wie noch nie in meinem Leben. Zum ersten Mal seit einer verdammt langen Zeit bin ich glücklich.

„Ich liebe dich, Jason Stanton! Ich liebe dich so sehr, dass es schon beinahe wehtut!"

Mit diesem Satz hat sie mein komplettes Leben lebenswert gemacht. Womit habe ich nur das Vertrauen und die Liebe dieses perfekten Geschöpfs verdient?

Wahrscheinlich hat in meinem speziellen Fall das Schicksal einen Fehler gemacht, denn es hat einen Engel zu einem Teufel geschickt. Doch jetzt, wo ich sie habe, werde ich sie nie wieder loslassen. Fehler hin oder her, ich bin mehr als bereit, alle Widrigkeiten, die sich uns in den Weg stellen, zu bekämpfen ...

Bonusmaterial

Chloe

Nervös zupfe ich an den seidenen Rosen, die sich auf Höhe meiner Taille an meinem schneeweißen Kleid befinden. Aufgeregt trete ich hinaus auf den steinernen Balkon, der sich hinter der großen Panoramascheibe unseres Schlafzimmers befindet.

Der Blick auf den nie endenden Horizont, der von den goldenen Sonnenstrahlen geküsst wird, beruhigt meine aufgekratzten Nerven.

Es ist das zweite Mal, dass ich mich auf Jasons Insel befinde, und ganz genau wie beim ersten Mal bin ich von der exotischen Schönheit dieses Ortes begeistert.

Zufrieden schließe ich meine Augen und versinke in meinen Erinnerungen. Im Gegensatz zu damals musste mich Jason dieses Mal nicht entführen, ganz im Gegenteil, ich konnte es kaum erwarten, endlich loszufliegen.

Die Unsicherheit und die Sorgen, die mich damals gequält haben, existieren nicht mehr.

Und zum ersten Mal in meinem Leben habe ich das Gefühl, angekommen zu sein.

Dank des Mannes, den ich in wenigen Augenblicken heiraten werde, bin ich so glücklich wie noch nie in meinem Leben.

„Chloe?“

Geduldig atme ich tief durch und hoffe, dass es noch einen kurzen Moment dauern wird, bis mich meine Mutter entdeckt.

Aufgeregt lasse ich meinen Blick über den weißen Strand gleiten. Der weiße Pavillon, der so nah am Meer steht, dass sich die Wellen direkt vor ihm im Sand verlieren, ist mit Hunderten von weißen Rosen verziert.

Meine Traumhochzeit ...

In wenigen Augenblicken ist es so weit und ich werde im Beisein meiner Eltern und Jasons zwei besten Freunden, Coul und Kamon, heiraten.

Alleine die Vorstellung, dass ich in einer Stunde bereits Chloe Stanton sein werde, lässt mein Herz vor Freude schneller schlagen.

Seit ich denken kann, habe ich von der wahren Liebe geträumt, und ausgerechnet in dem Moment, in dem ich nicht nach ihr gesucht habe, bin ich ihr begegnet. Der Mann, der nun für den Rest meines Lebens an meiner Seite sein wird, fasziniert mich jeden Tag aufs Neue. Er ist unheimlich dominant, und das nicht nur im Bett, aber er ist auch liebevoll, beschützend und fürsorglich.

In seiner Nähe fühle ich mich lebendig, begehrt und geliebt.

Ich liebe ihn ...

Es vergeht kein Tag in meinem Leben, an dem ich nicht verdammt glücklich darüber bin, dass ich vor einem Jahr den mutigen Schritt gewagt habe und nach New York gegangen bin ...

„Hier bist du ja. Ich habe dich schon überall gesucht!"

Seufzend drehe ich mich zu meiner Mum um, lächle sie entschuldigend an.

Sie ist jetzt Ende fünfzig und dennoch sieht sie heute einfach atemberaubend aus.

Das smaragdgrüne Sommerkleid, das sich an ihre schlanke Gestalt schmiegt, lässt sie um Jahre jünger aussehen. An ihren Ohren baumeln goldene Kreolen, die perfekt zu der filigranen Kette passen, die ihr Dekolleté schmückt. Und das Beste an ihrem Outfit, sie ist ganz genauso barfuß wie ich ...

Strahlend kommt sie auf mich zu. Seit Jason sie mit seinem Privatjet von Deutschland aus hat einfliegen lassen, scheint meinen Eltern erst wirklich bewusst zu sein, wie wohlhabend ihr zukünftiger Schwiegersohn in Wirklichkeit ist.

„Du siehst atemberaubend aus!"

Als sie ihren Blick über mich gleiten lässt, schießen ihr Tränen in die Augen.

„Wer hätte gedacht, dass du ausgerechnet in den USA dein Glück findest?"

Liebevoll zieht sie mich in ihre Arme und ich genieße den Augenblick mit ihr. Das Einzige, was mich an meinem jetzigen Leben wirklich ein klein wenig stört, ist, dass meine Eltern so weit von mir getrennt leben.

Als ich diesen Punkt mit Jason besprochen habe, hat er ganz entspannt mit den Schultern gezuckt und mir mitgeteilt, dass ich sie jeder Zeit mit *unserem* Jet abholen lassen kann. Wobei er auf das Wort ‚unserem' ganz besonders großen Wert gelegt hat. Seit ich seinen Antrag angenommen habe, besteht er darauf, dass alles, was seins ist, auch meins ist. Und so großzügig sein Verhalten auch sein mag, alleine bei der Vorstellung, sein Geld auszugeben, bekomme ich ein schlechtes Gefühl. Doch das wird mich nicht daran hindern, meinen Eltern mehrmals im Jahr den Jet zu schicken.

„Irgendwie wusste ich vom ersten Augenblick an, dass mir New York Glück bringen wird."

Vorsichtig haucht sie mir einen leichten Kuss auf meinen rosa geschminkten Mund.

„Dein Mann kann sich verdammt glücklich schätzen!"

Wie jede stolze Mama ist sie der festen Überzeugung, dass Jason mit mir den großen Fang gemacht hat, ich für meinen Teil denke ja eher, dass es genau andersherum ist.

„Wo ist Dad?"

„Er wartet im Wohnzimmer auf dich."

Ich weiß, dass es für meinen Vater ganz besonders schwer ist, ihm kommt es heute so vor, als würde er mich an einen anderen Mann verlieren. Und bis zu einem gewissen Grad ist das ja auch so. Ab jetzt ist Jason der wichtigste Mensch in meinem Leben ...

„Sollen wir?"

Meine Mum sieht mich aufgeregt an.

Vorsichtig lasse ich meinen Blick noch einmal zu dem Pavillon am Strand gleiten.

Der Mann meiner Träume steht mit dem Rücken zu mir dem Meer zugewandt am Strand. Ihn so einsam hier im Paradies stehen zu sehen, lässt mein Herz höherschlagen.

Sein breiter Rücken, der in einem weißen Hemd steckt, zeichnet sich vom Horizont ab. Seine schmale Taille und seine langen, kräftigen Beine stecken in einer schwarzen Anzughose und genau wie meine Mum und ich trägt auch er keine Schuhe.

„Wir werden abseits der Realität, nur mit den Menschen, die uns wichtig sind, in unserem ganz privaten Paradies heiraten! Fuck, Baby, ich kann es kaum erwarten, dass du endlich die meine bist!“

Ich erinnere mich so gut an diesen Moment, dass sich erneut Schmetterlinge in meinem Bauch ausbreiten. Nachdem er mich in dieser Nacht vor einem halben Jahr mit einem Flogger und einem gigantischen Dildo ins postkoitale Jenseits gefickt hat, hat er sich zwischen meine weit gespreizten Beine gekniet, mir tief in die Augen gesehen und ganz genau diesen Satz gesagt.

Willig habe ich mich ihm entgegengestreckt, mir aufreizend über die Lippen geleckt und ihm geantwortet:

„Wir werden barfuß am Strand stehen, die Sonne wird das Meer in einen goldenen Glanz tauchen und ich werde Ja zu dir sagen!“

Danach hat er sich mit einem harten Stoß tief in mir versenkt. Ab der Sekunde, in der seine Lippen die meinen erobert haben, beginnt sich die Erinnerung hinter einem Schleier aus Stöhnen und intensiven Emotionen zu verstecken.

„An was auch immer du gerade gedacht hast, meine Süße, es hat dir auf jeden Fall einen leichten Rotton auf die Wangen gezaubert.“

Verflixt!

Während ich in erotischen Erinnerungen geschwelgt habe, hat mich meine Mum ganz genau beobachtet – Gott, ist das peinlich!

Erneut werfe ich einen Blick auf die nackten Füße meiner Mutter und fange zu lachen an. Diese Erinnerung werde ich für immer ganz tief in meinem Herzen tragen.

„Komm schon, Chloe. Wenn wir deinen Mann noch eine Minute länger warten lassen, wird er dich bestimmt holen kommen!“

Damit könnte sie durchaus recht haben ...

So glücklich wie noch nie in meinem Leben, hake ich mich bei meiner Mutter ein und wir machen uns auf den Weg ins Wohnzimmer zu meinem Dad.

Jason

In wenigen Augenblicken ist es endlich so weit und die faszinierendste, sinnlichste und wundervollste Frau auf dieser Welt wird die meine. Aber im Grunde genommen gehört sie mir seit dem ersten Augenblick, in dem sich unsere Blicke getroffen haben. In wenigen Minuten ist es auch noch amtlich. Dann habe ich es endlich schwarz auf weiß, dass sie mir gehört. Vor dem Gesetz ist sie dann auf ewig mit mir verbunden.

Meine inneren Dämonen fletschen ungeduldig mit den Zähnen, sie wollen sie nicht einfach nur heiraten, sie wollen sie packen, besitzen, ficken, beißen und unterwerfen.

Der innere Frieden, der sich, seit wir hier auf der Insel angekommen sind, in mir ausgebreitet hat, lässt mich zu einem völlig anderen Menschen werden. Vor Chloe war ich immer auf der Suche nach dem Geschäft meines Lebens. Ich wollte so viel Geld, Macht und Kontrolle wie nur irgend möglich. Doch seit ich diese Frau an meiner Seite habe, habe ich gelernt, was es bedeutet, wirklich zu leben.

Dank ihr weiß ich, wie es sich anfühlt, aus tiefster Seele geliebt zu werden.

Tief einatmend sauge ich den Anblick des unendlichen Horizonts in mich auf, ehe ich mich auf den Weg zum Pavillon mache.

Der Pater, den wir extra aus den USA haben einfliegen lassen, steht bereit, alles, was jetzt noch fehlt, ist die Frau meines Lebens.

Kamon und Coul kommen direkt auf mich zu, mit ihnen als Trauzeugen kann eigentlich nichts mehr schiefgehen.

„Bist du bereit, Alter?“

Coul schlägt mir freundschaftlich auf die Schulter, während wir zusammen unsere Position einnehmen.

„Seit der ersten Sekunde, in der ich sie gesehen habe!“

„Oh Mann, den hat es ja wirklich voll erwischt!“

Das kam von Kamon, der mir übermütig zuzwinkert.

„Hast du die Ringe?“

Glaubt Coul wirklich, dass ich ausgerechnet die Ringe vergesse?

„Selbstredend! Alles, was mir jetzt noch fehlt, ist die verdammte Braut.“

Nervös werfe ich einen Blick auf den Balkon unseres Schlafzimmers, doch von meiner Süßen ist weit und breit nichts zu sehen.

„Beruhig dich ... Du hast sie auf deine einsame Insel verschleppt. Für sie gibt es kein Entkommen mehr!“

Coul hat recht. Selbst wenn sie jetzt kalte Füße bekommen hat, gibt es für sie keine Möglichkeit mehr, dem Unausweichlichen, nämlich einer Ehe mit mir, auszuweichen.

Mit jeder Sekunde, die vergeht, ohne dass Chloe endlich auftaucht, spannt sich mein Körper immer mehr an. Es braucht meine komplette Selbstbeherrschung, damit ich hier stehen bleibe und nicht losmarschiere, um sie einzufangen, über meine Schulter zu werfen und vor den Pfarrer zu verschleppen.

In dem Augenblick, in dem ich meinen inneren Kampf gerade verloren habe, sehe ich, wie sie zusammen mit ihren Eltern auf mich zugeht.

In ihren Händen hält sie einen Strauß weißer Tulpen, ihre Lieblingsblumen, während sie meinen Blick selbstsicher und entschlossen erwidert.

In den Tiefen ihrer veilchenblauen Augen erkenne ich nicht den Hauch eines Zweifels – meine Frau will mich ganz genauso sehr wie ich sie!

„Also für eine Frau wie sie würde ich mir auch Ketten anlegen lassen!“

Couls Augen wandern, für meinen Geschmack viel zu gierig, über den Körper meiner Frau.

„Noch ein Wort und ich schlage dich k.o.!“

Lachend nickt er mir entschuldigend zu, während Chloe immer näher kommt.

Meine Frau ist einfach atemberaubend schön ...

Es grenzt an ein Wunder, dass ich genug Selbstbeherrschung aufbringen kann, um auf meinem Platz stehen zu bleiben ...

Chloe

Mit jedem Schritt, den ich weiter auf ihn zugehe, werde ich ruhiger.

Ich spüre mit jeder Zelle meines Körpers, dass dieser Mann der richtige für mich ist. Ein Leben ohne ihn an meiner Seite ist undenkbar geworden ...

Amüsiert wandert mein Blick zu den drei attraktiven Männern, die auf mich warten, jeder von ihnen ist ausnahmslos barfuß.

Tief einatmend suche ich den Blick meines Mannes und versinke in den grauen Tiefen seiner Seele.

Atmen, ich muss atmen.

Wie immer, wenn er mich mit diesem ganz besonderen Du-gehörst-nur-mir-Blick ansieht, komme ich mir vor wie Ikarus, der zu hoch zur Sonne geflogen ist und sich die Flügel verbrannt hat.

Meine Mutter setzt sich auf ihren Stuhl, während mich mein Dad an Jason übergibt.

„Pass gut auf mein Mädchen auf!"

Der Ernst in seiner Stimme verrät Jason, wie wichtig meinem Vater diese Bitte ist.

„Das werde ich!"

Der intensive Blick, mit dem mich Jason regelrecht verschlingt, raubt mir den Atem.

Als sich mein Vater auf den Stuhl neben meiner Mum gesetzt hat, drehen wir uns zum Priester um.

Jetzt wird es ernst!

Nervös sauge ich meine Unterlippe ein, ehe Jason meine Hand ergreift und sie leicht, jedoch bedeutungsvoll drückt. Ein heißes Glühen breitet sich in meinem Bauch aus.

Die hoch stehende Sonne lässt den Ozean hinter uns wie tausende Diamanten funkeln, während Jason und ich uns das Jawort geben. Zärtlich schiebt er mir den funkelnden Diamantring über meinen Ringfinger, ich tue es ihm gleich und versehe seinen rechten Ringfinger mit dem Zeichen unserer Liebe.

„Sie dürfen die ..."

Noch bevor der Priester diesen Satz zu Ende gesprochen hat, schlingt mein Mann seinen Arm um meine Hüfte, zieht mich blitzschnell an seinen Oberkörper und küsst mich atemlos. Seine Zunge dringt tief in meinen Mund ein, seine Lippen liebkosen die meinen, während mich seine Hände beschützend halten. Wie aus weiter Ferne höre ich seine Freunde jubeln und meine Eltern klatschen ...

Erst als ich bis in die Zehenspitzen erregt bin und sich meine Realität nur noch auf meinen Ehemann konzentriert, lässt er von mir ab, um mir einen zärtlichen Kuss auf die Stirn zu hauchen.

„Meine Frau!“

Mehr geknurrt als gesprochen legt sich sein Besitzanspruch auf meine Seele.

Erneut zieht er mich an sich, küsst mich stürmisch und raubt mir den Atem.

„Ich liebe dich ...“

Das Grau seiner Augen verwandelt sich in glühendes Begehren, während er mit mir an seiner Seite die Glückwünsche seiner Freunde entgegennimmt.

Tief in meinem Herzen spüre ich, dass mich dieser Mann nie wieder loslassen wird ...

Das Ehegelübde von Jason und Chloe:

Chloe

Jason, ich liebe dich, weil die Farben meiner Welt zu leuchten beginnen, wenn ich bei dir bin.
Ich liebe dich dafür, wie du mit den Menschen umgehst, die uns wichtig sind. Ich liebe es, wie du täglich aufs Neue dem Schicksal die Stirn bietest.
Ich liebe die Art, wie du mich ansiehst, wenn du glaubst, ich bemerke es nicht.
Ich liebe es, wenn du mich küsst, als wäre ich das wertvollste, zerbrechlichste Geschenk, das du jemals erhalten hast.
Jason, ich liebe dich, weil du mein Herz berührt hast.
Weil du meine Seele mit deiner Nähe streichelst.
Ich liebe dich, weil du das Besondere bist, auf das ich mein ganzes Leben lang gewartet hab.
Jason, ich verspreche dir mit diesem Ring, dich zu lieben, zu ehren und dir die Treue zu halten. In guten wie in schlechten Tagen, in Gesundheit und Krankheit, bis ans Ende aller Zeit.

Jason

Mein Engel, mit dir ist mein Leben eine Welt voller Farben, du bist der Grund meiner Existenz, der Atem, der mich am Leben erhält.
Ich will mit dir gemeinsam alt werden. Ich will dich lieben und ehren, dich beschützen und halten ...
Nimm diesen Ring als Zeichen meiner ewigen Liebe.

Buchempfehlung

„Rockerclub“ von Bärbel Muschiol

Klappentext:
Hart und dominant, die Welt der Biker ist von Gewalt geprägt, ihre Auseinandersetzungen mit der Russenmafia sind nichts für schwache Nerven. Aber Darmian, Snake und die anderen Clubbrüder der Dead Angels haben auch eine ganz andere, eine weiche und beschützende Seite, nämlich dann, wenn es um ihre Rockerfamilie und ihre Ladys geht. Bärbel Muschiols Rocker-Geschichten machen süchtig, das sind erotische Lovestorys einer ganz besonderen Art knallhart und verdammt sexy!

Die Gesamtausgabe umfasst beide Rocker-Trilogien: die erste mit den Teilen Rockerbraut, Rockerherz und Rockerlady, und die zweite mit Rockerpussy, Rockerluder sowie Rockerlove.

+++ Exklusives Bonus-Material zu den wichtigsten Protagonisten, alle Fans der Serie kommen hier voll auf ihre Kosten! +++

Taschenbuch ISBN: 978-3-95573-311-7
eBook ISBN: 978-3-95573-319-3

„Vampire Lover – Herrscher der Schatten“ von Bärbel Muschiol

Klappentext:
In einer Zeit, in der Vampire über die Welt herrschen, passiert das Unglaubliche. Das erste Mal fühlt sich Darkon, der Anführer der Vampire, zu einer Frau wirklich hingezogen. Alyssa ist die von der Vorsehung bestimmte Braut der Schatten, doch diese kleine sexy Menschenfrau ist zunächst gar nicht geneigt, sich Darkon zu unterwerfen ... Ein großes Abenteuer beginnt, spannend, gefährlich und vor allem verdammt sexy! Bärbel Muschiols Geschichten um Darkon und Alyssa, die schon so viele Leser in ihren Bann gezogen haben, gibt es nun e ndlich als Gesamtausgabe.

Alle drei Teile der Fantasy Trilogie:
1. Braut der Schatten
2. Kuss der Dunkelheit
3. Biss des Todes
sind in dieser Gesamtausgabe vereint!

+++Exklusives Bonusmaterial: 2 Jahre später ein Blick in die Zukunft von Darkon und Alyssa - Alle Fans der Serie kommen hier voll auf ihre Kosten!+++

Taschenbuch ISBN: 978-3-95573-318-6
eBook ISBN: 978-3-95573-314-8

„Biker Club“ von Bärbel Muschiol

Klappentext:
Die junge und attraktive Maja ist hin- und hergerissen. Es ist eine ausgemachte Sache, dass sie die Lady von Logan, dem Anführer des Bikerclubs Dead Bastards, werden soll. Von dem dominanten Biker fühlt sie sich auch angezogen, aber andererseits ist er furchteinflößend und der brutalste aller Dead Bastards. Heimlich trifft sich Maja mit Jack, Mitglied eines anderen Bikerclubs. Die verbotenen Treffen sind ein Spiel mit dem Feuer das schiefgeht, denn Logan kommt dahinter ... Dies ist der Beginn eines großen Abenteuers spannend, hart und vor allem verdammt sexy! Die erotische Gesamtausgabe umfasst die komplette Biker-Trilogie: ***Biker Girl + Biker Blood + Biker Devil + EXKLUSIVES BONUSMATERIAL. Alle Fans der Serie kommen hier voll auf ihre Kosten!***

Taschenbuch ISBN: 978-3-95573-366-7
eBook ISBN: 978-3-95573-365-0

Klarant Verlag

Lernen Sie die Titel des Klarant Verlages kennen und besuchen Sie uns im Internet unter:

www.klarant.de

Sie können dort Näheres über unsere Autoren erfahren, viele weitere interessante Bücher und eBooks finden und Leseproben herunterladen. Mit dem kostenlosen Newsletter erhalten Sie aktuelle Informationen rund um das Verlagsprogramm, wie beispielsweise spannende Neuerscheinungen und Gewinnspiele.